Arnold Feldbaumer

minus 145

Impressum:

DR. AUER Verlag, 8820 Neumarkt, Österreich

AUTOR: Arnold Feldbaumer

LEKTORAT UND GESTALTUNG: Monika Haid

UMSCHLAGGESTALTUNG: Ulrike Moser

FOTOGRAFIE: Paul Auer

SATZ: Boštjan Burger s. p.

REDAKTION: Zlatko Jurič

DRUCK UND BINDUNG: Gorenjski tisk, d. d., 2012, Slowenien

Auflage: 1

ISBN 978-3-200-02827-2

www.minus145.com

Inhalt

1
Arnold wer?

An einem Donnerstag in den späten sechziger Jahren geboren. Nicht unbedingt ein Wunschkind, wie ich den Erzählungen meiner Mutter entnehmen konnte, da die damals zuständige Ärztin nach ihren eigenen bigotten Moralvorstellungen jungen, unverheirateten Damen die Pille grundsätzlich nicht verschrieb. Da das auch früher die meisten nicht davon abhielt den biologischen Unterschied zwischen Mann und Frau herauszufinden, war es in Kombination mit keiner adäquaten Verhütung schlussendlich passiert. Das Resultat aus dieser Liaison – ich.

Meine Erinnerungen an meine früheste Kindheit, sofern noch vorhanden, sind eigentlich aus heutiger Sicht betrachtet gute. Aufgewachsen in Unzmarkt-Frauenburg, einem kleinen Ort in der Steiermark mit damals knapp zweitausend Einwohnern. Obwohl nicht gerade in Überfluss schwelgend, mein Vater ein kleiner Beamter mit überschaubarem Gehalt, wuchs ich die ersten Jahre in einem kleinen Zimmer unter dem Dach meiner Großeltern auf. Ohne Waschgelegenheit, die Wände wie zu der damaligen Zeit üblich nicht gerade vorzüglich isoliert, in der kalten Jahreszeit beheizbar mit einem kleinen Ofen. Da sich wenig später mein Bruder eingestellt hatte, waren wir mittlerweile zu viert auf diesen wenigen Quadratmetern untergebracht. Heute unvorstellbar, damals bei vielen üblich oder einfach nicht anders möglich. Als Kind, das ja nichts anderes kannte, für mich völlig ausreichend und normal.

Heute sehe ich es als Privileg an, so naturverbunden aufgewachsen zu sein und kaum auf materielle Dinge fixiert, da einfach fast nicht vorhanden. Unvergesslich die von meiner Mutter schon immer mit viel Akribie arrangierten Geburtstagsfeste oder der obligatorische Faschingsdienstag. Die von ihr höchst professionell selbst entworfenen und geschneiderten Kostüme verbunden mit einer köstlichen Jause. Bis heute, wo ich diesem Treiben eigentlich nichts mehr abgewinnen kann, unvergessen.

Die Unbedarftheit in diesen Momenten der kindlichen Freude ist etwas, das ich relativ schnell abgelegt hatte. Weihnachten einfach noch ein Fest der Familie, damals noch in Verbindung mit viel Schnee einfach perfekt. Die darauffolgenden Sommer inmitten blühender Wiesen, und ich meine Wiesen, in denen noch die verschiedensten Blumenarten ungehindert gedeihen konnten. Nicht vergleichbar mit den heutigen Monokulturen, eine einzige Grasart mit kaum vorhandenen Farbtupfen. Unzählige Insekten, und dazwischen jede Menge freilaufender Kühe. Mir war von klein auf bekannt, woher die köstliche Milch kommt. Nicht vom Supermarkt um die Ecke oder von der lila Kuh, wie es viele Kinder heute vermuten. Wenige Schritte bis in den Wald, in dem noch vieles erlaubt war oder einfach geduldet wurde. Den ganzen Tag durch die Gegend streifend, das Wörtchen „Langeweile" nicht im Sprachgebrauch vorhanden. Erst nach Hause kommend, wenn sich Hunger und Durst meldeten oder es einfach schon zu dunkel war. Die Strafpredigten über verschmutzte, kaputte Kleidung oder das zu lange nicht abgesegnete Ausbleiben, alles kein Problem. Wollte ich heute das Wort „glücklich" definieren, kommt dieser Abschnitt meines Lebens dem ziemlich nahe.

Dann die Einschulung, der Beginn eines neuen Lebensabschnittes, der meine Welt auf einen Schlag komplizierter machte. Zu den wenigen Regeln, die bis dahin gegolten hatten, kamen jetzt andere hinzu, denen ich nicht viel abgewinnen konnte. Stundenlang in der Schule sitzen, einer Lehrerin lauschen müssen, die einem versucht Buchstaben und Zahlen beizubringen. Dabei einen Blick aus dem Fenster werfend, wo all das wartet, wozu man nicht unbedingt lesen und schreiben können muss. Noch heute sehe ich die weitläufigen Kornfelder vor mir, die sich vor unserer Dorfschule kilometerlang erstreckten. Das Wiegen der Ähren im Wind. Das Rauschen, das dabei entstand. Eine Komposition aus Farben und Geräuschen, an Perfektion nahezu nicht zu übertreffen. Gerne würde ich mich oft an diesen Ort zurückziehen, aber der besteht nur mehr in meinen Erinnerungen und meiner Fantasie. Doch es war nicht alles schlecht an der Schule. Neben den anderen Jungs waren da auch Mädchen, eine Spezies, mit der ich bis dahin so gut wie nichts zu tun gehabt hatte. Zum einen waren sie zickig, aber andererseits waren ihr ganzes Verhalten und ihre Interessen so völlig anders als alles, was mir bisher untergekommen war. Ich war vorwiegend mit meinem Bruder und meinen zwei Cousins aufgewachsen. Meine Mutter und meine Großmutter zählten für mich eigentlich nicht zu dieser Kategorie.

Zu der Zeit begann ich mich auch für Sport zu interessieren. Doch Fußball, wie es der größte Teil von den Jungs bevorzugte, sagte mir nicht zu. Also trat ich dem ortsansässigen Tischtennisverein bei. Dort lernte ich Disziplin und Ehrgeiz kennen. Tugenden, die ich in den Jahren danach sträflich vernachlässigt hatte, die aber für eine angemessene Lebensweise unerlässlich sind. Auch hier gab es eine Hierarchie, die aber auf Leistung aufgebaut war. Um aufzusteigen bedurfte es Fleiß, Ausdauer, und auch nicht ganz unwichtig, etwas Talent. Letzteres hatte ich, die anderen Tugenden – na ja, nur in begrenztem Ausmaß. Trotzdem war es eine wichtige, prägende Zeit für mich. Da Tischtennis mit Pingpong spielen kaum etwas gemein hat, ist eine gute körperliche Verfassung unbedingt notwendig, um diesen Sport wettkampfmäßig ausüben zu können. Nie wieder in meinem Leben war ich so austrainiert und fit wie in diesen Jahren. Die Schule war in den ersten Jahren mehr Frust als Lust für mich. Obwohl ich zweifelsohne Potenzial gehabt hätte, tat ich nur das Notwendigste. Paradox, wenn ich darüber nachdenke, dass meine Mutter mir erst vor kurzem wieder erzählt hatte, dass ich mich dem geschriebenen Wort, also Büchern, am Anfang meiner Schulzeit strikt verweigert hatte. Es dauerte einige Zeit, bis ich der Faszination erlag, die Literatur auszuüben vermag. Lesen ermöglichte mir das Ein- und auch Abtauchen in fremde Welten, andere Kulturen, ließ mich an Abenteuern teilhaben, wie sie im realen Leben für mich wohl nie stattfinden würden. Es gibt wohl kaum einen Klassiker, den ich nicht gelesen habe.

Die kleine Bücherei, die nur am Samstag geöffnet hatte, ermöglichte mir das alles. Der winkelige, recht dunkle Raum, vollgestellt mit Regalen bis oben hin, bestückt mit Büchern, die in graues Packpapier eingebunden waren. Heute noch kann ich mich an den Geruch erinnern, der dort herrschte. Abgestandene, etwas modrige, aber nicht unangenehme Luft empfing einen beim Eintreten. Die nächsten Jahre lebte ich in meinen Büchern, betrieb meinen Sport mit mehr oder weniger Hingabe und besuchte gezwungenermaßen die Schule.

Dann, als die Pubertät einsetzte, also die „Geschlechtsreife", wurde das Leben mit einem Male recht kompliziert. Zum einen körperlich voll entwickelt, konnte die geistige Entwicklung da nicht schritthalten. In der Schule leiteten wir eine neue Ära als erste gemischte Klasse ein. Freilich war ich bereits in der Grundschule mit Mädchen in die gleiche Klasse gegangen. Aber das hier waren ganz andere Dimensionen. Das Verhältnis stand am Anfang zehn zu eins. Vor allem kannte man nicht alle so wie in unserem Dorf. Wie gesagt, das Leben verkomplizierte sich zunehmend. Aber auch diese Phase ging vorbei mit teilweise netten Erlebnissen, aber auch vernichtenden Niederlagen das weibliche Geschlecht betreffend. Dann die Entscheidung weiterführende Schule oder Einstieg ins Berufsleben. Wobei mir diese Entscheidung eigentlich abgenommen wurde. Die Aussicht auf weitere Jahre ohne eigenes Geld zu verdienen, keineswegs akzeptabel. Zumal das Verhältnis zu meinem Vater sehr angespannt war, lag die Entscheidung quasi auf der Hand. War wohl aus heutiger Sicht betrachtet die falsche. Aber deren sollten im Laufe der Zeit noch einige folgen. Die nächsten Jahre waren äußerst durchwachsen. Beruflich, als junger Angestellter bei den Bundesbahnen zumeist ein Desaster schlechthin. Vielfach umgeben von protegierten, von sich eingenommenen Zeitgenossen, die mich bei jeder Gelegenheit gnadenlos niedermachten. Eine Phase meines Lebens, die nicht dazu angetan war, mein Selbstbewusstsein zu stärken. Einziger Lichtblick damals meine erste große Liebe. War aber durch die große Entfernung und völlig konträren Lebensstilen zum Scheitern verurteilt. Hatte ich vorher für den Sport und meine Bücher gelebt, entdeckte ich zusehends die andere Seite des Lebens. Waren es anfangs die üblichen Lokalbesuche, das Kennenlernen von Frauen, das im besten Fall in einem netten Erlebnis gipfelte, kamen später sämtliche Exzesse dazu. Dabei war der Alkohol noch das kleinere Übel. Wir waren jung, frei und ungebunden. Die Welt, soweit ich es mir leisten konnte, gehörte mir. Morgen? Morgen war nur ein Wort. Hier und jetzt, das zählte. Bei näherer Betrachtung war ich damals schon nachdenklicher als der Rest meiner Freunde. Spontanität kam nur sehr selten vor. Trotzdem eine unvergessliche Zeit, an die ich gerne zurückdenke. Vater Staat war dann der Meinung, als halbwegs gerade gewachsener, nicht unsportlicher junger Mann sollte ich ihm meine Dienste in den nächsten acht Monaten für einen Hungerlohn zur Verfügung stellen und meinen staatsbürgerlichen Pflichten nachkommen. Das Heer war der Meinung, aus mir einen Pionier machen zu müssen. Kurz gesagt, ich verbrachte in den nächsten Monaten sehr viel Zeit, mehr als vorgesehen, in dieser

Institution. Der Grund dafür lag wohl in dem Umstand, dass ich die Befehlskette nicht und nicht zu begreifen vermochte. Wäre alles erträglich gewesen, aber wenige Tage vor dem Einrückungstermin hatte ich meine Frau, kennengelernt was die Sache ziemlich verkomplizierte. Aber ich war anscheinend als Soldat so gut gewesen, dass das Heer auch in den nächsten Jahren nicht auf mich verzichten wollte, worauf ich bereits nach sechs Monaten entlassen und dem Milizverband zugeteilt wurde. Dort diente ich verteilt auf die nächsten 15 Jahre meine restlichen Monate ab. Der staatsnahe Betrieb, in dem ich schon herrliche Jahre verbringen durfte, nahm mich wieder auf und teilte mir eine Arbeit zu, die ich aus tiefster Seele verabscheute. Ein Arbeitsunfall beendete diesen Abschnitt dann aber abrupt. Die folgenden Jahre verliefen in familiärer und beruflicher Hinsicht eigentlich ganz gut. Als Vater von zwei Kindern, Vanessa und Dominik, und Ehemann war aus mir das geworden, was ich keineswegs vorgehabt hatte zu werden. Ein regelrechter „Spießer", der brav seiner Arbeit nachgeht, um seine Familie versorgen zu können. Die Zeiten und vor allem die politische Landschaft änderten sich, und es kam im Betrieb zu sogenannten Umstrukturierungen. Irgendwie hatte ich den Zeitpunkt zum Absprung verpasst und kam in den sogenannten „Sozialplan". Zwar bekommst du da dein Gehalt mit gewissen Abschlägen weiterbezahlt, nur eine Herausforderung sind die zugeteilten Betätigungsfelder nicht gerade. Um diesem tristen, aussichtlosen Umfeld zu entfliehen, außerdem hatte man ja noch jede Menge Zeit, wurde gerne und viel getrunken. Das gehörte irgendwann einfach dazu. Ein Teufelskreis, der dich körperlich und seelisch in kürzester Seite zu Grunde richtet. Aus dem einst braven biederen Familienvater wurde zusehend ein frustrierter, perspektivenloser, alter Mann. Antriebslos ging ich durchs Leben, steuerte ungebremst auf den Abgrund zu. Und er kam und drohte mich zu verschlingen…

2
Dem Leben Sinn geben...

Damit ich diese Zeilen zu Papier bringen konnte, musste ich erst wieder in meiner eigenen Vergangenheit recherchieren. Hört sich bestimmt etwas seltsam an, aber so war es in der Tat. Dabei haben mir die Aufzeichnungen der letzten Jahre, die ich in Form von Tagebucheintragungen gemacht hatte, wertvolle Dienste erwiesen. Kaum zu glauben, wie viel Material sich da angesammelt hat. Dabei bin ich abgetaucht in eine oft furchteinflößende Welt voller Selbstzweifel und emotionaler Rückschläge. Wenn ich mir einzelne Eintragungen ins Gedächtnis rufe, wird mir erst richtig bewusst, wie nah oft sein oder nicht sein beieinander lagen.

Wer glaubt, dass nach meiner Entscheidung für das Leben es immer nur aufwärts ging, den muss ich hier auf den Boden der Realität zurückholen. Es war und ist auch heute noch ein Kampf mit mir und meinen Schwächen, meinen Ängsten, und die damit verbundene phasenweise auftretende Unsicherheit. Nur habe ich gelernt damit umzugehen. Wenn das aber nicht funktioniert, suche ich mir Hilfe. Die kann aus meinem engeren Umfeld oder wenn nötig auch vom Profi kommen. Oft ist es auch eine zufällige Begegnung, ein paar dabei gewechselte belanglos scheinende Worte, die mir einen Ansatz liefern, wie es vielleicht gehen könnte. Da ich oft ziemlich schwer von Begriff bin musste ich auch das auf die harte Tour lernen. Deshalb: Lerne aus den Fehlern, die andere machen, und versuche dabei, das für dich Beste herauszufiltern. Alleine die Verarbeitung dieses Abschnittes meines Lebens ist ein Teil der noch immer andauernden Therapie für mich. Eine schmerzhafte, alte Wunden aufreißende und keinesfalls ruhmreiche wohlgemerkt.

So wie ich heute teilweise hofiert und anerkannt werde, so sehe ich als ewiger Zweckpessimist aber auch immer noch die angewiderten Gesichter und deren verletzende Kommentare über mich vor mir. Wenn manches auch verdrängt ist und im Laufe der Zeit zunehmend verblasst scheint, so haben sich manche Situationen und Erlebnisse tief in meinem Innersten festgesetzt. Dann kommt es gelegentlich vor, dass ich meine innere Zerrissenheit und mein angeschlagenes Selbstwertgefühl mit einer dezenten „Fressattacke" wieder aufzurichten versuche. Der Frust über diese Aktion folgt aber auf dem Fuße. Diese Art kann ich nicht unbedingt empfehlen, ist sie doch ziemlich kontraproduktiv.

Eine Möglichkeit, die ich für mich entdeckt habe,

um solche negativen Gedankengänge so schnell wie möglich zu verarbeiten - und was dabei das Wichtigste ist, niemand anderen darunter leiden zu lassen - ist sich zu bewegen. Sich und damit seinen Körper zu fordern. Sein Herz schlagen zu hören, die frische Luft einzuatmen, nach der die Lunge verlangt, und dabei zu schwitzen. Einfach ein gutes, längst vergessen geglaubtes Gefühl. Nach kurzer Zeit kann ich dabei wieder klar denken und sehe manches nicht mehr so verbissen. Denn in der Emotion meist übereilt getroffene Entscheidungen und Aussagen waren nicht immer die besten. So gehen die Tage ins Land, manche sind gut, manche lassen mich aber wieder an allem zweifeln. Dann versuche ich zu rekapitulieren. So schlecht kann es gar nicht mehr werden, wie es einst war. Dafür habe ich zu viel gelitten und Entbehrungen erduldet, um das alles für ein Hindernis das dir scheinbar im Wege steht, aufs Spiel zu setzen.

Was kommt aber danach? Wie wird sich mein Leben weiter entwickeln? Was wird sein wenn ich mein angestrebtes Gewicht erreicht haben werde? Wie sieht es nach Fertigstellung dieses meines literarischen „Machwerkes" aus? Will das überhaupt jemand lesen? Fragen über Fragen, auf die mir Antworten fehlen. Aber das alles ist bewältigbar. Warum ich da so zuversichtlich bin? Ich, Arnold der geborene Pessimist. Weil mir ein guter Freund gewisse Perspektiven aufgezeigt hat. Zudem hat er immer, auch in meinen schlimmsten Phasen, an mich geglaubt. Warum, weiß ich zwar bis heute nicht, aber vielleicht hat er in mir etwas gesehen, das für jeden anderen nicht sichtbar war.

Am allerwenigsten für mich selbst. Es tut verdammt gut Anerkennung zu erfahren für etwas, das man eigentlich total verbockt, hatte aber mit Konsequenz und Ausdauer wieder geradebiegen konnte. Wenn man dabei auch noch anderen Menschen helfen kann oder gar als Vorbild dient, umso besser. Also ich glaube das sind Perspektiven, für die es sich zu leben lohnt. Es wird immer ein Kampf sein gegen mich und die Dämonen, die in mir wohnen. Nur heute glaube ich zu wissen wie es gehen könnte. In der Hölle war ich schon. Und ist es eines fernen Tages soweit möchte ich sagen können, und dafür bediene ich mich eines wohlbekannten Zitates in etwas abgeänderter Form: Es war danach ganz schön, es hat mich wieder gefreut!

3
Ein Tag mit Adipositas

„Adipositas“ (Fettleibigkeit), die Epidemie des 21. Jahrhunderts, wie sie von vielen Experten bezeichnet wird, die Krankheit die langsam aber sicher tötet. Wie lebt es sich eigentlich mit zweieinhalb Zentnern Körpergewicht im Alltag? Man stelle sich vor, man verspürt ein gewisses Hungergefühl: Was tut man normalerweise um dieses abzustellen? Richtig, man besorgt sich etwas zum Essen. Ist man zu Hause, geht man an den Ort, der dieses geniale Gerät, beherbergt in dem Nahrung aufbewahrt, gekühlt und somit länger haltbar ist. Genau, ich meine den Kühlschrank.

Oft ein guter und nützlicher Freund, in meinem Fall der erklärte Feind. Was das aufbewahren betrifft, war dies meist nie lange nötig. Man muss ja schließlich, um zweieinhalb Zentner Körpergewicht zu erreichen, bereit sein, einiges dafür zu tun.

Was sollte es diesmal Leckeres sein, das meine animalischen Gelüste befriedigen sollte? Wurst, Käse, diverse Pasteten und Aufstriche, war es irgendwie alles nicht. Mich gelüstete nach etwas anderem, etwas Nachhaltigem, etwas Phänomenalem, noch nie Dagewesenem. So mussten sich Schwangere fühlen, die in schwachen Stunden oft eine Fülle von nicht alltäglicher Nahrungszusammenstellung ihrem ohnehin schon aus den Fugen geratenen Körper zuführen. Der einzige Unterschied bestand nur darin, dass ich biologisch gesehen ein Mann bin, der auf normalem Wege nicht schwanger werden kann. Ansonsten sind die Symptome ziemlich ähnlich. Heißhunger, geschwollene Füße, Schwangerschaftsstreifen, extreme Stimmungsschwankungen, und das abgerundet durch Depressionen. Nur ist das bei einer Schwangeren meist nur ein vorübergehender Zustand.

Bei mir waren das jahrelange Begleiterscheinungen ohne Aussicht auf Linderung. Um sich wenigstens in den nächsten Minuten besser zu fühlen muss somit etwas Essbares her. Ah, da war doch noch eine Packung mit leckerer Lasagne. Das wird für den Moment wohl genügen müssen. Gehört bestimmt meiner Tochter. Jetzt nicht mehr, bietet sich als die ideale Vorspeise an. Inzwischen tun mir schon die Füße weh. Kommt bestimmt vom langen Stehen, bedingt durch angestrengtes Überlegen, die Zusammenstellung des anstehenden kulinarischen Genusses betreffend. Die Packung öffnen und zwanzig Minuten ins Rohr damit. Ist schon eine ziemlich lange Zeit, die es da zu warten gilt. Nun ja, dazwischen kann man sich ja einen kleinen Snack machen. Während die Lasagne im Backrohr vor sich hin brutzelt, türme ich auf einem dick mit Butter bestrichenen Stück Weißbrot, Wurst und Käse auf. Um dieses Kunstwerk zu krönen und die Kalorienanzahl etwas in die Höhe zu treiben, kommt noch eine kunstvolle Verzierung bestehend aus achtzigprozentiger Mayonnaise darauf. Nun bin ich aber rechtschaffen erschöpft und lasse mich ächzend auf einen Sessel fallen.

Um sich auch etwas „Gesundes“ zu gönnen, schließlich braucht der Körper auch Vitamine, schenke ich mir aus einer am Tisch stehenden Multivitamin-Nektar enthaltenden Tetrapackung ein Glas ein. Zu der Zeit war mir nicht bewusst, dass diese als so gesund angepriesenen Getränke extrem zuckerhaltig und eine Kalorienbombe schlechthin sind. Gierig mache ich mich über das Brot her und übersehe dabei das zu meiner rechten stehende Glas. Schon ergießt sich der Inhalt über die Tischplatte, und auch der Fußboden bekommt dabei einiges ab. Jeder weiß, wie klebrig dieses Zeug binnen kürzester Zeit wird. Also heißt es so schnell wie möglich aufwischen. Eine alltägliche Tätigkeit, für mich aber kaum durchführbar. Zum einen konnte ich mich kaum bücken, da mein voluminöser Bauch dies nur in beschränktem Maße erlaubte. Zum anderen war es mir unmöglich auf die Knie zu sinken. Sollte ich dabei die schmerzenden Gelenke ignorieren, so war an ein Aufstehen danach nicht zu denken. Mir fehlte einfach die Kraft dazu.

Der Vergleich mit einem Gewichtheber fällt mir dazu ein, der versucht, sein eigenes Körpergewicht zu stemmen. Nur hier handelt es sich um einen durchtrainierten Sportler, wobei ich hingegen eher als menschliches Wrack zu bezeichnen war. Außerdem kann man als extrem übergewichtiger Mensch das Gleichgewicht kaum halten. Oft bin ich ohne betrunken zu sein regelrecht durch die Gegend gewankt. Also wie behebe ich nun dieses Problem? Ein Mopp bot sich da wohl an. Das Besorgen dieses Reinigungsgerätes und eines entsprechenden Eimers mit Wasser ging an meine Substanz. Musste mich einfach hinsetzen. Mein Atem ging rasselnd, mir tat einfach alles weh. Nach einigen Minuten raffte ich mich wieder hoch und versuchte das Malheur zu beseitigen. Nach dem Auswringen des Mopps galt es, sich wieder zu setzen. Langsam aber sicher näherte ich mich meiner Leistungsgrenze. Dann war es endlich vollbracht. Zwar nicht gerade vorbildlich, aber damit konnte ich leben. Zumindest bis meine bessere Hälfte nach Hause kommt.

Endlich konnte ich mich wieder meinem Sandwich widmen. Dabei fiel mir der komische Geruch auf, der durch die Küche zog. „Scheiße", die Lasagne! Auch das noch. Die braune Masse, die beim Öffnen des Rohres zum Vorschein kam, konnte man beim besten Willen nicht mehr essen. Was tun? Sie richtig zu entsorgen war ich nicht mehr in der Lage. Da bot sich der Abfallbehälter, an der unter der Spüle untergebracht war. Schon verschwand die heiße, dampfende Substanz darin. In dem Moment war mir das egal, mein Gehirn funktionierte nur mehr stark eingeschränkt. Essen und meine schmerzenden Glieder waren die einzigen Gedanken, die mich beherrschten. So musste sich ein Süchtiger fühlen, wenn er nicht das bekommt, wonach sein Körper mit jeder Faser schreit. Bei mir war es das Essen. Lebensmittel in jeder Form und Geschmacksrichtung. Und da sich meine Gedanken den ganzen Tag fast ausschließlich darum drehten, blieb für andere Interessen kaum etwas übrig. Dabei kann ich gar nicht behaupten, jemals richtig satt gewesen zu sein. Irgendetwas, eine andere Geschmacksrichtung als das vorher zu sich Genommene genügte schon, und es ging einfach weiter.

Die Befriedigung, oder der Genuss wenn man überhaupt davon sprechen kann, wurden mit der Zeit immer weniger. Obwohl so im Laufe des Tages Unmengen zusammenkamen, funktionierte der Stoffwechsel aber nicht im gleichen Maße. Durch die kaum vorhandene Bewegung und die einseitige Ernährung wurde jeder Gang aufs WC zum Alptraum. Oft musste ich mich dazu regelrecht zwingen. Trotzdem schrie alles in mir nach diesem enttäuschenden Erlebnis nach Nahrung. Was bot sich da an, ohne viel Aufwand betreiben zu müssen? Erdnüsse und eine große Packung Chips, abgerundet mit einer Flasche Limonade. Herz, was begehrst du mehr? Endlich saß ich wieder in meinem bequemen Sessel im Wohnzimmer, der Fernseher lief, so ließ es sich aushalten. In diesen Augenblicken betrachtete ich die Wohnung und meinen Körper nicht als Gefängnis die sie aber zweifellos waren.

Ein anderes mühsames Unterfangen war es, die Post aus dem Briefkasten zu holen, oder noch schlechter, wenn der Empfang einer Sendung zu bestätigen war. Dazu ist zu sagen, dass ich im dritten Stock eines Mehrparteienhauses wohnte. Jeder der so untergebracht ist weiß was es heißt, Nachbarn zu haben, die alles, wirklich alles, wissen müssen. Nicht nur, dass mich die neugierigen Blicke und die meist gespielt freundliche Begrüßung nervten, schämte ich mich ganz einfach für mein Erscheinungsbild. Die andere, noch größere Schwierigkeit bestand aber darin, die drei Stockwerke hinunter und natürlich wieder herauf zu kommen. Eine unheimliche körperliche Anstrengung. Ohne einen Stopp zwischen den jeweiligen Stockwerken überhaupt nicht bewältigbar. Ich rang verzweifelt nach Luft und fühlte jedes Mal mein Ende nahen. Ich vermeinte die Blicke der Mitbewohner auf meinem Rücken zu spüren. Dazu noch das verhaltene Getuschel hinter den Wohnungstüren. Einfach eine nie endenwollende Demütigung für mich.

Jedes Mal, wenn sich die Wohnungstüre hinter mir wieder schloss, war ich körperlich und mental am Ende. Für „normale" Menschen einfach nicht nachvollziehbar, wie mir heute bewusst ist.

4
Hilfe suchen, Hilfe finden

Hoffnung, dieses Wort hatte ich bereits aus meinem Vokabular gestrichen. Kein Wunder, im Nachhinein betrachtet gab es dazu auch keinen Grund. Man sollte die Hoffnung nie aufgeben – der gutgemeinte Satz, von wohlmeinenden Zeitgenossen oft zitiert, ist zumeist eine leere, hohle Phrase. Um jemandem Hoffnung zu geben, bedarf es mehr als Zitate und Ratschläge. Meiner Erfahrung nach – wie bereits erwähnt bin ich ein dem Leben gegenüber eher pessimistisch eingestellter Mensch – war nur eines ausschlaggebend, das mich aus meiner Lethargie geholt hatte. Sie fragen sich, was das gewesen sein könnte? Nun ganz simpel wie das meiste, das im Alltag gut funktioniert. Mir wurde ganz einfach eine Perspektive zu meinem erbärmlichen Dasein, das man kaum als Leben, eher als Dahinvegetieren bezeichnen konnte, aufgezeigt. Natürlich braucht das seine Zeit.

Aber irgendwie hatte sich dieser absurde, abwegige Gedanke in meinem kaum noch benutzten Gehirn eingenistet. Wie diese Perspektive aussehen kann, ist wohl bei jedem unterschiedlich und richtet sich nach den jeweiligen Umständen. In meinem Fall kam zum langsamen, wahrscheinlich schmerzhaften Sterben als Alternative eine umfangreiche ärztliche Betreuung mit der Aussicht auf einen Neubeginn dazu. War ich eigentlich immer gegen die Inanspruchnahme von „Pillen", waren die mir einige Zeit lang sehr dienlich. Eigentlich scheinheilig, sich auf solche Prinzipien zu berufen. In Anbetracht dessen, was ich schon alles geschluckt, geraucht und schließlich getrunken hatte, konnte mir die wunderbare Welt der Psychopharmaka auch nicht mehr anhaben. Im Gegenteil, bis zu einem gewissen Grad stellt es eine enorme Hilfe auf dem Weg zurück dar.

Um nicht eine Sucht durch eine andere zu ersetzen natürlich nur in Absprache mit einem qualifizierten Mediziner, Therapeuten oder dergleichen. Worauf ich aber besonders stolz bin ist die Tatsache, dass ich diese „Hilfsmittel" schon nach wenigen Wochen abgesetzt habe. Dem Zustand der Schläfrigkeit und fallweisen Teilnahmslosigkeit hatte ich schließlich lange genug gefrönt. Nun wollte ich wenn möglich jeden Tag vollkommen klar und unbeeinflusst erleben. Erwies sich zwar oft genug als herbe Enttäuschung, wenn man der Wahrheit so unverblümt ins Auge sehen musste.

Um in Anbetracht dieser teilweise erschreckenden Gegebenheiten nicht gleich wieder in Frustration, Selbstzweifel und Hoffnungslosigkeit zu versinken, entdeckte ich eine Möglichkeit, dieser Phase zu entfliehen. Körperlich war das zwar unmöglich, da ich aber jetzt wieder in der Lage war klare Gedanken zu fassen, wollte ich dies nun auch nutzen. Was sagt man Kindern nach, um ihre oft kaum nachvollziehbaren Handlungen zu erklären? Man spricht dann von einer lebhaften Phantasie. Dieses Wort oder vielmehr diese Eigenschaft, oft negativ besetzt, ist uns Erwachsenen meist im Laufe der Jahre abhanden gekommen. In meiner Vorstellung, mit der Macht meiner Gedanken, kann ich so gut wie alles machen. Körperliche Unzulänglichkeiten kompensieren, meine Intelligenz ins Unglaubliche steigern, reich und unwiderstehlich sein. Warum sollte man daher nicht darauf zurückgreifen um sich einfach besser zu fühlen? Tagträume, so bezeichnet man das wohl. Was ist aber eigentlich so verwerflich daran? Natürlich sollte man Zeitpunkt und Ort so wählen, dass man keine Gefahr für sich oder andere darstellt. Für mich habe ich dabei festgestellt, dass nur wenige Minuten, oft sind es auch nur Augenblicke, genügen um sich zu entspannen. Musik inspiriert mich dabei ungemein.

Auch das Schreiben dieses Buches wäre ohne die entsprechenden Songs im Hintergrund nicht möglich gewesen. Sicher, es gibt eine Vielzahl von Möglichkeiten, das eigene Wohlbefinden zu steigern. Man denke da nur an die gängigsten wie etwa Yoga, autogenes Training usw. Dort aber sollte ich mich an die Anleitungen halten, die nötig sind, um die gewünschten Effekte zu erzielen. In meinen Träumen bin ich Produzent, Regisseur und zugleich der Hauptdarsteller. Auch kann ich über die Handlung frei bestimmen. Ein unschätzbarer Vorteil und zugleich auch ein Vergnügen, das seinesgleichen sucht. Ist bei solcherlei geistiger Zerstreuung natürlich nicht alles in die Realität übertragbar, so erweisen sich manche Ansätze oft als durchaus brauchbar und sogar alltagstauglich. Unkonventionell und in keiner Weise wissenschaftlich fundiert, aber was macht das schon? Mein Seelenleben hat sich dadurch merklich zum Besseren entwickelt. Vielleicht steht es mir ja nicht zu, aber ich wage zu behaupten, dadurch ein ausgeglichenerer, bisweilen sogar liebenswürdiger Zeitgenosse geworden zu sein. Gewachsen natürlich mit jedem Kilogramm, das ich verloren habe.

5
Erkenntnisse

Eines möchte ich hier noch klarstellen. Heute sehe ich mich nicht mehr als Opfer widriger Umstände oder von Menschen, die mich zutiefst enttäuscht oder gar hintergangen haben. Als Mitarbeiter in einem staatsnahen Unternehmen habe ich es sicherlich manchmal verabsäumt, in den richtigen Hintern zu kriechen. Kompetenz und Engagement ist da oft weniger gefragt. Wie sagte einst ein weiser Mann zu mir? „Hier ist es so. Die, die nichts draufhaben, managen die, die etwas draufhaben. Beherzigst du auch noch die drei großen W zum Erfolg, nämlich: Wo reinkriechen, warum reinkriechen und wann reinkriechen, steht einem beruflichen Aufstieg nichts mehr im Wege." Erfordert aber auch Takt, Diplomatie und wie schon gesagt Arschkriecherei. Alles Eigenschaften, die ich nur begrenzt mein Eigen nennen kann. Aber dazu stehe ich. Hat mir das Leben manchmal ein mieses Blatt zugeteilt? Mag schon sein. Ich glaube heute das für mich Wichtigste über jene Menschen zu wissen, die mir etwas bedeuten.

Was ich mir vorwerfe, und das auch noch heute, ist, dass ich es zugelassen habe. Diese Spirale abwärts, diesen alles verschlingenden Strudel, der dich aufsaugt, deine Persönlichkeit verändert und irgendwann beinahe auslöscht. Beinahe deshalb, weil ich den Absprung anscheinend noch geschafft habe. Mit Hilfe von Menschen, die sich dabei keineswegs profilieren wollten, geschweige denn irgendwelche wie immer gearteten Vorteile erwarten durften.

Andere hatten nicht so viel Glück. Wenn sich auch die wenigsten vorstellen können, wie schwierig der Weg zurück ins Leben ist, so ist dieser Weg die Schmerzen, die Zweifel, die Depressionen und Erniedrigungen wert. So albern es auch klingen mag, die erforderlichen Maßnahmen wie etwa gesündere Ernährung, Bewegung oder psychologische Hilfestellung durch einen Arzt geben dem Leben wieder einen Sinn, sorgen für einen einigermaßen geregelten Tagesablauf. Das ist etwas, das ein Mensch einfach braucht. Eine Aufgabe, eine Herausforderung, einen Anreiz, und mag er auch noch so banal sein um am Morgen aus dem Bett zu steigen. So wie ich es sehe ist jeder für irgendwas besonders geeignet, besser als die meisten. Nur bedarf es bestimmter Menschen, die dir den Weg dahin weisen. Klingt wie pathetische Scheiße, aber ich wüsste nicht, wie ich es anders ausdrücken sollte.

Was man daraus macht oder auch nicht, ist jedem selber überlassen. Wenn ich so darüber nachdenke, gab es deren einige in meinem bisherigen Leben. Nur habe ich vieles falsch gedeutet oder einfach nicht verstehen wollen. Und schon bist du auf dem falschen Schienenstrang unterwegs, der nicht dahin führt, wohin er dich führen sollte. Tief im Inneren weißt du es bereits nach kürzester Zeit. Nur wer gesteht sich schon gerne eigene Fehler ein? Es ist doch viel einfacher, anderen die Schuld an seinem eigenen Unvermögen zu geben. Die Welt ist einfach schlecht zu mir, etwas Selbstmitleid das kommt immer gut. Idealerweise in der Umgebung Gleichgesinnter, die einem eifrig zustimmen. Ist auch eine gute Rechtfertigung, warum es so ist, wie es nun mal ist.

Da ich ein Mensch der Extreme bin, habe ich alles, was man im Leben besser nicht machen sollte, vor allem als Heranwachsender bis zum Exzess ausgekostet. Ob es nun das Rauchen von erlaubten oder auch nicht erlaubten Substanzen betraf, ich war dabei. An vorderster Front mit einem Konsumverhalten, das seinesgleichen sucht. Und wieder einmal habe ich die Zeichen erst erkannt, als Gevatter Tod an meine Tür geklopft hat. Ein simpler Blinddarmdurchbruch, der nicht diagnostiziert wurde, und der anschließende längere Krankenhausaufenthalt brachten mich dazu darüber nachzudenken. Von dieser Zeit an war dieses Thema für mich erledigt. Geläutert, wie es mir schien, konnte mir jetzt nicht mehr viel das Leben vermiesen. Und doch war ich schon wieder dabei, in alte Verhaltensmuster zu verfallen. Diesmal keine Produkte, die man inhalieren musste, nein, das Getränk, das in unserem Land unangefochten die Beliebtheitsliste anführt. Dieses helle, mit Kohlensäure versetzte köstliche Gebräu, ganz banal auch als Bier bekannt. Eine erlaubte, überall in der Gesellschaft anerkannte, zudem legale „Droge". Frei erhältlich ab sechzehn Jahren. Gehört zu jedem gesellschaftlichen

Ereignis und wird vom gemeinen Arbeiter bis zum Akademiker allseits geschätzt. Passt zu fast jedem Anlass, und wenn keiner vorhanden ist, sucht man sich einfach einen.

Irgendwann konsumiert man nicht mehr nur in Gesellschaft. Nein, geht ja auch zu Hause. Außerdem ist das noch dazu erheblich billiger. Das Gefühl, sich danach besser, beschwingter zu fühlen verblasst aber mit der Zeit. Was tut man, wenn die Tablette gegen Kopfschmerzen nicht mehr wirkt? Richtig, man erhöht die Dosis. Ist das aber auch noch nicht zufriedenstellend, wechselt man das Produkt. So verhält es sich auch mit besagtem Getränk. Da unsere Supermärkte auf diesem Gebiet wohlsortiert sind, fällt einem die Auswahl gar nicht leicht. Ein entscheidendes Kriterium ist hier wohl wie überall der Preis. Womit erziele ich den nachhaltigsten Erfolg, und wenn möglich, wie lasse ich mein Umfeld am wenigsten an diesem Genuss teilhaben? Man will ja schließlich nicht ins Gerede kommen. Über andere ja, aber über einen selbst…

Bei entsprechendem Fleiß ist man binnen kürzester Zeit wieder in Dimensionen vorgestoßen, bei denen nur wenige mithalten können. All diese Exzesse haben zudem auch noch erschreckende Auswirkungen auf deine Interessen. Einst war ich ein belesener, an vielen Themen interessierter Mensch, der sich stundenlang mit einem Buch zurückziehen konnte. Das Eintauchen in fremde Welten und Geschichten übte eine Faszination auf mich aus der wohl nur ein Mensch, der das auch zu schätzen weiß, nachvollziehen kann. Ebenso verhält es sich mit der Musik. Von frühester Jugend an sammelte ich alle Tonträger, derer ich habhaft werden oder die ich mir leisten konnte. Musik war auch immer eine Zuflucht für mich. Das Abtauchen in längst vergangene Zeiten, dabei Gefühle zu empfinden, die man schon längst vergessen glaubte, ein unbeschreibliches Erlebnis.

Die Stimulans mit anderen Substanzen ermöglicht zwar für eine gewisse Zeit ähnliche Empfindungen und Erlebnisse, aber die Nebenwirkungen sind dabei kaum absehbar. Du stumpfst, wenn das überhaupt noch möglich ist, zusehends ab. Am Ende fühlst du nur mehr eine Leere in dir und sehnst dich einfach nur nach Ruhe und Frieden. Denn dieser Weg führt nirgendwo hin. Mein alter Freund klopfte mir wieder einmal auf die Schulter. Und so verhielt es sich mit der Nahrungsaufnahme, mit der Bewegung und, und, und. Darum sehe ich mich nicht als Opfer, sondern als manchmal zu schwachen Menschen, der seine Grenzen nicht frühzeitig zu erkennen vermag. Aber ich arbeite daran. Jeden Tag, jede Stunde, und hoffentlich den Rest meines jetzt wieder als Leben zu bezeichnenden Daseins.

6

Horrorszenario Einkauf

Jeder von uns hat gewisse Aufgaben, die er tagtäglich erfüllen muss oder sagen wir erfüllen sollte. Zur Arbeit gehen, die Kinder zur Schule bringen, einkaufen,

Arztbesuche etc., der sogenannte Alltag. Wir bewältigen ihn einmal besser, manchmal läuft es auch gar nicht nach Wunsch. Gehört zum Leben dazu und gibt ihm einen Sinn. Schon als „normaler“ Mensch im herkömmlichen Sinn tun sich da oft Schwierigkeiten auf. Die Parkplatzsuche, das Gedränge in der U-Bahn, die Schlange am Kassenschalter. Große, Kleine, Dicke, Dünne, Farbige, wohlriechende und eigene Körperausdünstungen ausströmende Vertreter der menschlichen Spezies tummeln sich da auf den Straßen und in den Gebäuden. Ein Potpourri von Eindrücken überschwemmt einen regelrecht. Wir nehmen das aber als gegeben hin und sind dahingehend teilweise auch schon richtig abgestumpft um nicht zu sagen teilnahmslos.

Und doch gibt es Momente, in denen wir den Kopf heben oder uns sogar umdrehen, weil etwas oder jemand aus dieser Masse hervorsticht. Eine wirklich schöne Frau, ein Prominenter, ein Verbrechen, ein Unfall oder in meiner schlimmsten Zeit einfach ich. Ein monumentales Ereignis, eine Naturgewalt, ein Kuriosum auf zwei Beinen. In fernöstlichen Ländern eine respektable, durchaus geachtete, in manchen Sportarten sogar verehrte Persönlichkeit. Bei uns in Europa nicht ganz so, obwohl wir uns auf dem besten Weg befinden, ein Land der Übergewichtigen zu werden und dadurch bedingt zumeist an Herzanfällen und Stoffwechselerkrankungen zu sterben. Diese Welt zu verlassen, weil man einfach ein gewisses Alter erreicht hat, wie uncool um nicht zu sagen antiquiert.

Um - in meinem Fall unfreiwillig - aus der Masse hervorzustechen, braucht es ein paar Vorbereitungen und Überwindung von Hürden, die kaum vorstellbar sind. Ziehen wir als Beispiel einen simplen Einkauf heran, um sich mit den Artikeln des täglichen Gebrauchs einzudecken. Die ersten Schwierigkeiten treten schon bei der Auswahl des geeigneten Transportmittels auf. Mit fast zweieinhalb Zentnern Lebendgewicht nicht so einfach zu bewältigen. Zu jener Zeit nannte ich zwar einen Kombi mein Eigen, stieß aber trotzdem an Grenzen. Dass der Sitz ganz nach hinten geschoben und das Lenkrad so weit oben wie möglich arretiert war, nicht wirklich ausreichend, geschweige denn bequem. Irgendwann war ich dann aber einfach nicht mehr in der Lage, diese Prozedur des Aus- und Einsteigens auf mich zu nehmen. Von nun an chauffierte mich Sonja, meine Frau, und ermöglichte mir so, die wenigen Aufgaben zu bewältigen, die ich noch selbst erledigen wollte oder musste. Auf Grund meines Leibesumfanges war es mir nicht möglich, einen Sicherheitsgurt anzulegen. Nicht nur, dass er mir die Luft zum Atmen nahm, er war schlicht und einfach zu kurz, um vorschriftsmäßig geschlossen zu werden. Die Parkplatzsuche gestaltete sich auch nicht gerade einfach, wenn man bedenkt, wie manche unserer lieben Mitbürger in den Einkaufszentren ihre fahrbaren Untersätze zu parken pflegen. Um das Fahrzeug verlassen zu können musste es möglich sein die Beifahrertüre ganz zu öffnen, was sich oft als sehr schwierig erwies aus vorher genannten Gründen. War dies nach einigen Runden am Parkplatz doch möglich, quälte ich mich mühsam, nach Luft ringend und schweißgebadet aus dem Fahrzeug.

Nach einer Verschnaufpause steuere ich müden Schrittes dem Eingang des Konsumtempels zu, nicht aber ohne bereits die ersten neugierigen Blicke auf mich zu ziehen. Manche bleiben auch ungeniert stehen und drehen sich nach mir um, und ich vermeine das verhaltene Getuschel zu hören, das nur mich betreffen kann. Die breite Eingangstüre gleitet nahezu geräuschlos zur Seite, und ich trete - mich krampfhaft an den Einkaufswagen klammernd - ein. Und schon tat sich die nächste Hürde auf. Viele dieser Läden haben Drehkreuze wie in der U-Bahn, die man passieren muss. Normalerweise nichts Erwähnenswertes, nicht aber so für mich. Es bereitet mir Mühe mich durchzuquetschen, und schon wieder vermeine ich sämtliche Blicke auf meinem Rücken zu spüren. Ich will nur raus hier, um das beklemmende Gefühl und die aufsteigende Übelkeit wieder loszuwerden. Nun bin ich aber nach so manchen Anstrengungen hier, da muss ich nun einfach durch. Vor mir eine Hausfrau mit kleinen Kindern, die durch die Gänge toben und nicht zu bändigen zu sein scheinen. Da bleibt eines, als es meiner ansichtig wird, einfach stehen und beginnt mich eingehend zu mustern. Das ist ja schon unangenehm, aber als es dann noch die Hand seiner Mutter ergreift, auf mich deutend zu ihr sagt: „Mama der Mann ist aber dick!“, scheint es um mich herum still zu werden. Mir ist so, als habe jeder, wirklich jeder das gehört. Und dann tat sich die Erde auf und verschlang alles, wie es schon in der Bibel zitiert wird, jetzt scheint es bei mir soweit zu sein. Ich bin wie paralysiert. Dieses Kind hat mich total aus der Fassung gebracht, mein kaum vorhandenes Selbstvertrauen mit diesen wenigen Worten zerstört. Es hat mich schon Überwindung gekostet überhaupt unter Menschen zu gehen, und dann das. Jede Faser meines Körpers denkt nur an Flucht, aber wohin? Ein scheinbar erwachsener Mensch. Und ob das noch nicht genug wäre, nimmt die Mutter ihr Kind an der Hand und sagt im Tonfall eines Oberlehrers: „Das sagt man nicht, komm!" Ein Tritt ins Gemächt hätte ziemlich genau die gleiche Wirkung gehabt. Gedemütigt versuche ich so schnell wie möglich in einen anderen Gang zu kommen, wobei schnell nicht wirklich möglich ist. Doch überall Menschenmassen, und alle scheinen mich anzusehen und natürlich bilde ich mir ein, dass jeder über diesen Vorfall Bescheid weiß. Mein Herz rast, langsam steigt in mir Übelkeit auf. Aber ich habe noch ein paar Besorgungen zu machen. Unter anderem ist die Feinkostabteilung dran. Vor der Theke natürlich eine Menge Kunden, das heißt sich anstellen und warten. Blicke mustern mich. Die kleine rundliche Hausfrau dreht sich verstohlen nach mir um und mustert mich eingehend. Der Glatzkopf mit dem nicht unbeträchtlichen Bierbauch versucht gar nicht wegzusehen. Die gestylte Angestellte, eine Duftwolke verströmend, dass mir noch übler wird als mir ohnehin schon ist. Mir ist so, als verziehe sie bei meinem Anblick verächtlich den Mund.

Einbildung, paranoide Tendenzen, mag schon sein: Doch zu der Zeit war ich felsenfest davon überzeugt, nur negative Bewertungen von den meisten Menschen erwarten zu können. Man sah nur diesen schwitzenden, nervösen Fleischberg vor sich. Dass sich darin aber

Gefühle, Ängste, und Sehnsüchte befinden, das wollte oder konnte keiner sehen. Ich war wie ein in die enge getriebenes Tier, das verzweifelt nach einem Ausweg suchte. Endlich war ich an der Reihe.

Wieder dieser musternde Blick von der Dame hinter der Theke, die krampfhaft versucht, äußerst freundlich zu sein und sich nach meinen Wünschen erkundigt. Natürlich ist sie im Stress, doch sie kann sich dieses Blickes nicht erwehren. Dieser Blick voller Geringschätzung, Abscheu, und - das Schlimmste für mich - Mitleid. Nicht das Mitleid, das man mit Tieren oder im TV gezeigten hungernden Kindern hat. Eine andere Form von Mitleid. In die Richtung geistige Behinderung, nicht vollwertiges Mitglied der Gesellschaft. Das schmerzt einfach nur zutiefst. Mit offensichtlicher Ablehnung kann ich im Vergleich dazu besser umgehen. Keinem scheint bewusst, welche Wunden damit geschlagen werden können. Wunden, die nicht verheilen. Verdrängen oder Vergessen funktioniert einige Zeit schon, aber die Narben bleiben. Ohne psychologische Hilfe hätte ich das auch nicht vermocht, darum an dieser Stelle Dank an meinen Arzt und mittlerweile auch Freund Wolfgang. Denn wenn ich eines gelernt habe: Es ist nicht unmännlich um Hilfe zu bitten, im Gegenteil, ein Mann sollte wissen, wann er Hilfe benötigt. Das ist er sich und vor allem seiner Familie schuldig.

Nun aber wieder zu dem charmanten weiblichen Wesen hinter der Fleischtheke. Nachdem ich meine Wünsche äußere, trifft mich ein ungläubiger Blick. So in der Art: Nur zwanzig Dekagramm? Alles unter einen Kilogramm scheint ihr unwirklich vorzukommen. Ein Mensch, der Ähnlichkeit mit einem Mastschwein hat, muss auch so fressen. Jawohl fressen, bleiben wir in der Tierwelt. Wieder habe ich das Gefühl, alle beobachten nur mich und lauschen meiner Bestellung. Hoffentlich ist sie bald fertig. Eine hochgewachsene, schon als dürr zu bezeichnende Dame streift mich bei dem Versuch, Gebäck aus einem Korb neben mir zu fischen. Mir scheint, als hätte ich einen elektrischen Schlag bekommen und zucke zurück. Körperliche Berührungen waren mir einfach nur unangenehm, und es kostet mich heute noch Überwindung, wenn ich angefasst oder bedrängt werde. Noch ärger die unter meinen Damen praktizierte Wangenküsserei. Vielleicht ist es reine Einbildung, aber mir scheint, als habe sie dabei versucht an mir zu riechen. Gedankengänge, die für die meisten nicht nachvollziehbar scheinen. Wie gesagt, vielleicht etwas paranoid. Was assoziiert man mit dicken Menschen? Dicke riechen automatisch übel. Dicke transpirieren übermäßig. Dicke sind pervers und stehen auf kleine Kinder. Dicke sind einfach ungustiös, der Gesellschaft nicht zumutbar. Einiges davon trifft sicher zu.

Meine Gedankengänge werden unterbrochen. „Darf's sonst noch was sein?" Nein danke, endlich fertig. Mein Rücken schmerzt, und es bereitet mir Schwierigkeiten, mich wieder in Bewegung zu setzen und dabei auch noch den Einkaufswagen zu schieben. Mit schweren Beinen steuere ich auf die Kassen zu. Dort bietet sich für mich wieder das gleiche Bild: Jede Menge einkaufswütige, gestresste Mitbürger versuchen jene Kasse zu erreichen, an der vermeintlich am wenigsten los ist. Die gibt es aber nicht. Unwillkürlich werde ich langsamer. Die Menschen kommen mir auf einmal wie eine unüberwindbare Mauer vor, die sich langsam auf mich zubewegt. Ist die Luft hier stickig, haben die die Heizung hochgedreht?, schwirrt es durch meinen Kopf. Mein Hals wird trocken, und langsam steigt in mir Übelkeit auf.

Der Gedanke an Flucht durchzuckt mich unwillkürlich. Den vollen Einkaufswagen einfach stehen lassen, wo ist der nächste Ausgang? Ich brauche dringend frische Luft. Hinter mir fängt es sich langsam zu stauen an, fast wie auf der Autobahn in der Urlaubszeit. Muss mich also für eine Kasse und damit für eine Schlange entscheiden. Wieder werde ich von Dutzenden Augenpaaren gemustert. Teilweise teilnahmslos, aber Großteils ist auf den Gesichtern das ganze Spektrum menschlicher Gefühle abzulesen. In unserem Dorf war ich immer die „Sensation", wobei mir schien, dass das Wort Sensation durchaus negativ belegt war. Schon ging das Tuscheln los und es mag sein, dass nicht alle über mich redeten, aber für mich war das einfach so. Die Frau vor mir stellt das Schild „Nächster Kunde" hinter sich aufs Laufband, aber nicht ohne mich über den Rand ihrer dicken Brille zu mustern. Ich beginne das Laufband mit den Artikeln aus meinem Einkaufswagen zu belegen. Die „dicke Brille" mustert ungeniert die aufgelegten Sachen. Ich vermeine die Gedanken in ihrem Gesicht ablesen zu können: Was so einer wohl essen und trinken mag? Wenn ich heute darüber nachdenke, hatte das Ganze etwas von einem Zoobesuch, bei dem Tiere in Käfigen vorgeführt werden. Dabei beobachtet man ihr Essverhalten, und am besten wäre es, wenn sie sich vor allen auch noch paaren würden. Dann könnte man das durchaus weiterempfehlen.

Da sollte man sich aber die Frage stellen, ob wir zivilisierten Menschenaffen von diesen Verhaltensweisen schon so weit weg sind wie wir meinen. Meine Erfahrungen dahingehend lassen mich daran ernsthaft zweifeln. So weiterentwickelt, wie man uns glauben machen will, sind wir bei weitem nicht. Anstand, Würde, Rücksichtnahme: Worte die gerne gebraucht, aber in der Praxis kaum angewendet werden. Das hier ist mein Zoo, wo ich aber nicht vor, sondern hinter dem Gitter stehe. Die Frau hinter mir lässt einen respektablen Abstand zu mir. Ich vermeine ihre durchdringenden Blicke förmlich auf dem Rücken zu spüren. Warum geht es nicht weiter? Natürlich muss die vor mir mit Karte zahlen, und anscheinend funktioniert das nicht. Die Kassiererin läutet nach der Filialleiterin. Die Meute hinter mir beginnt nervös zu werden, das Gemurmel wird immer lauter. Panik macht sich in mir breit. Ich beginne den Herrgott um Hilfe anzuflehen. Doch der scheint im Moment anderweitig beschäftigt zu sein, eine nicht funktionierende Bankomatkarte steht auf seiner Liste wohl ganz unten. Die Unmutskundgebungen werden immer lauter, und am hinteren Ende der Schlange scheint es so auszusehen als wäre ich der Auslöser dieses Staus. Meine Breite verdeckt nämlich die Verursacherin, und eine Stimme hinter mir sagt für alle gut hörbar: „Blader, tua weiter!"

spüre ich, wie mein vormals blasses Gesicht sich in Sekundenschnelle ins Purpurrote verfärbt.

Mein Blutdruck steigt, und es fängt im Kopf an zu hämmern. Bitte lass diesen Albtraum vorbeigehen. Endlich hat sich die Dame dazu entschlossen, ihren Einkauf auf die gute alte Weise zu bezahlen. Sie zückt Bargeld und begleicht die Rechnung. Natürlich zählt sie das Wechselgeld bedächtig nach und verteilt die Scheine und Münzen in den diversen Taschen ihrer überdimensionalen Kellnerbrieftasche. Nun bin ich an der Reihe. Die Kassierin hebt nicht einmal den Kopf und beginnt sofort die Waren über den Scanner zu ziehen. Kaum komme ich mit dem Einräumen nach. Da passiert es. Mit der rechten Hand streife ich eine Tüte Kekse vom Band. Eigentlich kein großes Malheur, anders bei meinem Lebendgewicht. Bücken, eine Tortur und bis zum Boden fast unmöglich. Ein Ächzen entfährt mir, und irgendwie schaffe ich es mit den Fingerspitzen die Tüte zu erreichen. Inzwischen hat die Bedienstete bereits den Rest meines Einkaufs in den Einkaufswagen befördert, hebt erstmals den Blick und sieht mich direkt an. Ihr Mund klappt unwillkürlich nach unten, es vergehen ein paar Sekunden, bis sie realisiert wie sie mich anstarrt und den Mund wieder schließt. Ungläubiges Staunen huscht über ihr Gesicht, während sie mir die zu bezahlende Summe nennt. Ich nehme die größte Banknote, die ich bei mir trage, und bezahle um die Sache nur ja nicht noch länger dauern zu lassen. Hastig das Wechselgeld ohne nachzuzählen in die erstbeste Tasche meiner Jacke steckend nehme ich den Wagen und schiebe ihn auf den Ausgang zu.

Die Schiebetüre öffnet sich, der letzte Schwall warme, abgestandene Luft streift mich, und wenige Schritte trennen mich von der Freiheit. Geschafft, endlich frische Luft! Ich atme tief ein und merke erst jetzt, dass mir der kalte Schweiß auf der Stirn steht. Der Parkplatz ist gerammelt voll, und ich versuche den besten Weg zu meinem fahrbaren Untersatz zu finden. Die Arschlöcher parken einfach wie es ihnen in den Sinn kommt, geht es mir durch den Kopf. Ein Auto bleibt vor mir stehen, der Lenker deutet mit dem Finger auf mich, und seine Beifahrerin scheint noch nie einen wie mich gesehen zu haben, was sich aus ihrem fassungslosen Gesichtsausdruck schließen lässt. Endlich Heckklappe auf und den Einkauf so schnell wie möglich verstauen. Bin völlig außer Atem. Nun, noch den Einkaufswagen zurückstellen. Wow, ist aber verdammt weit weg. Bin ausgepowert und will mich nur hinsetzen. Ach was, ich scheiß auf den Euro und lasse das Gefährt einfach hier stehen.

Nun da tut sich schon die nächste Schwierigkeit auf. Um nicht in die Fäkalsprache zu verfallen sagen wir es einmal so. Ein des Einparkens nicht gerade mächtiger Mitbürger oder auch eine Mitbürgerin, beachten wir die Gleichberechtigung, hatte so knapp an mein Auto geparkt, dass es unmöglich war die Beifahrertüre so weit zu öffnen, dass ich auch nur den Versuch starten konnte hineinzukommen. Ich wünschte ihm sämtliche Ausdrücke, die mir aus dem Tierreich einfielen, an den Hals, die, wenn sie auch nur einigermaßen zutreffen würden, ihn um einiges interessanter für die Menschheit machen würden als ich das je sein könnte.

Geschlagene zehn Minuten später scheint sich der Besitzer der Karosse zu nähern. Ein glatzköpfiger, rundlicher, kleiner Mann, im Schlepptau eine hagere, kleine, keifende Frau. So vertraut wie sie wirken - er hört zu, sie gibt die Kommandos - handelte es sich schätzungsweise um Mann und Frau. Als er mich da stehen sieht, gibt er mir zu verstehen, dass er gleich fertig ist. Seine bessere Hälfte sieht mich einfach wortlos an und beobachtet mit Argusaugen die Beladung ihres Pkw. Dann steuert sie die Fahrerseite an und setzt sich gemächlich hinters Steuer. Wäre ich gehässig, würde ich sagen, ich hab's ja gewusst. Auto und Einparken, das Ergebnis kann nur von einem Weibchen stammen. Da ich das aber in keiner Weise bin, geht das schon in Ordnung, sie kann's anscheinend nicht besser, die Fahrschule ist ja auch schon ein Weilchen her. Außerdem haben sich die Autos in den letzten Jahrzehnten auch etwas verändert, was das Einparken mit der heute üblichen Servolenkung auch schwerer gemacht zu haben scheint. Endlich kann ich die Türe öffnen und den ersten Versuch starten irgendwie ins Wageninnere zu kommen. Mein linkes Kniegelenk kracht bedenklich, und Schmerzen lassen mich zurückzucken. Keine gute Idee, denn dadurch verliere ich fast das Gleichgewicht. Trotzdem nichts wie rein und endlich sitzen. Mit etwas Schwung gelingt es schließlich, und ich sinke ächzend und schnaufend in den Sitz. Nichts wie weg hier und so schnell wie möglich nach Hause.

7
Körperpflege

Dann gibt es da noch die Sache mit der Hygiene. Wie läuft das bei den meisten von uns am Morgen nach dem Aufstehen ab? Man geht ins Bad, verrichtet sein großes oder kleines Geschäft, stellt sich unter die Dusche, seift sich ein und wäscht sich gründlich am ganzen Körper. Nach dem Abtrocknen wird eingecremt, Deos und diverse Düfte aller Art werden aufgetragen um einen angenehmen Duft zu verströmen. Schließlich will man gepflegt auf seine Mitmenschen wirken. Mundhygiene gehört natürlich auch noch dazu, und langsam kommt im Spiegel ein Mensch zum Vorschein, der trotz dieser frühen Stunde herzeigbar scheint. Die Kleidung für den heutigen Tag liegt bereit, den Erfordernissen des kommenden Tages angepasst also schnell übergestreift. Noch ein prüfender Blick in den Spiegel ob alles sitzt, bücken und in die Knie gegangen um das passende Schuhwerk anzulegen. Nun soweit fertig. Der Tag kann kommen.

Wie gesagt so beginnt bei den meisten normalen Menschen der Tag. Bei einem Lebendgewicht von 240 Kilogramm sieht das etwas anders aus. Ein Motorrad wiegt in etwa soviel, und haben Sie schon einmal versucht, ein solches -nachdem es umgefallen ist - wieder auf den Ständer zu stellen? Eine ziemliche Prozedur. Nach einer Nacht, in der ich schon Schwierigkeiten hatte von der Rücken- in die Seitenlage zu kommen, bin ich total verspannt und kaum ausgeruht. Der ganze Körper schmerzt, einfach nur. Wieder ein Scheißtag wie schon viele davor. Nichts desto trotz auch bei mir meldet sich die Blase, es ist dringend. Nun einmal rasch überlegen: Wie komme ich am besten aus dem Bett? Mit einiger Anstrengung wälze ich mich an den Rand des Bettes, das mir durch Ächzen und Knarren anscheinend mitteilen will, dass es an der Grenze seiner Belastbarkeit angelangt ist.

Diese Aktivitäten allein führen dazu, dass mein Atem schneller geht. Nach einer kurzen Verschnaufpause rechtes Bein ausstrecken, abwinkeln, bis es den Boden berührt. Wieder kurz absetzen, und dann heißt es Schwung holen. Einmal, zweimal, das Bett ächzt bedenklich. Mich mit den Händen aufstützend schiebe ich das linke Bein auch noch über die Bettkante. Geschafft, ich sitze. Ich habe das Gefühl gleich zu platzen, die Blase meldet sich vehement, es bleibt nicht mehr viel Zeit. Mit einem Gewaltakt komme ich endlich auf die Beine, wobei meine Knie und Bänder überlaut zu knacken scheinen in Anbetracht des Gewichtes, das sie nun tragen müssen. Ich schiebe ein Bein vor das andere um so rasch wie möglich das Bad zu erreichen. Mir steht der Schweiß auf der Stirn. Endlich kann die übervolle Blase entleert werden, wobei es auf Grund der Körperfülle unmöglich ist im Stehen genau zu sehen, wohin der Strahl geht. Ungustiös, ja das ist es. Nur soviel Zeit um sich zu setzen war einfach nicht mehr.

Jeder Mensch muss irgendwann auch seinen Darm entleeren. Natürlich im Sitzen, was sonst. In den meisten Wohnungen ist der Platz für das WC äußerst knapp bemessen, sodass auch ein schlanker Mensch nicht unbedingt länger als unbedingt nötig an diesem Ort verbringt. Meine Gewichtsklasse stieß dabei schon beim Umdrehen auf die erste Schwierigkeit, überhaupt nicht zu reden von der richtigen Position, die für den unmittelbar bevorstehenden natürlichen Vorgang einzunehmen ist. Ist das vollbracht, nimmt man das in fast jedem herkömmlichen WC aufliegende Papier, um es dem dafür vorgesehenen Zweck zuzuführen. Muss jeder machen, gehört einfach dazu. Die Details über diesen Vorgang will ich hier nicht vertiefen, nur soviel dazu: Stellen Sie sich vor, dass es fast unmöglich ist auf Grund des Körperumfanges mit der Hand an jene Stelle zu gelangen, die nach einer Reinigung verlangt. Wir sind es gewohnt, und keiner macht sich eigentlich Gedanken darüber, ist ja tagtäglich derselbe Vorgang. Für mich stellte das aber einfach nur eine Tortur dar, die aber sein musste.

Nachdem ich mich wieder auf die Beine gequält hatte, stand Duschen auf dem Programm. Mein Herz schlug allein bei dem Gedanken daran, was mir da noch bevorstand, um einiges schneller, um nicht zu sagen ich geriet langsam in Panik. Der Einstieg in die Dusche, die nicht für eine solche geballte Masse konstruiert ist, gestaltet sich schon schwierig, und im Kopf manifestiert sich immer mehr der Gedanke, es heute einfach zu lassen. Für was soll das gut sein, ich habe ja sowieso nichts vor. Manchmal hat sich dieser Gedankengang auch durchgesetzt, was dazu führte, dass zumindest mein Bedarf an frischer Wäsche über die Woche gesehen recht überschaubar war. Man entwickelt sich wieder stufenweise auf den hygienischen Stand zurück, den man als Heranwachsender hatte. Das Bedürfnis, sich sauber und erfrischt zu fühlen, tritt immer mehr in den Hintergrund und wird zusehends durch eine gewisse Teilnahmslosigkeit ersetzt. Nur ja jeder zusätzlichen Anstrengung aus dem Wege gehen. War es ein guter Tag oder war es einfach nicht mehr möglich es aufzuschieben, wollten vorher einige Vorbereitungen getroffen werden. Duschgel etc. musste so platziert werden, dass es erreichbar war ohne sich viel bewegen zu müssen, was auf Grund der Enge und meiner eingeschränkten Bewegungsfreiheit auch gar nicht möglich war. Große Angst hatte ich davor auszurutschen. Die Folgen eines solchen Vorfalles waren gar nicht auszudenken. Diese Masse in einer Dusche bei den Fliesen und den Armaturen aufprallen zu lassen, die Verletzungen oder noch Schlimmeres, mir graute davor. Sollte es aber wider Erwarten nicht so schlimm sein, an ein Aufkommen ohne fremde Hilfe war gar nicht zu denken. Da kommen mir immer wieder Berichte aus dem Fernsehen oder der Zeitung in den Sinn, wie die Feuerwehr solche armen Schweine, ich verwende bewusst den Ausdruck arme Schweine, bergen muss. Diese Demütigung, dieses Aufsehen, bitte dann schon lieber gleich sterben. Diese Gnade würde mir sicherlich nicht zuteil werden, habe ich doch schon einige Male riesiges Glück, oder wie es nun jeder nennen mag, im Leben gehabt. Unfälle, Krankheiten, ich habe es immer wieder irgendwie geschafft, diese zu überwinden.

Nun aber wieder zu meinem ursprünglichen Vorhaben

zurück. Sich der Kleidung zu entledigen war schon gar nicht so einfach. Die Shorthose ging ja noch einigermaßen, natürlich nur, wenn etwas zum Abstützen greifbar war, in diesem Fall tat es die Waschmaschine. Die Oberbekleidung abzulegen erwies sich als schon bedeutend schwierigeres Unterfangen. Sobald ich versuchte diese über den Kopf zu streifen, bekam ich massive Gleichgewichtsprobleme, ein Gefühl, als befände man sich auf einem schwankenden Schiff.

So, die elementarsten Vorbereitungen waren getroffen, es war soweit. Nach dem Zuschieben der Glastür überkam mich sogleich ein beklemmendes Gefühl, eine Art von Klaustrophobie. Das Gefühl zu wenig Luft zu bekommen. Es wird auf einmal unnatürlich heiß, man fängt an zu transpirieren. Klingt sicherlich irreal für die meisten, für mich war es erschreckende Realität. Das Herz rast, hoffentlich kein Herzanfall, die linke Hand beginnt bereits taub zu werden. Ich muss raus. Badezimmertür auf und einfach nur frische Luft atmen, bis sich das Rasen meines Herzens und das Rauschen in meinen Ohren wieder normalisiert.

Der zweite Versuch. Das Spiel beginnt von vorne. Die Dusche aufdrehen und der Versuch, die richtige Temperatur einzustellen, indem man sich etwas nach vorne beugen muss schon die erste Herausforderung. Das Wasser schießt aus dem Duschkopf. Ein gutes Gefühl. Ich stehe einfach nur da und genieße es. Nun ist es an der Zeit sich einzuseifen. Eine vorsichtige Drehung nach rechts und etwas nach vorne beugen um das Duschgel zu erreichen, mir ist, als beginne ich langsam zu schwanken. Alles geht gut, und nun beginne ich das Gel auf dem Körper zu verteilen. Am Oberkörper gelingt das auch recht gut, die Haare, auch nicht wirklich ein Problem. Die Körpermitte, nun wie man sich eben so wäscht, wobei die voluminöse Leibesmitte die Sicht auf die unteren Regionen doch erheblich einschränkt.

Nun beginnt aber der schwere Teil dieses Unterfangens. Um die Beine einzuseifen wieder vornüberbeugen was auf Grund der Enge der Kabine nur bedingt möglich ist. Da ich relativ groß bin, ist es einigermaßen machbar. Wie aber die Füße waschen? Einfach unmöglich. Hebe ich einen Fuß an, verliere ich höchstwahrscheinlich das Gleichgewicht. Bleibt nur die Möglichkeit, es außerhalb der Kabine mit einer Wanne und einem Stuhl noch einmal zu versuchen. Bin in meinem Körper gefangen und fühle mich wie ein Greis. Trotzdem, Hilfe anzunehmen kam nur in den seltensten Fällen für mich infrage. Ein letzter Rest von Stolz war noch vorhanden, was im Nachhinein betrachtet dumm und überdies auch noch gefährlich war. Soweit geschafft, das Wasser läuft und spült den Schaum vom Körper.

Um alle Regionen zu erreichen, ist es nötig sich umzudrehen. Langsam und jedesmal mit der Befürchtung im Hinterkopf in dem Moment auszurutschen. Der Boden der Duschtasse gibt förmlich nach und es knackt bedenklich. Alles geht aber gut. Nun noch die Haare abspülen, wobei ich die Augen schließen muss, und sofort beginnt die Welt um mich herum wieder zu schwanken. Geschafft, kann die

Dusche endlich verlassen. Bin ausgelaugt, erschöpft, der Rücken schmerzt. Jetzt noch eincremen, das liegt beim besten Willen nicht mehr drin. Shorts und T-Shirt anziehen, wobei mir die Waschmaschine als Stütze wieder wertvolle Dienste leistet. Das Bad wieder in den ursprünglichen sauberen Zustand versetzen, das muss noch warten.

Mein bequemer Sessel wartet. Die Haare sind auch noch nass, was soll's. Ich hasse mich, meinen Körper, überhaupt die ganze Welt. Nach einiger Zeit wieder zu Kräften gekommen, steht aber noch etwas Fußpflege an. Man stelle sich vor sitzend in einem Sessel, wobei man die Beine ausstrecken muss um die Fußspitzen zu sehen, da der Bauch die Sicht darauf versperrt. Beim nach vorne beugen stellen sich gleich wieder Atemprobleme ein, da die ganzen inneren Organe ziemlich gequetscht werden. Alles Sachen, über die sich ein normalgewichtiger Mensch überhaupt keine Gedanken macht. Die voluminöse Leibesmitte ist immer im Weg. Versuchen Sie einmal mit einem oder besser mehreren großen Kissen vor dem Bauch den Oberkörper zu beugen. Nun aber fortgefahren. Die Füße stehen bei der Körperpflege bei den meisten weit hinten. Wir machen uns recht wenig Gedanken darüber. Erst wenn sie schmerzen, sie haben ansonsten ganz selbstverständlich zu funktionieren. Sie sind das ganze Leben lang enormen Belastungen ausgesetzt, wie müssen diese erst aussehen bei massivem Übergewicht?

Die Knöchel sind geschwollen, und auch der Rest der Beine ist von Wassereinlagerungen (Ödemen) betroffen. Nach dem Tragen von Socken bleiben beispielsweise längere Zeit sichtbare Dellen zurück. Nach dem Baden oder Duschen sollten vor allem die Zehen-Zwischenräume gut abgetrocknet werden, ein Unterfangen, das für mich nicht einfach zu bewältigen war. Auf Grund der Körperfülle transpiriert man außer am ganzen Körper auch speziell an den Füßen viel mehr, was bei mangelhafter Pflege schnell zum Einnisten von Fußpilz führt. Eincremen auch ganz wichtig, da die Haut extrem rissig und trocken ist. Es war einfach nur eine Riesenprozedur und Plackerei, die ich oft einfach ausfallen ließ, obwohl mir die Folgen sehr wohl bewusst waren. Wobei wissenschaftliche Studien auf einen Zusammenhang zwischen penibler Hygiene und dem Auftreten von diversen Krankheiten hinweisen, manche gehen sogar soweit, dass der menschliche Körper auf bestimmte Bakterien angewiesen ist.

Ich kann aber aus eigener Erfahrung sagen, der Mensch sollte sich nicht auf die Stufe eines Schweines stellen und gewisse Standards versuchen zu wahren. Das ist er sich und seiner Umgebung einfach schuldig. Nur zählen solche Verhaltensweisen oft nicht. Man lebt in seiner eigenen begrenzten Welt, seinem eigenen Universum und versucht sich seine körperlichen Defizite keineswegs vor Augen zu führen.

Soviel zur Intimpflege, und da ist nur die Rede vom allmorgendlichen Ritual, wie es in Millionen Badezimmern auf der ganzen Welt stattfindet. Doch der Tag hat ja bekanntlich 24 Stunden. Bedenkt man die erhöhte Nahrungsaufnahme, führt das zwangsläufig zu einem höheren Stoffwechsel, und das wiederum bedingt den häufigen strapaziösen Weg zum WC und zu den vorher geschilderten notwendigen Vorgängen.

8
Depressionen

Worüber ich eigentlich gar nicht gerne spreche geschweige denn schreibe sind die psychischen Beschwerden wie zum Beispiel Depressionen, die bei einem Lebendgewicht von 240 Kilogramm unweigerlich auftreten. Vieles davon habe ich schon verdrängt oder zumindest zu verdrängen versucht. Beim Schreiben dieser Zeilen und unzähligen Gesprächen mit meinem Arzt und Mentor Wolfgang haben wir versucht diese aufzuarbeiten. Wobei ich hoffe, dass dies ein Weg oder vielmehr der Weg ist, dieses im wahrsten Sinne des Wortes dunkle Kapitel meines Lebens abzuschließen. Mir ist sehr wohl bewusst, dass dies immer ein Teil meines Lebens sein wird und mich zu dem gemacht hat, was ich heute bin oder noch werden möchte. Eigentlich bin ich ein introvertierter Mensch, vielleicht auch in gewissem Maße ein Träumer. Zahlreiche Anfragen haben mir erst bewusst gemacht, wie viele Menschen darunter leiden, verzweifelt Hilfe und Zuspruch suchen und zumeist nirgends finden. Darum dieser Schritt von mir.

Depressionen waren für mich vor Jahren, als ich noch voll im Arbeitsprozess stand, meine Kinder noch klein waren und ich zusehen musste, dass das Geld bis zum Ende des Monats reicht, einfach kein Thema. Betroffene sah ich als verweichlicht und in ihrem Leben als nicht ausgelastet an. Ein Mann hat so etwas einfach nicht. Wofür hat man Kumpel, und ein paar Flaschen Bier nach Feierabend oder manchmal auch zwischendurch kurieren fast alles. Ich sehe in den Spiegel, und das da drinnen, das bin ich nicht. Das kann ich einfach nicht sein. Einfach unmöglich! Dieses aufgedunsene Gesicht, die kaum mehr sichtbaren Augen in dieser unförmigen Masse.

Meine Augenfarbe war ursprünglich einmal grün. Zumindest steht es so in meinem Wehrdienstbuch. Aber davon ist nichts mehr zu sehen. Gelb, ja gelblich ist eher zutreffend. Eigentlich hat mein gesamtes Gesicht eine ungesunde gelbliche Farbe. Aber ich habe trotz meines Alters keine einzige Falte, zumindest keine sichtbare. Vielleicht rührt das aber auch daher, dass die Form des Kopfes am ehesten einem nicht ganz aufgepumpten Fußball ähnelt. Die Haare hängen wirr ins Gesicht, verdammt bin ich grau geworden, an manchen Stellen sogar schon weiß. Zumindest habe ich noch volles Haar. Da fällt mir ein, wann habe ich mir eigentlich das letzte Mal den Kopf gewaschen? Im Radio spielen sie gerade einen Hit aus den Achtzigern. Den kenn ich doch, wer war das noch mal? Genau, das war in unserer Stammkneipe der Hit, da habe ich mit meinem Freund Andy die zwei süßen Mädels angebaggert. Wir beide mit langen schwarzen Haaren, enge Jeans, die konnten uns doch gar nicht widerstehen. Konnten sie auch nicht. Überhaupt die erste große Liebe, was aus ihr wohl geworden ist? Wenn ich damals meine Zelte hier abgebrochen hätte, was wäre beruflich da alles möglich gewesen.

Vielleicht hätte ich mein Potenzial besser nützen können. Mensch, wenn ich die Zeit zurückdrehen könnte, Andy würde dann auch noch leben. Obwohl vielleicht hat er es besser als wir alle hier. Er gehört dem erlauchten Club der 27-Jährigen an wie ein Jimi Hendrix, ein Jim Morrison, ein Curt Cobain, alle, die ich eigentlich immer bewundert habe. In meiner verklärten, naiven Vorstellung: Lebe schnell und stirb jung, ohne etwas versäumt zu haben. In der kurzen Zeit bis zur Gründung meiner heutigen Familie war das, die begrenzten zur Verfügung stehenden Mittel berücksichtigend, nur bedingt möglich. Gesoffen, geliebt, gekifft, nur ein eigenes Motorrad, dazu ist es nie gekommen. Zum Spießer bin ich erst später unmerklich mutiert. Habe schon lange nicht mehr an Andy gedacht, Shit, er fehlt mir. Was soll das alles noch, aus diesem Sumpf komme ich nie wieder heraus. Will ich das überhaupt?

Ein Gedanke macht sich langsam in meinem Gehirn breit. Bisher konnte ich diese Gedanken immer wieder zurückdrängen. Sie gewinnen aber immer mehr an Intensität, das ist wie Giftgas, es kommt langsam, aber unaufhaltsam. Es wäre ziemlich einfach, schließlich bin ich ein durchschnittlich intelligenter Mensch, oder doch nicht? Wäre ich das, dann stünde ich nicht hier, geschweige denn so. Was ist passiert, dass mein Leben so aus dem Ruder gelaufen ist? Ich war doch einmal glücklich und zufrieden. Oder habe ich mir das all die Jahre nur eingebildet, mir etwas vorgemacht? Wieder beschleicht mich dieser Gedanke, mein Körper fühlt sich auf einmal an, als würde er nicht zu mir gehören. Die Musik tritt in den Hintergrund, ein Gefühl von Schwerelosigkeit durchströmt mich. So in etwa müssen sich Menschen fühlen, die über das Verlassen des eigenen Körpers erzählen. Jetzt fehlt nur noch das immer wieder zitierte gleißende Licht, das unbeschreibliche Glücksgefühl, und alles ist vorbei.

Der Gedanke manifestiert sich langsam, aber da ist etwas in mir, das ganz schwach aber durchaus hörbar dagegen zu protestieren scheint. Das Ganze widerspricht deiner Erziehung, eigentlich allem, an das du immer versucht hast zu glauben. Doch andererseits: Warum dagegen ankämpfen? Welche Möglichkeiten gäbe es da? Pulsadern öffnen, nein, das gäbe eine ziemliche Sauerei, und außerdem wird das ganz bestimmt auch noch ziemlich wehtun. Den Strick, das wäre aber ziemlich schwierig. Zuerst bräuchte ich einen geeigneten Platz mit einem ziemlich massivem Balken oder ähnlichem. Doch wie sollte ich den erreichen, konnte ich ja kaum Stiegen steigen geschweige denn einen Sessel erklimmen. Zudem müsste das Seil einer ziemlichen Belastung standhalten, und ein Henkersknoten wie im allseits bekannten Italo-Western soll es zumindest schon sein. Klingt makaber, aber in manchen Dingen war und bin ich auch heute noch ein Perfektionist. Sollte mir als ehemaliger Pionier im Dienste des Vaterlandes aber nicht schwerfallen, denn zumindest da wollte ich nicht versagen. Sogar dabei steht dir dein Körpergewicht im

Weg. Einen Abgang mit Stil, gibt es so etwas überhaupt? Tabletten, wäre ziemlich unmännlich. Hast du sie noch alle? Du bist dann tot, kann dir dann ja ziemlich egal sein. Doch wenn es mir auch keiner glaubt, machte ich mir ernsthaft Gedanken, was danach mit mir geschehen würde.

Jetzt reiß dich zusammen, du Feigling. Wenn du es schon nicht für dich tust, du hast immer noch Verpflichtungen. Nicht dir gegenüber, aber was ist mit deiner Familie? Wie sieht das ihnen gegenüber aus? Schließlich hast du maßgeblichen Anteil daran, dass sie überhaupt existiert. Haben es die Kinder verdient einen Vater zu haben, der in letzter Zeit sowieso kaum vorhanden war und sich jetzt auch noch feige aus seiner Verantwortung stehlen will? Ist mir egal, die kommen ohne mich sicher besser zurecht, und dann ist auch niemand mehr da, für den man sich schämen muss, das haben sie auch manchmal getan. Das weiß ich genau. Warum sollte es bei ihnen anders als bei mir selbst sein? Willst du ihnen das wirklich zumuten? Du egoistischer Arsch. Was ist aus dem Mann geworden, der immer geglaubt hat, alles im Griff zu haben? War das Leben eine einzige Lüge, eine Luftblase, die zu zerplatzen droht?

Da öffnet sich die Wohnungstüre, meine Tochter kommt von der Arbeit. „Papa, bin zu Hause." Da hast du deine Antwort.

9
Sex

Ein großes Thema sind auch gewisse Bedürfnisse, die jeder von uns hat. Außer Essen und Trinken muss sich die menschliche Rasse zudem auch fortpflanzen, wobei der dafür notwendige Akt ja auch Spaß machen und zur Ausgeglichenheit von Körper und Geist beitragen sollte. Nur in einem befriedigten Körper steckt ein gesunder Geist oder so ähnlich lautet doch ein Sprichwort. Ob hetero-, homo- oder bisexuell, jeder nach seiner Fasson. Wobei ich die körperliche Liebe zwischen Mann und Frau bevorzuge. Ein altmodisch denkender Mensch, der glaubt, dass ihm nur eine Vertreterin des weiblichen Geschlechtes das geben kann.

Falls noch Unklarheit herrscht, ich spreche hier über das große Thema Sexualität. Weltreiche gingen unter, und alles nur dafür? War es das wert? Eine mächtige Waffe, von jedem schon einmal eingesetzt. War es das wert? Ich denke schon. Nun, aber wie funktioniert das bei einem Mann von zweieinhalb Zentnern Lebendgewicht? Die Bedürfnisse sind da wie bei jedem anderen auch. Wie ist das technisch überhaupt umsetzbar? Doch bevor ich darauf eingehen will, vergessen wir nicht das Allerwichtigste dabei. Eine Frau, die gewillt ist, sich auf so etwas überhaupt einzulassen. Abgesehen von Personen, auf die Fettleibigkeit sexuell stimulierend wirkt, dürfte es schwer fallen, eine „normale" Frau ohne professionellen Hintergrund davon zu überzeugen, sich auf so ein Abenteuer mit ungewissem Ausgang einzulassen. Ich hatte und habe das Glück eine solche

Frau zu kennen, die in mir auch etwas anderes sieht als ein monströses, für den Großteil auch abstoßendes Fleisch gewordenes Monster. Bei uns ist der körperliche Unterschied auch in früheren Jahren immer schon prägnant gewesen. Alleine was die Größe betrifft, trennen uns gut fünfundzwanzig Zentimeter. In meinen besten Tagen war ich damals zumindest dreißig Kilogramm schwerer, was sich aber auch nicht negativ auf unserer Sexualleben ausgewirkt hat. Im Gegenteil. Doch jetzt sah das Ganze schon etwas anders aus.

Erfahrungsberichte scheint es sehr wenige zu geben, zumindest haben meine Recherchen keine auf meinen Fall zutreffenden Ergebnisse hervorgebracht. Da normaler Verkehr unmöglich ist, kommen nur einige wenige Stellungen in Frage. Was einigermaßen funktioniert, wenn der Mann sich rücklings hinlegt und die Partnerin ihn gewissermaßen besteigt, was mir zu der Zeit auch sehr zutreffend schien. Denn das war es im wahrsten Sinne des Wortes. Glücklicherweise bin ich nach Aussage der mitwirkenden Person was die von Gott gegebene Ausstattung meines Fortpflanzungsorganes betrifft, besser als der Durchschnitt gebaut. Das ist dahingehend wichtig, nicht nur mein Ego betreffend, sondern weil der Bauchumfang dermaßen groß ist, dass bei unterdurchschnittlicher Größe ein Eindringen überhaupt nicht möglich ist. Jeder mit etwas Fantasie kann sich das vorstellen.

Ein zusätzliches Handicap von massiv Übergewichtigen besteht darin, dass zumeist die Durchblutung nicht so funktioniert wie sie eigentlich sollte. Und wie wir bereits in der Schule beim Sexualkundeunterricht – diejenigen, die aufgepasst haben, wissen das – gelernt haben, ist die Durchblutung beim Geschlechtsakt sehr wichtig. Man kann durchaus behaupten, ohne genug Blut im Glied ist es nahezu ausgeschlossen, die angestrebte Entspannung zu erreichen. Ich wage zu behaupten dass dies den meisten Männern schon irgendwann einmal aus welchen Gründen auch immer widerfahren ist. Hier besteht eine der wenigen Situationen im Leben, in denen es von Vorteil ist, mehr Blut in seiner unteren Region zu haben als im Gehirn. Andererseits wären viele von uns gar nicht auf dieser schönen Welt und könnten diese Erfahrungen teilen, wenn das Gehirn immer ausreichend durchblutet gewesen wäre.

Sind diese Voraussetzungen aber gegeben, liegt es an der Geschicklichkeit der Partnerin es irgendwie zu schaffen das zusammenzuführen, das nun mal zusammengehört. Klingt nicht gerade erotisierend, aber will man auf Sex nicht ganz verzichten, bleibt keine andere Wahl. Sex an sich hat auch so schon etwas Animalisches an sich, aber diese Erfahrung stellt sicherlich noch eine Steigerung auf diesem Gebiet dar. Der Löwenanteil beim Geschlechtsakt obliegt dabei der Partnerin. Es bedarf ihres Geschicks, damit verbunden einer gehörigen Portion Hingabe, Aufopferung und wie in meinem Fall zweifellos Liebe, um trotz aller Widrigkeiten die eine mit nichts zu vergleichende Entspannung zu erreichen. Eine andere Möglichkeit sehe ich nur durch den Einsatz massiver Geldmittel, indem man sich der gewerblichen Liebesszene bedient. Mit Barem kann man sicherlich auch hier so manche

Hürden aus dem Weg schaffen. War bei mir, Gott und meiner Partnerin sei's gedankt, nie nötig.

10
Frauen

Das Kapitel Frauen, jetzt nicht nur in sexueller Hinsicht betrachtet, ist ein wesentlicher Punkt im Leben eines Mannes. Sie sind maßgeblich daran beteiligt, in welche Richtung sich ein Mann, in dem Fall spreche ich von mir, entwickelt. In keiner Weise möchte ich aber hier auch nur irgendwelche Schuldzuweisungen an die Vertreterinnen des weiblichen Geschlechtes verteilen, die mich bisher durchs Leben begleitet haben.

Als durchschnittlich intelligenter Mensch und Mann, der ich nun einmal bin, sollte man meist wissen, wann gewisse getroffene Entscheidungen einer Korrektur bedürfen. Sicher, ab einem gewissen Alter werden manche nicht unbedingt mit dem Kopf getroffen. Es ist nun einmal ein Fluch und manchmal auch ein Segen, dass Frauen ziemlich überzeugend sein können. Vor allem weil sie entscheidend anders gebaut sind als wir und deshalb Argumente vorweisen können, denen wir nichts entgegensetzen können. Ist es in den ersten Lebensjahren die Mutter, die alles zu wissen scheint und bei der auch Fehlverhalten immer toleriert und verziehen wird, kommt rasend schnell die Zeit, in der das Leben kompliziert wird. Als heranwachsender Teenager ist man bestrebt, dem gängigen Ideal in punkto Auftreten und Aussehen zu entsprechen. Wer stellt in der Regel diese Maßstäbe auf? Genau, Mädchen. Manipulation in Reinkultur. Schwer, verdammt schwer dem gegenzusteuern.

Der Behauptung, man müsse seinen Idealen treu bleiben und Charakter sei wichtig, kann man nur in den seltensten Fällen entsprechen. Als Teenager unmöglich, da das Resultat aus diesem Ratschlag zumeist jenes ist, dass man alleine durchs Leben schreitet. Zwar erhobenen Hauptes, aber eben allein. Wer will das schon, also ehrlich? Darum heißt es seinen Körper so gut wie möglich in Form zu bringen und der pubertär bedingt unreinen Haut den Kampf anzusagen. Die Manipulation beginnt. Hat das alles irgendwann geklappt und ist ein weibliches Pendant gefunden, das bereit ist, mit einem durchs Leben zu schreiten, erreicht man die nächste Stufe.

Das Universum erfährt eine erhebliche Einschränkung da sich nun alles um deine Liebste zu drehen hat. Anderen Weibchen, die sich erdreisten territoriale Ansprüche auf dich zu erheben und die dezenten Hinweise sich schleunigst zurückzuziehen nicht verstehen wollen, wird der Krieg erklärt. Dass Frauen dabei ziemlich skrupellos sein können, ist ja wohl hinlänglich bekannt. Zum anderen wirst du gnadenlos abgeschossen und entsorgt, kommt eine bessere Ausgabe von dir des Weges. Wobei besser relativ ist und nicht immer auf das äußere Erscheinungsbild zurückzuführen ist. Um das Paarungsverhalten in Gang zu bringen reichen oft schon ein wohlgefülltes Bankkonto und ein entsprechender fahrbarer Untersatz, der das Gesamtbild harmonisch abrundet.

Da aber nun mal nicht alle so sind – sonst würden die meisten Durchschnittsbürger wohl alleine bleiben, was wiederum zu einem massiven Geburtenrückgang führen würde –, kommt eines Tages die „Richtige“. Man beschließt sich eine gemeinsame Bleibe zu suchen. Sanft aber bestimmt wird die Richtung vorgegeben, in der die Wohnung eingerichtet werden sollte. Von den meisten Gegenständen, die du in den Jahren zuvor angeschafft hast und die dir lieb und teuer geworden sind, musst du dich trennen oder sie in den verstaubten Keller verbannen. Um der Liebe willen gibst du nach und fügst dich. Obwohl das eigentlich nicht das ist, was du dir vorgestellt hast. Ist aber bereits zu spät; die Richtung, in welche es geht, ist bereits vorgegeben. Vorteile gibt es natürlich auch. Kein Balzverhalten mehr in der Öffentlichkeit notwendig, deine Bedürfnisse werden zumindest in der Anfangszeit von deiner besseren Hälfte befriedigt. Andererseits eröffnen sich auf einmal Möglichkeiten bei Weibchen, die dich früher keines Blickes gewürdigt haben. Das mit der verbotenen Frucht hat schon was für sich. Da du aber ein aufrechter Kerl bist, ist dies natürlich keine Option.

So vergeht die Zeit, man wird ein eingespieltes Team, und irgendwann kann man die Gedanken des anderen ohne Mühe erraten. Doch auf einmal ist die Zweisamkeit vorbei, Kinder bereichern dein Dasein, und ab nun dreht sich alles um sie. Um alles in geordnete Bahnen zu leiten, kommt nun die Institution Ehe ins Spiel. Die

Argumente dafür liefert deine Partnerin, da du nun als Familienvater Pflichten hast, die es zu erfüllen gilt. Den Job, den du eigentlich machen wolltest, kannst du aus den verschiedensten Gründen nicht mehr annehmen. Geld, auch vorher schon wichtig, wird nun zu einem zentralen Thema und liefert den Anlass zu so manch heftigem Streit. Aber man nimmt es hin, wenn man in die Augen seines Nachwuchses blickt, die zumindest in den ersten Jahren zu dir Aufsehen.

Nur zur Klarstellung, ich liebe meine Kinder, trotz oder auch wegen der Verantwortung, die man ihnen gegenüber hat, und möchte sie daher meist auch nicht missen. Man fängt an automatisch zu funktionieren. Äußerlichkeiten scheinen nicht mehr so wichtig zu sein. Ein paar Kilos mehr, wenn juckt das schon? Das Bier nach der Arbeit wird häufiger und dauert oft länger. Zweisamkeit wird zum seltenen Gut, da du so gut wie nie alleine bist. Die folgenden Jahre gehören somit dem Nachwuchs, und du wirst oft daran erinnert welche Pflichten du als „Familienoberhaupt" hast. Das bist du aber nur, solange du die bereits gefallenen Entscheidungen deiner besseren Hälfte auch dementsprechend umsetzt.

Dazu muss ich festhalten, soweit ich mich erinnern kann, haben es die Generationen vor mir anders gehalten. Die Frau sei dem Manne Untertan hatte da wohl absolut Gültigkeit. Nur war mir bald klar, dass ich diese „Familientradition" nicht weiterführen wollte. Idealistisch hatte ich geglaubt eine absolute Partnerschaft einzugehen, in der alle Dinge des Lebens gemeinsam beschlossen werden. Soweit es sich um keine grundsätzlichen Entscheidungen handelt, habe ich gelernt vermeidbarem Streit durch wortlose Zustimmung aus dem Weg zu gehen. Wer glaubt damit sei alles geklärt, dem sage ich aus jahrelanger Erfahrung, manchmal wird das auch als Schwäche ausgelegt. Die weibliche Spezies hat anscheinend einen evolutionsbedingten Defekt, denn sie kann sich, obwohl die Zustimmung bereits da ist, damit nicht ohne weiteres zufriedengeben.

Solche ermüdenden Diskussionen führen dorthin, wo man auf keinen Fall hinkommen wollte. Die sanfte Aufforderung jetzt einfach den Mund zu halten, da es für alle Beteiligten besser wäre, stößt auf taube Ohren. Im Gegenteil, längst vergessen geglaubte Geschichten aus der Vergangenheit werden wieder ans Licht gezerrt und genüsslich darin herumgestochert. Es gibt nun einige Möglichkeiten, derart unsinnige Dispute zu beenden. Da ich Gewalt besonders gegen Frauen verabscheue, bleibt nur mehr die Möglichkeit, seine Stimme zu erheben, unflätige und der eigenen „guten" Erziehung in keiner Weise entsprechende Worte fallen zu lassen und diesen ungemütlichen Ort schnellstens hinter sich zu lassen.

Dieser zugegeben nicht gerade einfallsreiche und schon gar nicht originelle Abgang wird meist noch von einem nicht enden wollenden Wortschwall begleitet der erst mit dem geräuschvollen Schließen der Wohnungstüre endet. Aber das gehört wohl dazu. Denn eine Erkenntnis, zu der ich im Laufe meines Lebens gelangt bin, lautet: Männer und Frauen passen eigentlich nicht zusammen. Irgendwie sind wir uns gegenseitig aber nützlich, arrangieren uns deshalb und nehmen daher das alles in Kauf. Zugegeben, es gibt auch schöne Zeiten und Erlebnisse, die einen zusammenschweißen. Der tägliche Kampf, den Seinen einen gewissen Lebensstandard zu ermöglichen, war bestimmend. Wenn ich die letzten Jahre Revue passieren lasse, sind es die Abgründe, die ich durchschritten habe und die ich mit ihrer Hilfe überhaupt erst bewältigen konnte, die uns zu jenen Menschen werden ließen, die wir heute sind. Dabei habe ich mich ziemlich radikal verändert, wie ich mir eingestehen muss. Die Fröhlichkeit, auch früher nur in begrenztem Maße mir eigen, ist zunehmend einer gewissen Nachdenklichkeit gewichen. Heute hinterfrage ich vieles und nehme es nicht mehr als gegeben hin. Andererseits kann ich mich wieder an einfachsten Dingen erfreuen. Ich bin gerne für mich und entsage, wenn nur irgendwie möglich, jedwedem vermeidbaren Trubel.

Meine Frau hingegen hat sich ihre offene, freundliche Art trotz der vielen Schicksalsschläge der letzten Jahre bewahren können. Bin ich der Kopf, ist sie das Herz in unserer Beziehung. Die Kinder gehen mehr oder weniger ihre eigenen Wege, es wird Zeit sich neuen Aufgaben zu widmen. Keine Ahnung wie das alles in ein paar Jahren aussehen wird, aber grundsätzlich bin ich davon überzeugt, dass Frauen auch dann eine wesentliche Rolle dabei spielen werden. Es sei denn, ich entsage dieser Welt vollends und begebe mich auf die Suche nach dem Sinn des Lebens. Doch würde es mich nicht verwundern, wenn ich nach hoffentlich vielen, vielen noch vor mir liegenden Jahren zu dem Schluss kommen sollte, dass dies alles der Sinn, zumindest was mein Leben betrifft, war und ist. Wer jetzt der Meinung ist, solche Ansichten und Erkenntnisse können keinem „normalen" Geist entsprungen sein, den kann ich beruhigen. Ich bin in Behandlung und werde auch weiterhin hoffentlich professionelle Hilfe durch meinen Doc erfahren.

11
Konsequenz und Disziplin

Nachdem ich einiges an Gewicht verloren hatte, wurde mir erst bewusst, was ich da meinem Körper angetan hatte. Meine Muskulatur war so gut wie verkümmert. Die Füße schon nach wenigen Minuten Stehen oder Gehen geschwollen, und von Luft war überhaupt keine Rede. Wie konnte ich dagegen etwas tun, welche Möglichkeiten gab es überhaupt? Das Naheliegendste schien mir ein Ergometer zu sein. Aber keiner war für meine Masse ausgelegt, ich überschritt die angegebenen Lastgrenzen erheblich. Außerdem konnte ich mich auf einem handelsüblichen Gerät keine fünf Minuten halten. Das Gewicht drückte so massiv auf den gesamten Bewegungsapparat, dass die dadurch entstandenen Schmerzen kaum auszuhalten waren. Durch Zufall sah ich dann einen sogenannten „Sitzergometer". Bei diesem Gerät, das einem Stuhl mit anschließenden Pedalen ziemlich nahekommt, wird der ganze Oberkörper sehr gut entlastet. Einfach eine geniale Konstruktion, die lange Zeit ein treuer Begleiter für mich sein sollte. Meine ersten Einheiten dauerten kaum mehr als zehn Minuten, da war ich schon an meine Leistungsgrenze gestoßen. Trotzdem ein Erfolg für mich. Nach so langer Zeit sich wieder sportlich zu betätigen war ein gutes Gefühl und weckte meinen Ehrgeiz. In meiner Jugend war ich ein begeisterter Sportler und sogar ziemlich gut. Sollte davon noch irgendwas in mir schlummern, das nur darauf wartete, geweckt zu werden?

Wie überall war auch hier Konsequenz erforderlich. Sich jeden Tag zu überwinden und sich auf dieses Gerät zu setzen fiel am Anfang noch recht schwer. Es gab auch Tage, an denen ich einfach nicht bereit war, mich zu quälen. Dabei bemerkte ich, dass sich dann in meinem Hinterkopf eine Stimme immer lauter bemerkbar machte. Vielleicht das oft zitierte schlechte Gewissen? Wer kann das schon sagen. Die ersten Wochen waren ziemlich hart. Doch als sich der erste Erfolg einstellte, war die Freude darüber einfach unbeschreiblich. Nicht nur die Zeit, die ich in der Lage war zu fahren hatte sich verdoppelt, auch der Schwierigkeitsgrad und die Frequenz hatten sich kontinuierlich erhöht. Noch ein angenehmer Nebeneffekt darf dabei nicht unerwähnt bleiben, mein Gewicht hatte sich um etliche Kilogramm verringert. In Kombination mit einer vernünftigen Ernährung war also doch einiges machbar was vor kurzer Zeit noch undenkbar schien.

Trotz dieser Erfolgserlebnisse gab es Tage - nicht viele, aber doch -, in denen meine Begierden über die Vernunft siegreich blieben. Nach einer solchen „Fressattacke" hasste ich mich selbst aus tiefstem Herzen. Andererseits „bestrafte" ich mich am nächsten Tag damit, mich extra zu quälen und das Limit weiter hinaufzuschrauben. All das wäre aber nicht möglich gewesen ohne die regelmäßigen Besuche meines Arztes. Die scheinbar oft belanglosen Gespräche waren vor allen an Tagen, in denen ich wieder in Depressionen abzurutschen drohte, lebenswichtig für mich.

Geschickt zeigte er Wege auf, wie man emotionale Durchhänger überwindet, sich neue Ziele steckt. Vor allem sprach er zu mir in einer Art und Weise, die bei mir auch ankam. Das ist so zu verstehen: Ich bin durchaus in der Lage einem Menschen zuzuhören und auch den Sinn des Gesprochenen zu verstehen. Nur gehört es zu einer meiner weniger liebenswürdigen Charaktereigenschaften, oft ziemlich stur und engstirnig zu sein. Wenige Menschen haben die Gabe, auf Grund ihrer Persönlichkeit und ihrer Ausstrahlung so zu mir durchzudringen. Diese können sich meines Respekts, meiner Freundschaft und meiner Loyalität sicher sein. Etwas, das ich höher bewerte als das meiste in meinem Leben. Zu diesen wenigen Menschen zähle ich auch Dr. Auer. Ich wünsche jedem mit einem ähnlichen Schicksal den „einen" besonderen Menschen zu finden.

Die körperliche Ertüchtigung und die Umstellung der Essgewohnheiten sind nur zwei wichtige Säulen auf dem entbehrungsreichen Weg wieder ein normales

Leben führen zu können. Die dritte wichtige Säule ist eine fundierte psychologische Betreuung. Leider besteht in dieser Hinsicht noch enormer Nachholbedarf. Man kann von seinem Hausarzt nicht diese intensive Betreuung erwarten. Zum einen ist dies aus zeitlichen Gründen schon kaum möglich. Zum anderen fehlt es oft an der qualifizierten Ausbildung. Nun, in dieser Hinsicht bin ich ein Glückskind, da mein Doc nicht nur über diese Qualifikationen verfügt und sie, das scheint mir das Wichtigste, auch einzusetzen weiß. So wieder frisch motiviert und mit neuen Ansätzen versorgt zogen die nächsten Wochen ins Land. Hatte ich früher den Gang zur Waage gescheut, so fiel er mit jedem verlorenen Kilo leichter. Da ich trotz dieser Erfolge nicht gerne auf dieses Thema zu sprechen kam, hatten wir uns auf eine andere Form der Kommunikation geeinigt. Am Anfang schrieb ich jede Woche diese enorme Zahl, die Rede ist hier von mehr als zwei Zentnern, auf einen Zettel und steckte sie dem Doc zu. Später flüsterte ich sie ihm beim Gehen ins Ohr. Mag sich für viele kindisch anhören, aber zu der Zeit war mir das sehr wichtig. Erinnerte mich an meine früheste Kindheit, in der man seine Geheimnisse mit seinem besten Freund auf diese Weise teilte. Seine eigene kleine Welt. Wenn ich so darüber nachdenke, lief alles unkomplizierter ab. Keinerlei Verantwortung und keine Angst vor der Zukunft. Nun ich schweife ab, belassen wir es dabei.

Ein Thema stand schon einige Zeit im Raum, nämlich wann endlich der erste Spaziergang stattfinden sollte. Das Ergometertraining war auf Dauer zu eintönig, zudem fehlte die frische Luft. Diese konnte man beim besten Willen nicht simulieren. Woche um Woche schob ich dieses leidige Thema vor mir her. Doch eines Tages, inzwischen war schon der erste Schnee gefallen, erreichte mich ein Anruf meines Bruders. Anrufe hatte ich lange, sehr lange Zeit einfach ignoriert, und mit der Zeit blieben sie überhaupt aus. Auch mit ihm hatte ich schon geraume Zeit keinen Kontakt gehabt, trotzdem ging ich ran. Eine Entscheidung, die meinem Leben wieder einmal eine entscheidende Wende geben sollte. Sein Vorschlag: „Komm, gehen wir eine Runde!" Ich war einfach nur perplex. Suchte nach Ausreden. Habe nichts zum Anziehen, kein geeignetes Schuhwerk und so weiter. Schließlich war ich der ältere und wollte mir keine Blöße geben. Ein paar Tage gelang es mir so diese leidige Sache hinauszuzögern. Doch er blieb äußerst hartnäckig. Und so geschah es, dass morgen der Tag sein sollte. Man stelle sich vor, alleine dieses Vorhaben bereitete mir eine schlaflose Nacht. Die absurdesten Gedanken gingen mir durch den Kopf. Hoffentlich sieht mich keiner. Wie weit würde ich es wohl schaffen? Schlussendlich war ich ja einmal die Sportskanone der Familie gewesen. Und wenn ich mich auch noch so sehr gehen hatte lassen, meinem Bruder gegenüber wollte ich keine Schwäche zeigen. Und jetzt? Eine Frage galt es da noch zu klären, nämlich die der entsprechenden Kleidung. In der Nacht hatte es geschneit, die ganze Landschaft erstrahlte in einem makellosen Weiß. Zu Hause hatten ein paar Jogginghosen und T-Shirts ausgereicht. Zudem war es nicht gerade leicht, passende Kleidung in meiner Gewichtsklasse zu finden, darüber hinaus war diese zumeist auch noch ziemlich teuer.

Dann ist es endlich soweit. Es ist später Nachmittag, und es beginnt bereits dunkel zu werden. Mein Bruderherz wartet bereits vor dem Haus. Wir fahren mit dem Auto auf ein großes Feld hinter einem Einkaufszentrum. Zu dieser Stunde ist dort kaum noch etwas los. Dieser Ort ist sehr gut gewählt. Zum einen versperrt der Einkaufstempel die Sicht auf uns, zum anderen ist es eine ebene Fläche ohne Anstiege. So beginnt mein langer, beschwerlicher Weg zurück. Der erste Ausgang dauert rund zwanzig Minuten. Danach bin ich zwar müde, aber auch irgendwie glücklich. Die frische Luft, der bei jedem Schritt knirschende Schnee und die verschiedenen Gerüche, die mich dabei umschwirren, wecken Erinnerungen an längst vergangene Tage. In meine euphorische Stimmung mischt sich auch ein wenig Wehmut und Traurigkeit. Hatte ich bereits sehr viel über mein jetziges Dasein nachgedacht, so wird mir in diesem Augenblick erst klar, welche Ausmaße diese Tragödie, die ich mein Leben nenne, bereits angenommen hat. Das muss ich einfach ändern, denn so will ich auf keinen Fall mehr existieren, vegetieren oder wie man es auch immer nennen will.

Wenn ich beim Schreiben dieser Zeilen darüber nachdenke, war das der letzte Teil in einem Puzzle, das mir den Weg weisen sollte. Von nun an gingen wir regelmäßig spazieren, wobei die Länge und die Intensität kontinuierlich gesteigert wurden. Die Gespräche, die wir dabei führten, taten mir einfach nur gut. Erst jetzt wurde mir bewusst, wie sehr mir ein solcher Gedankenaustausch gefehlt hatte. Ich begann am Leben anderer wieder teilzunehmen. Allein das brachte mich auf andere Gedanken. Das Leben begann langsam wieder Spaß zu machen. Außerdem sah ich danach viele Dinge, die mich tagsüber beschäftigt hatten, aus einem vollkommen anderen Blickwinkel. Vieles davon stellte danach auch kein unlösbares Problem mehr dar. Und das alles ist möglich bei einer Tätigkeit, die sogar Spaß macht und so gut wie nichts kostet. So alt hatte ich werden müssen, um das endlich zu begreifen. Aber anscheinend bin sogar ich in der Lage noch etwas dazuzulernen. Wer hätte das gedacht? Die Kombination von Ergometer-Training und Gehen brachte etwas Abwechslung in mein Leben und machte die wöchentlichen Verwiegungen nicht mehr ganz so schmerzhaft. Mein Appetit steigerte sich aber auch, da hieß es wieder einmal Prioritäten setzen. Was essen, wann und wie viel? Das waren wichtige Fragen. Einige Zeit funktionierte das System ganz gut. Doch eines Tages, ich hatte mich ziemlich gut gehalten, konnte etwas mit der Waage nicht stimmen. Nicht nur, dass seit ein paar Tagen nichts weiterging, hatte ich sogar zugelegt. Wie konnte das sein?

Aufklärung über dieses Phänomen erfuhr ich wieder einmal durch meinen Doc. Durch die regelmäßige Bewegung bildete sich langsam längst verkümmerte Muskelmasse. Um sich bewegen zu können braucht, man diese nun mal. Diese ist je nach Volumeneinheit rund zwölf Prozent schwerer als Fettgewebe. Die Aussage, dass Muskeln sehr viel schwerer als Fett sind, erklärt die Gewichtszunahme.

Einigermaßen beruhigt behielt ich mein Programm

bei. So zogen die Tage ins Land. Manche waren sehr erfüllend, an anderen zog ich alles in Zweifel. Um Abwechslung in den Tagesablauf zu bringen wichen wir auf anderes Gelände und Strecken aus. Immer darauf bedacht nur ja so wenig Menschen wie möglich zu begegnen. Die Blicke taten nach wie vor weh und kratzten an meinem mühsam aufgebauten Selbstvertrauen. Ich konnte mir ganz gut vorstellen wie es in den Köpfen arbeitete. Wer ist das, das ist doch der… Mein Bruder war dabei ein Fels in der Brandung und vertrat die gleiche Meinung wie sie mir zuvor schon Dr. Auer versucht hatte einzubläuen. Die gaffende Menge muss dir am Arsch vorbeigehen. Vielleicht etwas deftig formuliert, aber präzise auf den Punkt gebracht ist dem nichts mehr hinzuzufügen.

Der Winter erleichterte meine Ausflüge nicht gerade. So blieb es auch nicht aus, dass ich eines Tages stürzte. Zwar im weichen Schnee, aber dennoch. Mir war zwar so gut wie nichts passiert, doch der Schreck war mir in die Glieder gefahren. Nun war mir das widerfahren, vor dem mir immer schon gegraut hatte. Hilflos lag ich im Schnee und war alleine nicht in der Lage aufzustehen. Wie gesagt: Schwäche zeigen und sich helfen lassen war für mich sehr schwer. Schmerzen war ich gewohnt, aber Mitleid, und sei es auch noch so gut gemeint, tat noch um ein Vielfaches mehr weh. Zum Glück war mein Bruder an meiner Seite. Ein ziemlich kräftiger Mann, der es gewohnt war körperlich zu arbeiten. Wer aber schon Zementsäcke geschleppt hat, weiß was das heißt. Und nun stellen sie sich deren fast vier vor, die angehoben werden sollten. Mit vereinten Kräften gelang dies irgendwie. Schwer atmend stand ich wieder – unsicher, aber doch – auf meinen Beinen. Trotz der herrschenden Kälte hatte ich Schweißperlen auf der Stirn. Kurz den Schnee aus der Kleidung geschüttelt ging es weiter. Vorsichtiger zwar, aber ich ging weiter.

Diese Hartnäckigkeit und Konsequenz gehört zu all dem anderen einfach dazu, und das begann ich langsam zu begreifen. Der viele Sauerstoff, den ich in letzter Zeit konsumiert hatte, machte mir anscheinend meine verstopften Gehirnwindungen wieder frei. Manche Dinge sah ich auf einmal klarer als ich sie eigentlich sehen wollte. Alleine darum bewege ich mich bis heute meistens gerne und wenn möglich auch viel. Meine Kondition wurde im Laufe dieses Winters zunehmend besser. Auch gingen die Schmerzen in meinen Knien etwas zurück. Meine Oberschenkel waren etwas zurückgegangen, darum scheuerten sie nicht mehr ganz so arg beim Gehen. Trotzdem war mein Verschleiß an Jogginghosen enorm. Schienen sie sonst noch ganz in Ordnung zu sein, so war im Schritt kein Stoff mehr vorhanden, darum scheuerte hier Haut auf Haut. War nicht so angenehm. Schuhe in den unteren Preisklassen waren in kürzester Zeit einfach durchgetreten. Für so ein enormes Gewicht waren die meisten einfach nicht gemacht worden. So viel Kleidung und Schuhwerk hatte ich in den letzten Jahren nicht verbraucht.

Obwohl nicht gerade modisch gekleidet, verschlang das auch eine Menge Geld. Aber wenn ich daran denke, welch finanzieller Aufwand nötig war, solche körperlichen Ausmaße zu erreichen, waren diese

Ausgaben jeden Cent wert. Der viele Niederschlag in diesem besagten Winter brachte es mit sich, dass ich viel durch teilweise kniehohen Schnee stapfte. Mit der Zeit genoss ich diese Schinderei richtig. Es tat einfach gut zu schwitzen, und am Abend wusste man, warum man derart müde war. So neigte sich der Winter allmählich dem Ende zu, der gefrorene Boden wurde zusehends weicher. Am ganzen Grundstück hatte ich meine Pfade gezogen. War irgendwie schon beeindruckend wenn ich daran dachte, wie das noch vor gar nicht langer Zeit ausgesehen hatte. Es war nun an der Zeit weiterzuziehen und sich neuen Herausforderungen zu stellen. Diese sollten auch kommen, mehr als ich mir in meinen kühnsten Träumen vorstellen hatte können.

12
Vorurteile

Ein Phänomen, das ich am eigenen Leib erfahren musste, werde ich wohl nie mehr vergessen. Es hat mich über vieles nachdenken lassen, was Vorurteile gegenüber sogenannten „Randgruppen" angeht. Man stelle sich vor, ein unaufschiebbarer Behördentermin erfordert die persönliche Anwesenheit des angeschriebenen Bürgers. Auf Grund meiner nicht unerheblichen körperlichen Defizite ging ich solchen Vorladungen so weit wie möglich aus dem Weg. Doch diesmal konnte ich mich nicht davor drücken. Darum hieß es, sich dem Anlass entsprechend angemessen zu kleiden. Daraus ergaben sich für mich schon die ersten Schwierigkeiten. Da die

Auswahl an Kleidungsstücken, die ich tragen konnte, recht bescheiden ausfiel - eine Jogginghose, dazu ein überdimensionales T-Shirt -, fiel die Zusammenstellung nicht gerade schwer. Vorher stand da aber noch ein gewisses Maß an Körperpflege an. War das Auftreten schon nicht gerade modisch und konnte kaum als Augenschmaus bezeichnet werden, so wollte ich wenigstens was meinen körpereigenen Duft betrifft wenn schon nicht punkten, so zumindest nicht negativ in Erscheinung treten. Nachdem ich diese Tortur hinter mich gebracht hatte, stand dem Termin, außer vielleicht ich selbst, nichts mehr im Wege.

So gewandet und wohlriechend verlasse ich erstmals seit langer Zeit meine eigenen vier Wände um einer amtlichen Ladung nachzukommen. Mit jedem Schritt bereue ich diese Entscheidung aufs Heftigste. Drei Stockwerke nach unten, ich bin zudem schon ziemlich außer Atem, und mein Deo wird bereits auf eine harte Probe gestellt. Zum Glück kann ich mich während der Fahrt wieder etwas erholen und sammeln. Natürlich, wie könnte es anders sein, ist kein Parkplatz in unmittelbarer Nähe dieses Prachtbaues, gedacht und errichtet für das gemeine Volk, zu bekommen. Da hilft alles nichts, wenn der Staat ruft, hat man dem Folge zu leisten. Nach einem beschwerlichen Fußmarsch von gefühlten zwei Stunden öffnen sich für mich die Tore der staatlichen Verwaltung und der damit verbundenen Autorität. Jede Menge Menschen huschen an mir vorbei. Obwohl es hier fast jeder ziemlich eilig hat, stelle ich wie immer auch hier eine „Attraktion" dar. Manch einer bleibt sogar stehen und mustert mich unverhohlen. Ich sehe, wie sich die Pupillen teilweise weiten, und einige haben über ihre Gesichtsöffnung offenbar keine Kontrolle mehr, denn anders kann ich mir die offenen Münder kaum erklären. Wieder kommt in mir der Urinstinkt des Menschen an die Oberfläche, nämlich Schutz zu suchen und sich zu verstecken.

Manchmal schlug die Scham aber urplötzlich ins Gegenteil um. In puren, jahrelang aufgestauten Hass. In Zeiten wie diesen scheint dies ja kaum angebracht zu sein. Überhaupt wenn man an die Vorfälle von plötzlich ausufernder sinnloser Gewalt denkt. Und doch war mir in diesem Augenblick sehr nach solcher zumute. Die Gänge einfach leerfegen, damit diese Blicke aufhören und das Getuschel endlich verstummt. Je blutiger und brutaler desto besser. Ich bin eigentlich kein gewalttätiger Mensch, aber mir scheint, dass der eine oder andere auch manchmal solche Phantasien hat. Ob das als normal und unbedenklich zu bezeichnen ist, kann ich nicht beurteilen. Aber ich fühlte mich nach diesem geistigen Gemetzel wieder etwas besser. Übrigens bin ich seit Jahren in therapeutischer Behandlung, und bis jetzt wurde mir kein Gefahrenpotenzial attestiert.

Noch einmal tief durchatmen und weiter ging's. Wie in Amtsgebäuden, üblich waren auch hier riesige Schilder mit Hinweisen zu den Büros und deren Zuständigkeit angebracht. Eine Menschentraube umringte diese. Unwillkürlich machten einige bei meinem Anblick einen Schritt zur Seite. Wäre ich ein geborener Optimist, könnte man diese Reaktion als Respekt deuten. War hier aber bestimmt weniger der Fall. Um besser sehen zu können, musste ich einige Schritte nach vorne machen. Vierter Stock, war ja sowieso klar. Zu meiner rechten Seite befand sich der Aufgang. Vier Stockwerke zu Fuß? Ohne zusätzlichen Sauerstoff kaum zu schaffen. Da konnte ich ja gleich versuchen einen Dreitausender zu bezwingen. Die Alternative dazu wäre ein Aufzug. Bitte lieber Gott, wenn du irgendetwas für mich übrig hast mach, dass es hier einen gibt. Und er musste etwas für mich übrig haben, da waren derer sogar zwei. Davor standen aber, wie sollte es auch anders sein, jede Menge Leute.

Die Aufzugstüre ging auf, und die Menge machte nur zögerlich Platz, um die herausströmende Menschentraube durchzulassen. Die Drängerei erinnerte mich an meine Schulzeit, wenn der Bus eintraf und alle versuchten als Erste ins Fahrzeug zu kommen um die besten Plätze zu ergattern. Da waren es aber halbwüchsige Teenager gewesen. Hier aber handelte es sich um scheinbar erwachsene Männer und Frauen. Die in vielen asiatischen Ländern herrschende Disziplin ist uns Europäern unbekannt. Da mutiert sogar die ansonsten nette alte Dame zum Einzelkämpfer und scheut auch keinesfalls vor massivem Körpereinsatz zurück. Heute kann ich mich darüber amüsieren, damals sah ich das nicht unbedingt so. Dieser enge Käfig löste in mir klaustrophobe Angstzustände aus. Um sich eine medikamentöse Sedierung, oder was auch immer dagegen helfen mag, zu holen, war es nun zu spät. Die Alternative, doch die Treppe zu nehmen, war keine Option für mich. Da war ich an der Reihe.

Beim Betreten der engen Kabine glaubte ich jemand zieht mir mit einer Schaufel eine über. Diese abgestandene Luft, geschwängert mit Gerüchen unterschiedlichster Art, konnte nur als extrem ekelhaft bezeichnet werden und verursachte Übelkeit in mir. Zudem kam ich in der Mitte des Käfigs zu stehen. War gar nicht gut. Ich musste einfach eine Wand im Rücken haben. Darum drehte ich mich um was nicht ohne Körperkontakt möglich war. Das hatte aber eine umwerfende Wirkung auf die hereinströmende Masse. Sie stockte regelrecht, und die letzten zwei Drängler verließen bei meinem Anblick fluchtartig die Kabine.

Endlich spürte ich die Wand in meinem Rücken. Trotzdem war es übervoll hier. Ich zählte einschließlich mir sieben Personen. Am Typenschild an der Fahrstuhltür war von maximal 520 Kilogramm Zuladung die Rede. Ich war in Mathe zwar niemals eine Leuchte gewesen, aber wenn ich so eine ungefähre Berechnung anstellte, konnte das mit dem zulässigen Gesamtgewicht einfach nicht hinkommen. Und es kam, wie es kommen musste. Plötzlich ertönte aus dem Lautsprecher ein durchdringender Warnton. Anscheinend waren wir etwas überladen. Jetzt wäre ich am liebsten im Erdboden versunken. Dabei, wenn ich das heute betrachte, war ja gar nicht ich an diesem Vorfall schuld. Es waren einfach zu viele zugestiegen, oder anders betrachtet: Einer oder auch mehrere der zugestiegenen Personen hatten einfach ein kleines Gewichtsproblem. Damals empfand ich das allerdings etwas anders. Alle Blicke schienen auf mich gerichtet zu sein. Seit diesem Vorfall kann ich den Ausdruck „Wenn

Blicke töten könnten“ sehr gut verstehen. Zögernd verließen zwei Männer die Kabine. Nun hoffentlich konnte es endlich losgehen. Der Fahrstuhl setzte sich tatsächlich in Bewegung. Nach kurzer Fahrt stoppte er. Nichts wie raus hier. Hier kam unweigerlich zutage, dass ich ein Kind vom Lande bin. Da ich selten mit solchen hochkomplexen Fortbewegungsmitteln zu tun hatte, kam ich nicht auf den Gedanken auf das Display zu sehen. Wir hatten nämlich bereits im zweiten Stock gehalten. Zu spät zum wieder Einsteigen, denn ich befand mich schon mitten am Gang. Das hieß dann wohl die nächsten beiden Stockwerke zu Fuß hinaufsteigen.

Schwer atmend war ich endlich im vierten Stock angekommen. Was für ein Scheißtag. Wo musste ich hin? Raum 712. Bei meinem Glück war dies sicher der, vor dem ein gutes Dutzend Leute bereits warteten. Und in der Tat, so war es natürlich. Wieder einmal das altbekannte Szenario, was die intensive Musterung und dergleichen bei meinem Erscheinen eben so mit sich brachte. Das war mir in diesem Moment aber ziemlich egal, schlimmer war, dass die wenigen Sessel davor bereits alle besetzt waren. Meine begrenzte, aber doch vorhandene Erfahrung mit Behörden und Ämtern ließ mich zu dem Schluss kommen, dass dies hier sicher noch ein Weilchen dauern konnte. Da spreche ich aber keineswegs davon, wann ich endlich an der Reihe sein sollte, nein, ich denke dabei an das Freiwerden eines Stuhles. Um meinen ausgepumpten, geschundenen Körper auf eines dieser Sitzmöbel quetschen zu können, hätte ich einen Mord begehen können.

Dann, als ich mich bereits an die Wand gelehnt hatte und dabei war, mich mit der Situation abzufinden, geschah etwas Unerwartetes. Eine ältere Dame erhob sich und bot mir freundlich ihren Sitzplatz an. Ich war einfach baff. Die freundlich gemeinte Geste löste in mir eine Lawine von Emotionen aus, denn für mich kam es so herüber: „Sie armer, kranker, behinderter Mann."

Mitleid hatte ich schon erfahren müssen. Aber das da war etwas völlig anderes. Als behindert hatte mich noch keiner angesehen. Zumindest hatte ich dies bisher noch nie so aufgefasst. Als hätte mir jemand den Boden unter den Füßen weggezogen, so fühlte sich das an. Völlig paralysiert nahm ich das Angebot an und quetschte mich in den angebotenen Stuhl. Noch immer lächelte die Dame mich an. Mein Kopf war leer, nur das Wort „behindert" hatte sich darin einzementiert. Damit konnte ich nicht umgehen. Wenn ich das heute aus gewisser Distanz betrachte, war dies aber eines der Schlüsselerlebnisse, das mich dazu bewogen hatte endlich umzudenken. Wobei man von einer gewissen Behinderung durchaus sprechen konnte. Denn unbestritten war da auf geistiger Ebene einiges aus dem Ruder gelaufen. Oder wie sollte ich diese Situation oder besser überhaupt das Kommen in eine solche Situation sonst zu erklären versuchen?

13
Ein etwas anderer Kuraufenthalt

Als ich nach knapp einem Jahr und dem Verlust von etlichen Kilos endlich psychisch und physisch soweit gefestigt schien, den so dringend nötigen Kuraufenthalt anzutreten, verließ mich sprichwörtlich über Nacht der Mut. Ich war dabei, die wenigen Menschen zu enttäuschen, die sich für mich ins Zeug gelegt und Beziehungen spielen hatten lassen, obwohl sie mich kaum gekannt hatten. Sollte alles umsonst gewesen sein? Um das Gesicht wenigstens einigermaßen zu wahren, beschloss ich über Nacht krank zu werden. Bei meinem körperlichen Zustand nahmen das alle ohne viele Fragen zu stellen einfach hin. Nur dass eine Verschiebung des Aufenthaltes kein Problem zu sein schien, damit hatte ich auf keinen Fall gerechnet. Darum fuhr nur ein paar Tage später mein Freund Kurt vor, um mich und meine Ängste zusammen mit zwei gepackten Koffern für unendliche drei Wochen in die Anstalt des Horrors zu bringen. Zumindest empfand ich das so und malte mir die bizarrsten Szenarien aus.

Schon der Gedanke an die Fahrt dahin versetzt mich in Panik und bringt den Magen zum Rebellieren. Doch nun gibt es kein Zurück mehr. Die Minuten verrinnen, und dann ist das Ziel auch schon in Sicht. Ein langgezogener, mehrstöckiger, riesiger Bau mitten in einer Berglandschaft. Eigentlich idyllisch gelegen, aber für solche Eindrücke und Empfindungen bin ich zurzeit schon gar nicht empfänglich. Landschaft, sogar sehr viel Landschaft, das trifft es ziemlich genau.

So viel Landschaft. Nur wenige Häuser sind hier zu sehen. Um es allgemein verständlich auszudrücken, das hier ist sicherlich der Arsch der Welt. Der Wagen stoppt. Mühsam quäle ich mich aus dem Sitz. Meine eingeschlafenen Beine schmerzen bei jedem Schritt, der mich der Eingangstüre näherbringt. In dem Moment hasse ich mich, mein Leben und alles, was mir auf dieser Welt an Schlechtem jemals widerfahren ist. Mein Selbstmitleid ist grenzenlos, der Weltschmerz unermesslich. Aber das geht wohl vielen so, die mit ihrer jeweiligen Lebenssituation hadern. Dabei aber noch nicht so weit sind eigene Fehler einzugestehen, die maßgeblich zu diesem Umstand beigetragen haben.

Du kannst Gott und der Welt die Schuld geben. Ist durchaus legitim und vor allem menschlich. Aber irgendwann kommt der Zeitpunkt, an dem du dir eingestehen musst, nur du und nur du kannst etwas zum Positiven verändern. Zu dem Zeitpunkt war ich aber auch noch nicht bereit, diese Erfahrungen, die ich im Laufe der Jahre durch viele schmerzhafte Erlebnisse machen musste, zu beherzigen.

Die Türe öffnet sich und gibt den Blick auf eine breite Treppe frei. Anscheinend fängt die Kur bereits hier an, denn ich kann keinen Fahrstuhl entdecken. Wie viele Stufen mögen das sein? Zwanzig, dreißig? Sofort geht mein Puls merklich in die Höhe, ohne dass ich noch eine einzige Stufe erklommen habe. Langsam quäle ich mich die Treppe hinauf, wobei ich zu meinem nicht gerade durchschnittlichen Körpergewicht auch noch eine Monstrosität von Koffer schleppen muss.

Noch ein Minuspunkt, Personal schien es keines zu geben. Keuchend erreichte ich die Rezeption. Die Dame dahinter wies mir nach Aufnahme meiner Daten ein Zimmer im vierten Stock zu. Vierter Stock, war die wahnsinnig? Gleichzeitig kam der Hinweis auf den Lift zu meiner Rechten. Nach Erreichen des vierten Stocks begann ich mein Zimmer zu suchen. Dabei war die Durchquerung des gesamten Stockwerkes nötig, in dem sich die Behandlungszimmer der Ärzte und des medizinischen Personals befanden. Später erst wurde mir klar, was das bedeuten sollte. Am Ende des Ganges befand sich eine Tür, die ins Stiegenhaus führte, und dann ging es zwei Stiegen hinunter bis zu meinem Zimmer. Erschöpft stellte ich den Koffer ab und öffnete die Türe. Das sollte also für die nächsten drei Wochen mein Zuhause sein. Ein kleiner Vorraum mit angeschlossenem Badezimmer, ein Aufenthaltsraum mit Bett und einer kleinen Sitzgarnitur. Sogar einen Balkon gab es. Sicherlich um sich bei Bedarf hinunterstürzen zu können. Der vierte Stock, das sollte funktionieren. Wie hatte die nette Dame am Empfang gesagt? Sich ausziehen, den in jedem Zimmer bereitliegenden Bademantel überwerfen und sich so rasch wie möglich im Ärztetrakt zur Aufnahmeuntersuchung einfinden.

Mit zitternden Händen streife ich die Kleider ab und greife mir den Bademantel. Ein ausgewaschenes blaues Kleidungsstück mit Logo. Nur passt mir das Teil nicht. Auch nicht ansatzweise. Obwohl es sich hier um ein Kurheim für Adipositas-Kranke (Fettleibige) handelt, sprenge ich sogar hier den Rahmen. Es bleibt mir nichts anderes übrig, als mit einer Jogginghose - nebenbei das einzige Beinkleid, das ich zu der Zeit tragen konnte - und T-Shirt bekleidet den Weg zur Inquisition anzutreten. Der Gang davor ist schon mit zahlreichen Neuankömmlingen bevölkert, die mich neugierig beäugen. Sogar hier, im Kreise von teilweise massiv Übergewichtigen, falle ich unweigerlich auf. Am liebsten würde ich gleich wieder kehrt gemacht. Jetzt aber muss ich da durch und stelle mich am Ende der Reihe schön brav an.

Lange schon war ich mit so vielen Menschen nicht mehr in einem Raum gewesen. Panik breitet sich langsam in mir aus. Das Atmen fällt zunehmend schwer, der Puls beginnt zu rasen. Da, nach für mich qualvollen Minuten, die mir wie Stunden vorkamen, werde ich aufgerufen. Eine weiß gekleidete Frau mit enormer Körperfülle, und ich meine das so wie ich es sage, fordert mich auf Platz zu nehmen. Meine Daten werden aufgenommen und der Blutdruck gemessen. Dass dieser ziemlich hoch ist, sei hier nur am Rande erwähnt. Nach kurzer Beratung mit einer Kollegin entschließt man sich, nur ein Ruhe-EKG zu erstellen. Mein Erscheinungsbild oder meine Persönlichkeit, ich kann mir schwer vorstellen, was der Grund dafür sein könnte. Die Pritsche knarrt bedenklich, als ich meinen Körper drauf wuchte.

Nachdem das EKG erstellt und in Anbetracht der körperlichen Verfassung im vertretbaren Rahmen war, stand mir eines der prägendsten Erlebnisse meines bisherigen Lebens bevor. Im Raum der Diätassistentin, in den ich mich hatte begeben müssen, stand natürlich die obligatorische Waage für die Kurgäste bereit. Ich möchte vorausschicken, dass ich bereits zu Hause massive Schwierigkeiten hatte eine Waage aufzutreiben, die meinem Körpergewicht gewachsen war. Die gängigen Produkte, die dahingehend angeboten werden, sind für 150 Kilogramm oder maximal 180 Kilogramm ausgelegt. In einem Kurheim sollte das ja wohl kein Problem darstellen. Tat es aber doch. Die Waage, die schon Tausende Menschen enttäuscht haben sollte, war auf mich nicht vorbereitet. Zweihundert Kilogramm war hier, um es wie im Transportwesen üblich auszudrücken, die Lastgrenze. Die aber überschritt ich mit Leichtigkeit. Ratlose Gesichter blickten mich an. Ich schämte mich einfach nur wie als kleines Kind, wenn ich etwas angestellt hatte.

Dann der finale Vorschlag. Wir gehen einfach in die Küche hinunter, die haben eine entsprechende Waage. Schon waren wir auf dem Weg dahin. Die meisten kennen sicherlich solche Waagen, mit denen man palettierte Ware oder auch ganze Rinder und Schweinehälften abwiegt. Demnach reihte ich mich nahtlos in diese Gewichtsklassen ein. Wieder eine Demütigung sondergleichen, die viele schon aus diesem Grunde davon abhalten sollte in solche Gewichtskategorien vorzudringen.

Da nicht davon ausgegangen werden konnte, in den nächsten drei Wochen die 200-Kilo-Grenze zu erreichen war das wohl der Ort, wo meine allwöchentliche Verwiegung stattfinden würde.

Meine ohnehin kaum vorhandene Motivation und das bisschen Selbstvertrauen waren jetzt aber gänzlich verschwunden. Wenn das so weitergehen sollte, dann fahre ich lieber gleich nach Hause und warte auf Gevatter Tod, der bei mir in bereits nicht mehr ferner Zukunft unweigerlich anklopfen würde um mich heimzuholen. Wo immer das auch sein sollte. Besser daheim als hier, schoss es mir durch den Kopf.

Inzwischen hatte auch das Küchenpersonal mitbekommen, dass hier etwas in Gange war. Wie überall, wo ich auftauchte, verstohlene Blicke, manche aber machten sich nicht einmal die Mühe und betrachteten mich ganz ungeniert. Fluchtartig, sofern man das bei mir überhaupt so bezeichnen kann, verließ ich diese ungastliche Stätte der Demütigung. Im Büro der Diätassistentin angekommen ging es nun um die Zusammenstellung des Speiseplanes für die nächsten drei Wochen. Das ich hier nicht im Schlemmerparadies abgestiegen war, leuchtet wohl jedermann ein. Aber die Rationen von knapp 1200 Kalorien täglich waren schon hart an der Schmerzgrenze angesiedelt. War aber auch auszuhalten, nur nicht der Raum, wo diese Abspeisung stattfinden sollte. Nicht dass er unwirtlich war, eben ein typischer Speisesaal in einer etwas in die Jahre gekommenen Institution. Einfach und funktionell. Nur war ich im Laufe der Jahre merklich zum Einzelgänger mutiert, der so gut wie keine sozialen Kontakte pflegte. Geschweige denn in einem Raum mit über einhundert Menschen seine Mahlzeiten zu sich zu nehmen pflegte. Pure Verzweiflung beherrschte mich, das konnte ich einfach nicht.

Zu der Zeit gab es hier auch noch keine psychologische Betreuung, die aber auf Grund meiner eigenen Erfahrungen unbedingt Teil der Behandlung eines Aufenthaltes von an massiver Adipositas erkrankten Patienten sein sollte. Obwohl du dich unter „Bladen" befindest, wirst du als „extrem Blader" kaum anders behandelt als in der mit Vorurteilen behafteten Welt da draußen. Du denkst unter Deinesgleichen zu sein und bist es dann doch nicht. Das würde die meisten ziemlich mitnehmen, in meiner damaligen Gemütsverfassung aber konnte das fatale Auswirkungen haben. Doch hatte ich das Glück, dass die Diätassistentin eine reifere, sehr erfahrene Frau war, die ein Gespür dafür zu haben schien, was mich so aus der Bahn zu werfen drohte. Diese Dame, der ich heute noch dankbar bin, machte mir den unkonventionellen Vorschlag die Mahlzeiten im Aufenthaltsraum, der zu dieser Zeit ja leer war, einzunehmen. Sie würde das schon regeln. Für die meisten nicht nachvollziehbar, aber allein diese Ankündigung bewahrte mich davor, in das bereits weit offenstehende schwarze Loch zu fallen.

Diese kleinen Lichtblicke am Horizont sind es, die einen aus tiefster Verzweiflung herausholen können. Zur rechten Zeit wohlgemerkt. Erleichtert suchte ich mein Zimmer auf und begann mich häuslich einzurichten. Das sah bei mir so aus, dass ich meine Hygieneartikel aus dem Koffer herausnahm und diese dann so wie sie waren in den beiden Kästen verstaute. Erschöpft sank ich auf das Bett.

Keine zehn Minuten später wurde ich durch das

Klingeln des Zimmertelefons jäh aus meinen Gedanken gerissen. Da sollte ich wohl rangehen. Die Stimme am anderen Ende des Apparates teilte mir mit, dass der Herr Professor, also der leitende Arzt dieses Hauses, mich zu sehen wünsche. Dieser hatte sein Büro in unmittelbarer Nähe meines komfortablen Etablissements, was zu den wenigen positiven Dingen dieses Tages zu zählen war. Der Herr Professor entpuppte sich als ein bereits sichtlich in die Jahre gekommener grauer Herr, der durchaus sympathisch schien. Nachdem wir einander die Hände geschüttelt hatten, bot er mir Platz an. Das gestaltete sich ziemlich schwierig, da der dafür vorgesehene Stuhl nicht für meine Kehrseite gemacht war, die eindeutig einer breiteren, komfortableren Sitzfläche bedurfte. Da es aber keine gab, quetschte ich mich eben hinein. Das wurde von meinem Gegenüber sehr wohl registriert, obwohl er meinen Akt zu studieren schien.

Der üblichen Erkundigung nach meinem derzeitigen Befinden folgte unmittelbar die Frage: Warum? Ich begann zu erzählen, nur unterbrochen durch kurze Zwischenfragen, wenn der Arzt etwas genauer hinterfragen wollte. Selten ist mir ein Mediziner mit solchem Interesse begegnet, der aber zugleich ziemlich vorurteilsfrei mir gegenüber war. Was ich nicht von jedem Vertreter dieses Standes, mit dem ich bisher zu tun hatte, sagen kann. Irgendwie tat das einfach gut. Dieser Arzt ist heute bereits pensioniert, und trotzdem möchte ich ihn wissen lassen, falls er diese Zeilen jemals lesen sollte, alleine diese Gespräche waren eine wertvolle Erfahrung für mich und haben mich manches leichter ertragen lassen.

Gemeinsam stellten wir das Kurprogramm zusammen, wobei sich die einzelnen Therapien in einem durchaus überschaubaren Rahmen hielten. Meine körperliche Konstitution ließ ja nicht gerade viel zu. Bäder und Wickel, dafür waren die örtlichen Gegebenheiten nicht gerade eingerichtet. Außerdem wäre ein erhöhter Personalaufwand erforderlich gewesen. Durch das verordnete Sparprogramm war das Haus sowieso schon unterbesetzt und hatte Mühe, die Insassen einigermaßen zu betreuen. Irgendwie paradox, aber ich war hier um eine Besserung zu erfahren, was aber nur äußerst begrenzt möglich schien, da man in einem Kurhaus für Adipositas-Kranke nur beschränkte Ressourcen dafür zur Verfügung hatte.

Die nächsten Tage liefen immer nach dem gleichen Muster ab. Der Ergometer war mein treuer Begleiter durch den Tag. Außer um am Abend Luft zu schnappen verließ ich so gut wie nie das Heim. Meine Mahlzeiten nahm ich alleine im Aufenthaltsraum zu mir. Kontakt zu anderen Insassen vermied ich so gut es eben ging. Trotzdem blieben neugierige Fragen und Blicke nicht aus. Ich war hier der Außenseiter, auf den man herabsehen konnte und seine eigene körperliche Unzulänglichkeit nicht mehr als so schlimm empfand. Im Vergleich zu dem war man ja fast „normalgewichtig".

Die drei Wochen gingen irgendwie vorbei, und nach der Abschlussuntersuchung hatten sich nicht nur meine Werte verbessert, auch mein Lebendgewicht hatte sich um über elf Kilogramm verringert und die 200-Kilogramm-Grenze war in Reichweite gerückt.

Außerdem hatte ich Gerichte kennengelernt, die sowohl schmackhaft als auch gesund waren. Das eine schloss also das andere nicht automatisch aus. Eine durchaus lehrreiche Erfahrung für mein weiteres Leben.

Man konnte also tatsächlich mit so wenigen Kalorien auskommen. Wobei ich konsequent geblieben war und keine Zwischenmahlzeiten eingenommen hatte. Moment, das kann ich so doch nicht stehen lasen. Ich hatte schlichtweg nicht die Möglichkeit mir etwas zu besorgen. Andere darum zu bitten, die das teilweise ausgiebig in Anspruch nahmen, dazu konnte ich mich nicht durchringen. So kann ich mit reinem Gewissen auf meine Standhaftigkeit hinweisen. Alles in allem eine schmerzhafte, aber auch teilweise sehr nützliche Erfahrung, die ich da machen musste. Es sollte sich als ein weiterer wichtiger Puzzlestein für die Gestaltung meines weiteren Lebens erweisen. Übrigens fahre ich heute recht gerne auf Kur.

14
Mitleid oder doch nicht?

Eine der schmerzhaftesten Erfahrungen, die ich in den letzten Jahren immer wieder machen musste, sind die Blicke und das fallweise offen zur Schau gestellte Mitleid, wie ja schon an einigen Stellen beschrieben. Mit Zorn, Hass in jeglicher Form oder auch Abscheu kann ich zwar schwer, aber ich kann damit umgehen. Wie definiert man Mitleid eigentlich?

Laut Duden ist es die gefühlte Anteilnahme an Schmerz und Leid anderer. Alleine diese Definition scheint mir nicht ganz korrekt zu sein. Das Gefühl Mitleid kann nicht nur positiv besetzt sein. Dazu als Beispiel eine Begegnung der besonderen Art. Jeder kennt die sogenannten „Gutmenschen". Eine Spezies, die zu jeder Gelegenheit ihre Anteilnahme bekunden muss. Es mag durchaus darunter auch welche geben, bei denen dies genetisch bedingt ist und die gar nicht anders können. Und dann noch diejenigen, die es wirklich in genau diesem Moment ehrlich meinen. Bei denen entschuldige ich mich schon jetzt.

Die andere Art davon scheint sich damit Befriedigung und Genugtuung zu verschaffen. Wenn man schon keine körperliche oder verbale Erniedrigung anwenden kann oder darf, greift man eben auf diffizilere Methoden zurück. Einen solchen Menschen lernte ich eines Tages berufsbedingt kennen. Normalerweise bin ich bei der charakterlichen Einschätzung von Menschen recht treffsicher. Nur diesmal ignorierte ich meine Empfindungen dahingehend. Diese Fehleinschätzung hat mich geprägt. Es fällt mir bis zum heutigen Tag recht schwer, ohne Misstrauen auf Personen zuzugehen, und noch schwerer, mich zu öffnen. Natürlich waren dazu viele Therapiesitzungen und eine jahrelange Sinnsuche notwendig. Aber ich glaube ich bin auf dem besten Weg dahin.

Als Führungskraft, die er zu diesem Zeitpunkt war, hatte ich jeden Tag mit ihm zu tun. Gesundheitlich war ich zu diesem Zeitpunkt schon angeschlagen und dadurch leicht angreifbar. Trotzdem versuchte ich meine Aufgaben so gut wie möglich zu erfüllen. Ich fühlte mich dabei gut aufgehoben und vor allem verstanden. Der neue Führungsstil, der mit ihm eingezogen war, hatte das Ziel verkrustete Strukturen aufzubrechen und ermutigte die Mitarbeiter neue Wege zu beschreiten. So dachte ich jedenfalls. Meine körperlichen Unzulänglichkeiten schienen dabei keine Rolle zu spielen. Wenn ich jetzt so darüber nachdenke, hätten mich diese aufgesetzte Freundlichkeit und dieses bereits übermäßige Verständnis für meine Situation bereits stutzig machen müssen. Aber was man nicht sehen will, sieht man einfach nicht.

Die Blicke, mit denen er mich musterte, waren keineswegs freundlich gemeint. Im Gegenteil, es war reine Verachtung und Abscheu, die da aus den Augen leuchteten. Es dauerte eine gewisse Zeit, bis ich dieses miese Spiel durchschaute, auch Hinweise eines Freundes halfen mir dabei. Doch es war schon zu spät. Die Dinge waren schon im Laufen und nicht mehr aufzuhalten. Noch immer musterten mich bei jeder Begegnung diese mitleidigen Blicke. Nur wusste ich diese nun zu deuten. Es bereitete ihm einfach Befriedigung mich, wenn möglich im Beisein von anderen, zu demütigen. Und das schmerzte mit jedem Tag mehr und war kaum noch auszuhalten. Das wusste er, da war ich mir sicher. Ich entsprach einfach in jeder Hinsicht nicht seinen Vorstellungen. Mein Aussehen, meine Art berufliche Dinge zu erledigen, eine gewisse Antipathie von Anfang an eben, warum auch immer. Mein an sich guter Ruf litt darunter, und ich begann nachzulassen. Hatte ich vorher schon in körperlicher Hinsicht genug „Angriffsfläche" geboten, so wurde die nun mit jedem Tag größer.

Ein Phänomen, das man dabei beobachten kann: Andere Individuen, die immer nur in der zweiten Reihe oder gar noch weiter hinten stehen, beteiligen sich daran und entwickeln auf einmal ein ungewohntes, nie gekanntes, Selbstbewusstsein. Diese geballte negative Energie, die von allen Seiten dabei auf einen einströmt, lässt einen irgendwann einmal verzweifeln. Da meine fachliche Qualifikation hier weniger gefragt, war gab ich irgendwann auf. Die darauf folgenden „Potenzialgespräche" mit der Führungsetage liefen dabei nicht viel anders ab. Schon beim Eintreten und der Anmeldung dieser Blick beim Nennen meines Namens. Wahrscheinlich war ich zu dem Zeitpunkt bereits äußerst paranoid und automatisch der Meinung jeder, wirklich jeder wüsste über mich Bescheid. Heute weiß ich, dass ich nur ein unbedeutendes Rädchen war, auf das man ohne weiteres verzichten konnte. Die darauf folgenden Gespräche waren die Zeit nicht wert, die sie dauerten. Es wurde scheinbar fieberhaft nach Lösungen gesucht, dabei war das Urteil schon längst gesprochen. Fertig, Aus, das war's gewesen. Hätte mir einer mir die Wahrheit - zum Beispiel mein Erscheinungsbild passt einfach nicht zum Unternehmen - einfach ins Gesicht gesagt, damit hätte ich leben können. Aber so? Darum ist dieses Wörtchen Mitleid für mich einfach negativ besetzt und meist nur als schmerzhaft und herabwürdigend zu verstehen.

15
Der Versicherungsmediziner (Chefarzt)

Nun zu einer Erfahrung, die ich eigentlich nie wieder in meinem Leben machen möchte. Nachdem ich ziemlich abgenommen hatte, bildete sich die Haut vor allem am Bauch nicht mehr in dem Maße zurück, wie ich es gerne gehabt hätte. Viele Frauen, die bereits Kinder geboren haben, wissen, wovon ich da spreche. Orangenhaut, Schwangerschaftsstreifen, sogenannte Besenreißer sind meist die unschönen Begleiterscheinungen, die einen nach dem wundervollen Erlebnis der Geburt außer dem geliebten Nachwuchs jeden Tag daran erinnern. Was man mit Sport und verschiedensten Salben und Cremen nicht mehr wegbekommt, lässt sich meist nur durch einen chirurgischen Eingriff beheben oder zumindest verbessern. Und wie überall im Leben ist auch das nicht umsonst zu haben.

Das Gesundheitssystem in unserem Land ist eines der besten auf der ganzen Welt. Nur müssen die vorgeschriebenen Wege und Instanzen eingehalten werden. Man gehört ja schließlich verwaltet, sonst würde die Anarchie ausbrechen. Einfach undenkbar in einem Land, das dies schon seit Jahrhunderten praktiziert und es dabei nahezu zur Perfektion gebracht hat. Ganze Bevölkerungsgruppen leben von der Verwaltung, und das oft seit Generationen.

Also, was ist zu tun um einen solchen Eingriff genehmigt zu bekommen? Stehen einem die finanziellen Mittel für eine Privatklinik nicht zur Verfügung, bleibt nur der

Gang zum Arzt seines Vertrauens. Bei mir kein Problem da ich sowieso schon seit Jahren in Behandlung war und mich mein Doc schon im Vorhinein darauf vorbereitet hatte das dieser Tag kommen würde.

Nun ist es soweit. Die Haut am Bauch bedeckt auf der linken Seite fast den halben Oberschenkel. Mein mühsam in zahllosen Gesprächen aufgebautes Selbstvertrauen ist trotz des augenscheinlichen Erfolges, die Reduktion meines Gewichtes betreffend, kaum mehr vorhanden. Bei jedem Schritt, jeder körperlichen Betätigung behindert mich dieses Ding und hängt wie eine Schürze, die man aber nicht ablegen kann, an mir herunter. Ist es sowieso schon schwierig geeignete Beinkleider zu bekommen, so bleibt mir hier nur eine überdimensionale Jogginghose, um meine untere Region zu bedecken, damit ich einigermaßen korrekt gekleidet das Haus verlassen kann.

So weit, so gut. Nach einer ausführlichen Besprechung übermittelte Dr. Auer meine Befunde und alles was noch dazugehört an die entsprechenden Stellen. Als Laie nicht nachvollziehbar, was trotz vielgepriesenen Computerzeitalters alles nötig ist, um einen Termin bei einem sogenannten Chefarzt einer Versicherungsanstalt zu bekommen. Der soll dann innerhalb kürzester Zeit eine für mich lebenswichtige Entscheidung treffen. So ist es nun mal.

Vierzehn Tage später war der ersehnte Brief endlich in der Post. Obwohl ich wusste, was ungefähr drin stehen würde, hatte ich feuchte Hände. Ich wurde in einer Woche in unserer geliebten Landeshauptstadt am späteren Vormittag erwartet. Natürlich mit sämtlichen Befunden einem Arztbrief etc., also mit allem, was wir schon längst eingereicht hatten. Muss man verstehen, der Mensch gehört nun mal verwaltet.

Wie aber sollte ich da hinkommen? Ein öffentliches Verkehrsmittel hatte ich schon jahrelang nicht mehr benützt oder benützen können. Das würde jetzt vielleicht sogar funktionieren, nur hatte ich panische Angst vor Menschenansammlungen und vor Körperkontakt, wie er sich in einem Zug kaum vermeiden lässt. Alles war mir fremd geworden, und überhaupt bezog ich jeden Blick, jedes Gespräch, automatisch auf mich.

Zum Glück gab es da noch Kurt, meinen alten Freund und Arbeitskollegen. In all den Jahren war er für mich da, wenn ich ihn benötigte. Und so geschah es, dass eines schönen Tages sich zwei Landeier anschickten in die große weite Stadt aufzubrechen. Die ganze Fahrt über schwitzte ich und mir war übel, so aufgeregt war ich. Dass wir uns natürlich verfuhren und hoffnungslos in der großen Stadt herumirrten, entspannte die Situation auch nicht wirklich. Eines habe ich auch festgestellt, das vielgepriesene Navi ist bei den vielen Baustellen und Straßensperren kaum zu gebrauchen, höchstens um sich abzureagieren, indem man mit dem Wagen drüberfährt, damit die nervige Stimme endlich die Klappe hält.

Doch der himmlische Vater hatte ein Einsehen, denn plötzlich sah ich das Gebäude in dem die Entscheidung fallen sollte vor mir auftauchen. Wie sollte es auch anders sein, es waren weit und breit keine Parkplätze verfügbar. Blieb allein die Tiefgarage, was für mich einen längeren Fußmarsch durch belebte Straßen und Plätze bedeutete. Ein Horror. Hätte ich gewusst, was mich an diesem Tag noch erwartete, wäre dies aber kaum der Rede wert gewesen.

Nach wenigen Minuten, die mir wie eine Ewigkeit vorkamen, betrete ich das Gebäude der Versicherungsanstalt. Ein hochmoderner, ehrfurchtgebietender Bau, der von außen schon erahnen lässt, dass die jahrelang eingezahlten Beiträge hier zweifellos gut angelegt sind. Noch zwei Stiegen, Aufzug gibt es anscheinend keinen, und ich bin im Allerheiligsten angelangt. Ein Schalter folgt auf den anderen, teilweise mit Damen jeglichen Alters belegt. Was tun? Den erstbesten Schalter angesteuert und mein Begehren vorgetragen. Nein, da sind sie hier falsch, tönt es aus dem Mund einer schon in die Jahre gekommenen Blondine, wobei ich bemerken möchte, naturblond ist das wohl eher nicht. Sie sieht mich über eine randlose Brille hinweg an und deutet auf den übernächsten Schalter. Höflich bedanke ich mich und gehe weiter. Diesmal erwartet mich eine jüngere Dame und fordert mich auf, nachdem sie meine Daten aufgenommen hat, erst einmal Platz zu nehmen.

In einer Ecke des Raumes sind zahlreiche Sessel um einen Tisch drapiert und sollen wohl die heimelige Atmosphäre des eigenen Wohnzimmers verbreiten. Hat bei mir aber in keiner Weise den gewünschten Effekt erzielt. Im Gegenteil, ein Wartezimmer bleibt ein Wartezimmer, und dort herrschen nun mal diese

Anspannung und der Geruch von verschiedensten Parfums vor, der sich bei vielen mit Angstschweiß zu mischen scheint. Der Raum ist schon ziemlich voll und ich werde von Dutzenden Augenpaaren gemustert. Schon wieder will dieses Gefühl aufkommen, das mir sagen will, ich solle den Raum sofort verlassen. Aber nein, jetzt bin ich schon einmal da.

Mein Blick wandert umher um festzustellen wo ich denn Platz nehmen könnte. Es war für mich immer schon ein Horrorszenario, wenn ich zwischen anderen Menschen - überhaupt wenn es sich um Fremde handelte - Platz nehmen musste. Früher noch als Normalgewichtiger sollte es immer schon ein Platz am Rand sein um wenn notwendig sofort den Platz verlassen zu können, ohne die anderen aufscheuchen zu müssen.

Jetzt hatte es auch andere Gründe. Stellen Sie sich vor, ein Koloss wie ich versucht sich zwischen zwei durchschnittliche Mitbürger hineinzuquetschen. Ist nicht möglich. In meiner schlimmsten Zeit waren dafür fast zwei normale Sitzgelegenheiten erforderlich. Außerdem war es peinlich, und die Blicke dabei verletzten mich immer zutiefst. Eine Mischung aus Abscheu, Mitleid und aufgesetzter Freundlichkeit. Doch jetzt hatte ich Glück, ein Stuhl am Ende der Reihe wurde soeben frei. Schnell setzte ich mich und atmete zunächst einmal tief durch. Der erste Schritt war nun einmal geschafft.

Sie werden aufgerufen, wurde mir vorher mitgeteilt. Wenn ich mir aber ansah, wie viele da noch vor mir kamen. wusste ich, wo ich den Großteil des heutigen

Vormittages verbringen werde. Neben mir waren gerade eine rege Diskussion über das Gesundheitssystem und die detaillierte Schilderung der körperlichen Befindlichkeiten des Hauptredners im Gange. So genau wollte ich das überhaupt nicht wissen, war aber auf Grund der Lautstärke nicht zu überhören noch auszublenden. Alle hatten anscheinend nicht solche Probleme wie ich, in der Öffentlichkeit gewisse Themen abzuhandeln.

Wie lange dauert das denn noch? Ich begann die mitgebrachten Papiere wieder und wieder durchzulesen um meine Nervosität einigermaßen in den Griff zu bekommen. Meine Blase meldete sich. Nein, jetzt werde ich auf keinen Fall diesen Platz verlassen. Überhaupt hatte ich vorher kaum etwas getrunken um in eine solche Situation überhaupt nicht zu kommen. Bloß je mehr man versucht diesen Drang zu ignorieren, desto heftiger meldet er sich. Doch da, war das nicht mein Name gewesen, der soeben aufgerufen wurde? Ja, das war er. Rasch aus dem Sessel gewuchtet, was sich aber als schwierig erwies, da mir in der Zwischenzeit auch noch der linke Fuß eingeschlafen war. Auch eine Folge von Übergewicht, liebe Leute, ist eine äußerst schlechte Durchblutung.

Wo musste ich hin? Zimmer zwei, oder? Versuchen wir es mal und klopfen wie einst gelernt höflich an die Tür. Nichts rührt sich. Noch einmal versucht. Da, es erklingt ein kaum hörbares Herein. Die Klinke gedrückt, und ich betrete einen Vorraum, in dem sich eine Vorzimmerdame oder auch Sekretärin hinter einem riesigen Schreibtisch verbirgt. Die Wände sind mit Plakaten voller Slogans über jedes nur erdenkliche Thema die Gesundheit und Vorsorge betreffend dekoriert. Auf einem kleinen Tisch stapeln sich Hochglanzprospekte, die die Serviceleistungen des Unternehmens anpreisen. Möchte nur das Geld haben, das für den Druck derselben ausgegeben wird, schießt es mir durch den Kopf.

Da holt mich eine Stimme wieder in die Gegenwart zurück, indem sie mich auffordert, meine Unterlagen herauszugeben und gleichzeitig wissen möchte, warum ich eigentlich da sei. Das ist jetzt aber nicht ihr Ernst, dachte ich bei mir. Habe ich doch im Vorfeld schon erklärt, und überhaupt hast du wie ich sehe meine Akte auch auf deinem Computer. Lesen, lesen wäre hier angebracht, aber wahrscheinlich gehörst du auf Grund deines Alters zu der Generation, die das in der Schule nur mangelhaft gelernt hat.

Ich trage mein Begehr vor, während sie meine Akten sichtet. Der Herr Doktor kommt gleich, wird mir mitgeteilt. Nun ich warte, was sollte ich auch sonst tun. Da geht die Tür auf und ein schwarz gekleideter Mann huscht herein, um aber sogleich wieder durch die gegenüberliegende Tür zu verschwinden. Der Arzt? Kann ja wohl nicht sein. Da verschwindet die Vorzimmerblume auch schon durch dieselbe Tür und erfüllt den Raum mit ihrem ziemlich herben Duft. Nicht meiner, erinnert mich an eine ehemalige Lehrerin von mir. Hat mich damals schon nicht aus den Socken gehaut, aber was soll's.

Nun, ich warte. Nach einer kleinen Ewigkeit öffnet sich die Tür wieder, und ich werde aufgefordert, das Allerheiligste zu betreten. Höflich stelle ich mich vor und strecke meine Hand zur Begrüßung aus. Anscheinend gehört das hier nicht zur Norm, denn erst nach kurzem Zögern reicht mir mein Gegenüber auch die Hand. Was folgt, ist ein lauwarmer Händedruck. So wie mir die Hand gereicht wurde, hätte ich ihm gleichzeitig auch noch einen Handkuss geben können. Aber lassen wir das. Herr Doktor stellt sich zwar nicht vor aber das Schild auf dem Schreibtisch vor mir lautet auf einen Dr. Sowieso. Den Namen habe ich bereits erfolgreich verdrängt. Ich nehme an, das Schild bezieht sich auf den schwarz gekleideten Herrn. Die Unterlagen werden abermals überflogen, und dabei verzieht sich sein Gesicht merklich. Wo sind ihre Werte? Der dritte Bogen von oben, Herr Doktor. Das erste Mal beobachte ich heute ein anerkennendes Nicken, verbunden mit unverständlichem Gemurmel. Und Sie wollen? Wieder schildere ich, warum ich heute hier vorstellig werde. Schon wieder verschwindet besagter Herr, diesmal auf den Gang, wo ein überdimensionaler Kopierer steht. Wieder werden Kopien gemacht, obwohl doch schon sämtliche Unterlagen im...doch lassen wir das.

Dann werde ich darüber aufgeklärt, dass die Entscheidung für oder gegen eine Operation nicht hier und jetzt und schon gar nicht von ihm getroffen werden kann. Wer kann das denn? Dafür ist der Chefarzt in Wien zuständig. Also sind sie gar nicht der Chefarzt? Doch, ja aber für das nicht zuständig. Dann heißt es: Bis auf die Unterhose entkleiden! Wie wäre es, wenn du vorher die

Türe zum Gang schließen würdest, denke ich bei mir. Aber das sollte es noch nicht gewesen sein. Plötzlich steht die Vorzimmerdame auch noch in der offenen Tür. In der Hand eine kleine Digitalkamera. Nun starren mich beide an, während ich beschämt mein Oberteil ausziehe und meine Hose zu Boden fallen lasse. Wenn ich gedacht hatte, eine schlimmere Demütigung kann es heute gar nicht mehr geben, dann sollte ich mich aber so was von getäuscht haben. Es ging noch eine Stufe tiefer. Jeder von uns kennt die Szenen aus unzähligen Kriminalfilmen, in denen dem Tatverdächtigen nach Abnahme der Fingerabdrücke auch noch das allseits bekannte und beliebte Fotoshooting bevorsteht. Im Profil, die Seitenansicht, und dabei hält der Delinquent eine Tafel mit seinen Daten vor der Brust.

Bei mir war es zwar kein Metallschild, aber ein weißes Blatt Papier, das der Arzt hastig mit Buchstaben und Zahlen versehen hatte. Alles unter den wachsamen Augen der bereits vorher erwähnten Dame. Dann folgten schon die ersten Anweisungen. Mit dem Rücken zur Wand stellen und das überreichte Blatt zur Seite halten. Ich werde an die Wand gedrückt, meine Arme in Position gebracht. Dann die ersten Fotos. Der Blitz blendet mich. Möchte im Erdboden versinken. Aber leider tut sich die Erde nicht auf, bin anscheinend noch nicht reif für die Hölle. Obwohl eigentlich ist das für mich schon die reinste Hölle. Dann, nach wahrscheinlich nur wenigen Augenblicken, die für mich aber zur Ewigkeit wurden, das Kommando zum Stellungswechsel. Alles unter den wachsamen Augen von ihr.

Normal hätte ich längst schon etwas zu dieser unerträglichen Situation gesagt, aber ich wollte einfach nur rasch fertig werden und vergaß darüber meinen Stolz. Vorher auf die linke Seite drehen kam die Anweisung. Wieder blitzt es ein paar Mal. Jetzt die rechte Seite; das gleiche nervtötende Geräusch des Blitzes. Meine Hände sind eiskalt, aber mein Kopf musste einfach purpurrot sein, zumindest kam es mir so vor. Eine Mischung aus Scham und Demütigung. Wie in dem Traum, in dem du den Saal betrittst und dann erst bemerkst, dass du der einzige bist, der nackt ist. Alle zeigen mit den Fingern auf dich und lachen. So in etwa fühlte sich das an. Ein Foto geht noch. Dann der Kommentar: Sie können sich jetzt anziehen. Sogar die Frau schickt sich nun an den Raum zu verlassen. Hastig streife ich mir die Kleider über.

In der Zwischenzeit werden die eben geschossenen Bilder am Monitor aufmerksam betrachtet. Aus den Augenwinkeln heraus kann ich das erkennen. Mein Gott, das bin ich. Verdammte Scheiße. Will nur weg von hier. Der Medizinmann erklärt mir noch die weitere Vorgangsweise. Zuerst wird der gesamte Akt in unsere geliebte Bundeshauptstadt Wien und dort an den Hauptsitz gesandt. Wo wiederum der Vorgesetzte, also der oberste Chefarzt, über die weitere Vorgehensweise entscheidet. Ist doch wirklich nicht so schwer zu verstehen, oder? Warum bin ich nicht gleich zu dem Zuständigen gefahren? Nun, ja das, meine lieben Leute, ist wieder eine andere Frage. Solche komplexen Zusammenhänge gehen weit über den Horizont eines Mannes ohne Maturaniveau. Nichts desto trotz habe ich es anscheinend geschafft, zumindest was diese Vorführung betrifft. Mir wird zu verstehen gegeben, dass ich mich entfernen dürfe. Bescheid ergeht schriftlich. Raus aus dem Sessel und bei der Tür, wobei ich mir den lauwarmen Händedruck erspare.

Mein Fazit aus dieser Erfahrung: Jeder, der mit seiner Gesundheit und somit der dadurch unweigerlich verminderten Lebensqualität so umgeht wie ich, hat zu all den Schmerzen, Depressionen, Enttäuschungen und was sonst noch anfällt auch die Erfahrung der grenzenlosen Demütigung vor sich. Aber das sollte bei weitem noch nicht alles gewesen sein.

16
Veränderungen

Haben die letzten Jahre, die vielen Erlebnisse, ob nun im negativen oder auch positiven Sinn, mich verändert? Ja, auf jeden Fall. Es wäre vermessen zu behaupten, dass ich heute ein besserer Mensch bin. Diese Jahre haben mich geprägt und Schwächen sowie auch Stärken von mir zum Vorschein gebracht, die immer schon vorhanden waren. Nur die Art und Weise, wie es dazu gekommen ist kann ich keinesfalls zur Nachahmung empfehlen. Es gibt sicher bessere Wege sich seines Potenzials bewusst zu werden. Vor allem finde ich die immer wieder gemachten Aussagen mancher Zeitgenossen in der Art: „Ich würde wieder alles genauso machen!" einfach nur dumm. Natürlich lernt man aus Fehlern, aber wer würde diese freiwillig noch einmal machen? Wenn ich schon aus Fehlern lernen soll, dann aber bitte aus denen die andere gemacht haben.

Aber ein Phänomen, über das ich jeden Tag aufs Neue staune, ist das, wie eine Typveränderung das Interesse der Menschen weckt. Bei mir bewirkte dies nur ein simpler Haarschnitt. Dazu sollte vielleicht erwähnt werden, dass ich in den letzten Jahren mein Haar wachsen hatte lassen. Ob ich damit eine Aussage treffen wollte? Am ehesten die, wenn ich schon in punkto Aussehen und Gewicht keinesfalls der Norm entspreche, warum sollte ich das dann bei der Länge meiner Haarpracht? Außerdem erinnerte mich das an meine Jugend und an unbeschwerte Zeiten.

Die Kombination aus Gewichtsreduktion, einem „korrekten" Haarschnitt und dazu noch übliche Kleidung veränderte mein Erscheinungsbild für die Öffentlichkeit offenbar völlig. Die Aussage „Aussehen ist wichtig" kann ich nur bestätigen. Es mag der Charakter eines Menschen sehr wichtig sein, doch wir bilden uns schon beim Anblick unseres Gegenübers die erste Meinung. Dabei muss noch kein einziges Wort gewechselt worden sein. Oberflächlichkeit steckt in vielen von uns drinnen. Sie mag bei jedem unterschiedlich ausgeprägt sein und zum Teil auch an der Erziehung liegen, die jeder genossen hatte. Auch in dieser Hinsicht verstehe ich jeden Tag aufs Neue als Lernprozess und immense Herausforderung.

Ich werde heute von manchen gegrüßt und nach meinem Befinden befragt, die noch vor nicht allzu langer Zeit einen Bogen um mich gemacht hatten. Ladys aller Altersgruppen treten an mich heran, teils echt interessiert, wieder andere wollen einfach nur quatschen und so ihre Neugierde befriedigen. War mir das am Anfang äußerst unangenehm, habe ich in der Zwischenzeit gelernt damit umzugehen. Außerdem würde die Behauptung nicht ganz der Wahrheit entsprechen, es wäre mir völlig egal. Auch mein Ego braucht gewisse Streicheleinheiten.

Zudem habe ich diese für andere radikale Veränderung in Bezug auf meinen Wiedererkennungswert völlig unterschätzt. Wobei ich auch früher nicht unbedingt der kommunikative Typ war, der immer und überall im Mittelpunkt des Interesses stehen musste. Sicher war der Kontakt zu einigen Freunden und Bekannten in den letzten Jahren eingeschlafen oder überhaupt nicht vorhanden, aber wenn du dann vor einem stehst und der erkennt dich nicht, gibt dir das schon zu denken.

Anders verhält es sich da bei einem Einkauf in einem unserer heimischen Supermärkte. Eine gewisse Anonymität würde mich da oft glücklich machen. Ich möchte hier nur meine Besorgungen erledigen und wenn möglich in Ruhe gelassen werden. Manchen ist dies aber völlig egal, im Gegenteil, sie überschreiten oft die Grenze des Erträglichen und erwarten Ratschläge zur Verbesserung ihrer derzeitigen Situation und wollen nicht verstehen, dass es dafür kein Patentrezept gibt.

Ich kann nur für mich sprechen und Maße mir keineswegs an, dass meine Herangehensweise für alle der Weg zum

Erfolg ist. Wenn ich an die dahintersteckende Arbeit, die Schmerzen und Entbehrungen denke, dann sollte man sich vielleicht doch am besten schon vorher Gedanken darüber machen. Ist es dafür aber schon zu spät, suche deinen eigenen Weg und beherzige dabei vielleicht gewisse Ratschläge.

Habe ich wirklich eine solche Metamorphose durchgemacht, und war ich vorher wirklich so verabscheuungswürdig gewesen? Diese Überlegungen finde ich legitim, und darum schätze ich die wenigen auch in den letzten Jahren verbliebenen Menschen, die mich nicht auf mein Äußeres reduziert haben und für die ich einfach Arnold war und bin. Sogar meine Kinder nehmen mich wieder anders wahr und scheinen sogar in gewisser Hinsicht stolz zu sein, den selben Namen zu tragen. War in den letzten Jahren sicher nicht immer der Fall. Sogar in einem sozialen Netzwerk werde ich unter dem Punkt Familie als Vater geführt.

Wer Kinder hat weiß, dass man als Elternteil oft nur den Status von einer „Persona non grata“ in der Öffentlichkeit innehat. Andererseits wird mir erst jetzt bewusst, wie viel ich in dieser Hinsicht in den vergangenen Jahren versäumt habe. Das kann ich nie wieder nachholen oder gar gut machen. Dennoch versuche ich jetzt die Vertrauensperson zu sein, die sie verdienen und brauchen.

17
Ein Tag in der Ambulanz

Endlich war der bereits mit teilweise gemischten Gefühlen erwartete Brief in der Post, der hoffentlich die Genehmigung für die Operation die Entfernung der Hautschürze betreffend enthielt. War das die Fahrkarte in ein wieder einigermaßen normales Leben? Oder doch nur eine weitere Enttäuschung? Mein Arzt hatte im Vorfeld schon versucht mich auf diesen Eingriff vorzubereiten. Nur traute ich ihm nicht ganz, er als praktizierender Optimist und ich ein notorischer Pessimist gaben oft schon ein seltsames Paar ab. Doch andererseits waren seine Prognosen immer äußerst zutreffend.

Ich halte den Brief in den Händen die ganz kalt sind. Soll ich ihn aufmachen? Was habe ich schon großartig zu verlieren? Ich öffne das Schriftstück und falte die Blätter auseinander. Mein Herz scheint unweigerlich schneller zu schlagen. „Sehr geehrter Herr…, teilen wir Ihnen mit, dass dem entsprochen wird.“ Ein Gefühl der Erleichterung aber auch Angst überkommt mich. Tagelang habe ich darüber nachgedacht. Mir auszumalen versucht, was da alles auf mich zukommen wird. Aber da muss ich nun durch, sonst ist alles umsonst gewesen.

Nach eingehender Beratung, welches Krankenhaus wohl am besten geeignet wäre diesen chirurgischen Eingriff vorzunehmen entschieden wir uns für das größte unseres Bundeslandes. Hier wurde so ziemlich alles behandelt, und das auf einem Areal von der Größe eines mittleren Dorfes. Außerdem unter Verwendung von Millionen von Steuergeld auf den medizinisch neuesten Stand gebracht, wie es in der sehr aufwendig gestalteten Homepage hieß. Da wollte, nein musste ich wohl hin.

Also auf, und wieder einmal stand eine Fahrt in die große, weite Stadt bevor. Jeder von uns hatte wohl schon das zweifelhafte Vergnügen, einen Parkplatz in der unmittelbaren Umgebung von Kliniken suchen zu müssen. Ein zumeist aussichtsloses Unterfangen. Hier aber lud eine riesige Tiefgarage mit Tausenden von Stellmöglichkeiten zu unbegrenztem Parken ein. Natürlich zu Stundensätzen, die Ihresgleichen suchten. War mir zu dem Zeitpunkt aber ziemlich egal, ich hatte ja schließlich einen Termin in der chirurgischen Ambulanz.

Wie lange kann das schon dauern, eine oder vielleicht zwei Stunden. Maximal. Ich ahnungsloser Tropf hatte ja sowas von gar keiner Ahnung. Nachdem das Auto geparkt ist und ich und mein Kumpel uns auf den Weg zum Aufzug begeben, bin ich mir schon nach wenigen Minuten nicht mehr sicher, ob wir unseren fahrbaren Untersatz je wieder finden werden, so riesig erscheint mir diese Garage. Egal, der Lift setzt sich in Bewegung, und beim Ausstieg blinzelt mir die Sonne entgegen. Ein gutes Omen?

Eine überdimensionale Anzeigetafel weist den Besuchern hier den Weg. Alleine die vielen Abteilungen sind schon verwirrend, der Beschreibung zu folgen nahezu unmöglich. Die Entfernungen übersteigen bei weitem meine Vorstellungskraft. Nun, wir begeben uns auf den angezeigten Weg. Nach einer Viertelstunde ist das Ziel aber immer noch nicht in Sichtweite. Dann frage ich einmal eine der vielen weiß gekleideten Personen, die hier so durch die Gegend streunen. Von „Weiß ich leider nicht“ bis „Gleich nach der nächsten Ecke links“ ist alles dabei. Ein Rettungswagen biegt vor uns ab, wir folgen ihm in der Hoffnung, er würde vielleicht auch zur Ambulanz fahren. Und tatsächlich, dem ist wirklich so. Wer weiß, wie lange diese Suche sonst noch gedauert hätte.

Abernunbinichanscheinendangekommen.Chirurgische Ambulanz ist hier in großen Lettern über der riesigen Eingangstüre zu lesen. Die Schiebetüren gleiten zur Seite, und dieser typische Geruch wie er vorwiegend in Spitälern herrscht, nach Desinfektionsmitteln und was weiß ich noch, schlägt mir sofort entgegen. Zudem ist der nicht gerade kleine Warteraum zum Bersten gefüllt. Zu den vorher beschriebenen Düften mischt sich jetzt auch noch der Geruch nach kaltem Schweiß und sämtlichen Parfumnoten, die es zu geben scheint. Bei einem schwachen Magen die ideale Mischung um sich ohne Probleme gleich hier und jetzt die Seele aus dem Leib zu kotzen. Nach dem Hinweis der Dame am Empfang, mir tunlichst eine Nummer zu ziehen bevor ich mein Begehren vortragen könne, werden wieder einmal meine Daten aufgenommen und verglichen. Dann die unfreundliche, aber bestimmte Aufforderung zu warten, bis meine Nummer aufgerufen wird. Nach einer halben Stunde werden endlich am Ende des

Ganges zwei Stühle frei.

Die Zeit vergeht. So wie die einen den Raum verlassen, strömen die anderen durch die Tür. Dazwischen immer wieder Tragen und Rollstühle mit mehr oder weniger lädierten Körpern. Kinder laufen durch den Raum. Meine Stimmung ist auf dem Nullpunkt angekommen. Mittlerweile sind bereits drei Stunden vergangen, und meine Nummer ist immer noch nicht aufgerufen worden. Also frage ich nach. Dabei werde ich darauf hingewiesen, dass die Einteilung den jeweilig zuständigen Ärzten und deren Fachgebieten obliege. Wofür dann diese Nummer? Also weiter warten.

Es zog noch eine Stunde ins Land, der Saal leerte sich allmählich. Mein Hintern schmerzte und meine Beine waren eingeschlafen. Der Zeiger der großen Uhr mitten im Raum zeigte auf 14:45 Uhr, laut Aushang schloss die Ambulanz um 15 Uhr. Zudem waren bei zwei Schaltern bereits die Jalousien heruntergezogen worden. Wieder wollte ich zu der Dame an der Klarsichtscheibe, diese hatte ihren Platz aber bereits verlassen und ein „Zivi", also ein Zivildiener, hatte ihren Platz eingenommen. Nachdem ich mit Nachdruck darauf hingewiesen hatte, wie lange ich bereits wartete, geriet endlich Bewegung in die Angelegenheit. Innerhalb weniger Minuten ging die Tür eines Behandlungszimmers auf und ich wurde von einer Schwester aufgefordert einzutreten. Ausziehen und auf den Arzt warten hieß es dann. So stand ich dann in meiner ganzen Pracht mit runtergelassener Hose und nacktem Oberkörper und - erraten - wartete.

Dann der Moment: Ein Arzt kommt auf mich zu. Das

bereits allseits bekannte Frage- und Antwortspiel beginnt von Neuem. Dann ein ratloser Blick in meine Akten, und schon wieder bin ich allein. Immer noch mit runtergelassener Hose und nacktem Oberkörper, schließlich präsentiere ich mich ja äußerst gerne wildfremden Menschen, auch wenn sie der Ärzteschaft anzugehören scheinen.

Ein junger Mann betritt den Raum in Begleitung einer noch jüngeren asiatischen Dame mit zauberhaften Deutschkenntnissen und einem ebensolchen Akzent. Wie in den meisten Beziehungen übernimmt auch hier der weibliche Part das Reden. Mir wird mitgeteilt, dass sie zu der unterbezahlten Schar von übermüdeten Assistenzärzten gehören würden und der zuständige Professor bereits das Haus verlassen habe. Nachdem ich mit Nachdruck auf meinen bereits vor Wochen vereinbarten Termin hinweise, ziehen sie sich zur Beratung zurück. Ich stehe immer noch mit runtergelassenen Hosen da…

Nach wenigen Minuten, Frau Doktor hat den Raum wieder betreten, beginnt sie mich vorsichtig mit zwei Fingern abzutasten. Dann darf ich mich endlich wieder anziehen. Was nun? Die junge Dame bearbeitet den im Nebenraum befindlichen PC unter heftigem Schütteln ihres kleinen Kopfes. Der männliche Kollege steht daneben und verhält sich still. Wie im richtigen Leben also. Es wäre frühestens möglich in einem halben Jahr einen Termin zu erhalten, natürlich unter der Voraussetzung, dass meine Werte einen solchen Eingriff überhaupt zulassen würden. Das Problem bei Patienten wie mir: Die Anästhesie, die ein hohes Risiko darstellt, das nur wenige Ärzte bereit sind einzugehen.

Nun brechen bei mir sämtliche Dämme, ich lasse meinem angestauten Ärger freien Lauf. Frau Doktor ist mir dabei hoffnungslos unterlegen, was mir im Nachhinein leid tut. Nachdem ich ihr meine Sichtweise der Dinge eindringlich dargelegt habe, mit dem Hinweis, dass in dieser Angelegenheit nur ich der wichtigste Teil bin und mir andere Patienten, die schon lange auf Termine warten, zwar leid tun, aber mir mit Verlaub am Arsch vorbeigehen würden, beende ich meinen Vortrag. Mit dem Ergebnis, dass an dem vorher genannten Termin nicht zu rütteln ist. Zwar immer noch wütend, aber dennoch versucht höflich zu bleiben, verabschiede ich mich von diesem nicht gerade gastfreundlichen Ort. Erleichterung macht sich bei mir breit, wobei dieses Gefühl höchstwahrscheinlich auch bei den eben verlassenen Vertretern der ärztlichen Zunft Einzug gehalten hat.

Bei der Suche nach unserem fahrbaren Untersatz in dieser riesigen Parkgarage gingen mir viele Gedanken durch den Kopf. Zum einen war ich wütend, geschlaucht durch das lange Warten, und das alles für dieses in keiner Weise befriedigende Ergebnis. Auf keinen Fall wollte ich sechs Monate warten.

Um weitere Fortschritte erzielen zu können, musste dieses „Ding“ einfach weg. Deprimiert trat ich die Heimreise an. Nachdem eine unruhige Nacht für mich zu Ende gegangen war, griff ich zum Telefonhörer. Natürlich meine ich das allseits beliebte und aus der heutigen Zeit nicht mehr wegzudenkende Kommunikationsmittel für jedermann: das Handy.

Wer konnte mir da schon helfen? Natürlich mein Doc. Der hatte schließlich studiert und kannte aus dieser Zeit sicherlich genug Kollegen. Da sollte doch einer dabei sein, der sich auf Chirurgie spezialisiert und keine Angst hatte, jemanden wie mich operativ um eine Menge Haut zu erleichtern. Trotz des zugegebenermaßen damit verbundenen hohen Risikos für ihn. Ich wurde nicht enttäuscht. Wenige Tage später hatte ich schon einen Termin in einer kleinen, aber feinen Klinik. Gemeinsam mit meiner Partnerin begab ich mich auf den Weg dahin. Warum sollte es hier anders sein, auch hier erregte ich großes Aufsehen, obwohl ich doch schon einiges abgespeckt hatte. Aber ich entsprach mit meinen rund 170 Kilogramm noch immer auch nicht annähernd der Norm. Wie immer die Definition dafür auch lauten möge.

Doktor L., ein Mann in den besten Jahren, so wie ich eben, mit weniger Haaren als ich sie mein Eigen nennen darf, dafür umso mehr Bartwuchs, begrüßte uns freundlich. Etwas, das ich in letzter Zeit oft vermisst hatte. Er war mir sympathisch und schien äußerst kompetent zu sein. Meine Geschichte war bald abgehandelt. Die Werte passten, und nach einer ausgiebigen Untersuchung mit einer detaillierten Schilderung, was an meinem Körper so gemacht werden sollte, musste sich das Ganze bei mir erst einmal setzen. Irgendwie ein kleines Schlachtfest mit mir als Hauptbeteiligten.

Wenn ich so meinen Körper und die darauf

aufgezeichneten Linien betrachtete, die mit einem Skalpell auf-, weg- oder was weiß ich was geschnitten werden würden, keimten in mir schon kleine Zweifel auf. Es handelt sich dabei um Schnitte von über einem Meter Länge quer über den Bauch. Über meinen Bauch wohlgemerkt. Dazu die Narkose und die geschätzte Dauer von bis zu vier Stunden. Allenfalls zu erwartende Komplikationen nicht eingerechnet. Also die besten Voraussetzungen sich auf diesen chirurgischen Eingriff einzulassen, mit dem Ergebnis, noch nie so schnell um ein paar Kilogramm leichter geworden zu sein. Nun aber gab es kein Zurück mehr für mich. In drei Wochen würde ich hier einchecken und das All-inclusive-Service in Anspruch nehmen. Danke.

Die folgenden Wochen verbrachte ich mit intensivem Nachdenken und dem Ausmalen sämtlicher Szenarien über den Ablauf des bevorstehenden einschneidenden Erlebnisses, das mein Leben zum Positiven verändern sollte. Sogar an eine Patientenverfügung dachte ich, falls ich als sabbernder, dahinvegetierender Idiot enden sollte. Als Idiot hatte ich ja gewisse Erfahrung vorzuweisen, man denke an 240 Kilogramm Lebendgewicht. Wer würde wohl so weiterleben mögen? Geistig umnachtet oder komatös? Obwohl…, aber lassen wir das. Die besagte Verfügung würde nur Zeit und vor allem viel Geld kosten und wäre auch dann noch nur bedingt umsetzbar. Warum sollte es hier auch anders sein, da es sowieso kaum etwas im Leben umsonst gibt. Hoffen wir also das Beste.

18

Einchecken im "Zuhause auf Zeit"

Der September war gekommen, und heute war der Tag, der in meinem Leben eine entscheidende Wende herbeiführen sollte. Ein kalter, sehr klarer Tag an einem Vormittag um 9 Uhr. Um die Stätte der Entscheidung betreten zu können, musste ich durch eine Allee von Bäumen schreiten. Das Laub fiel von den Bäumen und bedeckte fast vollständig den kalten Asphalt. Eine Farbenpracht wohin man seinen Blick auch wendete. Dazu die Geräusche, die Blätter machen, die langsam zu Boden fallen. Ein Szenario so friedlich und schön, so empfinden sicherlich die meisten die die Natur lieben und schätzen.

Ich kann diesen Anblick weniger genießen. Einerseits bin ich emotional ziemlich aufgewühlt, unsicher und habe auch ganz einfach nur Angst. Darum fällt es mir schwer dies alles zu genießen. Erinnerte mich eher an den Gang zum Schafott, wobei ich den Hauptdarsteller für diese blutige Angelegenheit geben soll. Nun bin ich aber angekommen. Wo soll ich hin? „Aufnahme" steht auf dem Schild. Das ist es wohl. Die Glaskabine war aber noch besetzt. Bedeutete wohl bitte warten, aber in dieser Disziplin habe ich in letzter Zeit sehr viel üben können. Die Tür geht auf und nun ist es wohl soweit. Ich „checke" gewissermaßen ein.

Nach der Abwicklung der üblichen Formalitäten wies mir die Dame die Station und die Zimmernummer zu. Wenn ich zu dem Zeitpunkt geahnt hätte, wie oft und vor allem wie lange wir uns noch regelmäßig sehen würden, hätten wir gleich zum persönlicheren „Du" übergehen können. Dieses Krankenhaus war kleiner und „familiärer", sofern man diesen Ausdruck für eine solche Institution gebrauchen kann. Keine monströse Bettenburg mit Gängen, so lang, dass man schon fast ein Ausdauersportler sein sollte, um diese ohne Atembeschwerden durchschreiten zu können.

Nachdem ich vier Stiegen mitsamt dem Gepäck hochgeklettert war, war ich angekommen. Eine Schwester schien bereits über meine Ankunft informiert zu sein. Sie begrüßte mich, nahm meine Papiere entgegen und forderte mich auf ihr zu folgen. Das Krankenzimmer, das ich nun betrat, verfügte über sechs Betten, von denen bereits drei belegt waren. Wie gesagt bin ich Kassenpatient und hatte im Laufe meines Lebens schon andere Zimmer mit viel mehr Leidensgenossen und viel weniger Komfort geteilt. Hier sollte es aber auszuhalten sein. Mein Bett stand unmittelbar neben einem Fenster und gab den Blick auf ein neu gedecktes Blechdach frei. Zumindest konnte ich zwischen den Dachkuppeln den Himmel ausmachen. Vielleicht meine nächste Station, oder doch weiter unten? Dann bekam ich die charmante Anweisung mich auszuziehen, und ein Schrank für meine persönlichen Sachen wurde mir zugewiesen.

Als folgsamer Mensch der ich nun einmal war und durch jahrelange Übung daheim bestens trainiert, kam ich dem natürlich umgehend nach. Wenige Minuten später trat ein junger, weiß gekleideter Mann ein, ausgestattet mit einem Tablett voller Röhrchen beschriftet mit meinem Namen und einer schönen langen Spritze. Im Gegensatz zu vielen anderen konnte mich dieser Anblick nicht aus der Fassung bringen. Mit dem Blut, das mir in den vergangenen Jahren abgezapft worden war, konnte man getrost ein Scheunentor anstreichen. Da musste schon mehr daherkommen. Und das sollte es auch. Die Schwester überreichte mir einen ganzen Packen Formulare die es galt gewissenhaft auszufüllen. Mit seiner Unterschrift erklärte man über die Risiken und möglicherweise auftretende Komplikationen unterwiesen worden zu sein. Oder anders ausgedrückt: Ohne Einverständniserklärung keine Operation. Inzwischen wurde bereits das Mittagessen aufgetragen, wobei für mich anscheinend nichts vorgesehen war. Vollpension nannte sich das. Eigentlich hatte ich sowieso keinen Hunger, was in den letzten Jahren ja nicht so oft vorgekommen war. Die Zeit schien stehengeblieben zu sein.

Diese Warterei schlug mir zusehends aufs Gemüt. Obwohl mein Bettnachbar versuchte, mit mir ins Gespräch zu kommen, konnte ich nicht viel dazu beitragen. Endlich wurde ich ins Behandlungszimmer von Doktor L. gerufen. Noch einmal erklärte er mir, wie er vorgehen wollte. Er skizzierte auf meinem Bauch und den Hüften die Schnitte, die er setzen wollte. Hatte ein bisschen etwas vom Tranchieren eines Truthahnes, nur dass ich in der noch lebenden Haut steckte und statt eines großen Küchenmessers hoffentlich ein recht scharfes Skalpell zum Einsatz kam. Danach werden die zwei Hälften wieder zusammengenäht. Die

Länge der Naht würde den Einsatz von fünf bis sechs Redonflaschen nötig machen. Die Redonflasche ist eine Plastikflasche, der industriell Luft entzogen wird, so dass sie unter Vakuum steht. Wird diese Flasche mit dem jetzt an eine Wunde angeschlossen, zieht sie Blut und übrige Wundflüssigkeit aus der Wunde heraus. Nach der Operation wird Sekret und Blut aus der Wunde austreten, darum werden Drainage-Schläuche gelegt, die dann in die vorher erwähnten Flaschen führen. Eine nicht gerade appetitliche Angelegenheit, wie ich noch feststellen sollte. Noch Fragen? Nein, das reichte mir schon vollkommen.

Danach stand noch ein Besuch beim für meine Operation eingeteilten Anästhesisten an. Hier in dieser Klinik fungierten diese auch noch als Notärzte, darum wurde ich von einer Frau in voller Einsatzmontur empfangen. Nicht gerade rot wie die Sünde gekleidet, aber immerhin noch genug furchteinflößend. Ist eine Anästhesie, die Ausschaltung bestimmter Körperfunktionen zum Zwecke einer Operation, immer eine kitzlige Angelegenheit so war sie bei mir mit noch höherem Risiko verbunden, erklärte mir die Ärztin. Durch mein Gewicht sei die Dosierung sehr schwierig. Zum Glück befanden wir uns bereits im 21. Jahrhundert, in dem Äther und Lachgas wohl schon etwas überholt sind und nicht mehr zum Einsatz kommen. Hoffentlich.

Nach einem ausführlichen Gespräch war wieder mal die obligatorische Unterschrift auf dem Packen Formulare fällig, die sie mir in die Hand gedrückt hatte. Ohne die durfte man hier gerade einmal aufs Klo gehen.

Unsere Verabredung stand. Morgen um 8 Uhr würden wir einander wiedersehen. Mit einigen wesentlichen Unterschieden zu dem heutigen Treffen. Mein Part bestand darin fast unbekleidet auf einem Metalltisch zu liegen. Ihrer wohl darin maskiert zu sein und mir einen kräftigen Cocktail zu verabreichen, der hoffentlich auch einen Elefanten umwerfen würde. Also auch für mich genügen sollte um von den nächsten Stunden aber schon gar nichts mitzubekommen. Und das alles noch legal und unter Aufsicht von Akademikern, die hoffentlich alle Medizin studiert hatten. So vorbereitet verließ ich Frau Doktor und steuerte wieder mein Zimmer an.

Inzwischen war es bereits später Nachmittag, und das Abendessen wurde serviert. Meines bestand aus einer Kanne mit heißem Wasser. Sollte eigentlich ja Tee sein, doch diesen Namen verdiente dieses Gebräu einfach nicht. Dafür teilte mir die Schwester mit, dass in etwa einer Stunde ein Einlauf auf mich wartete. Bisher hatte ich alles mitgemacht, aber aus den Erfahrungen, die ich nach einem Arbeitsunfall bereits gemacht hatte, würde so etwas nicht mehr vorkommen. Zumindest bei mir.

Seit gut zwei Tagen hatte ich weniger als nichts zu mir genommen, darum war mein Darm so gut wie leer. Niemals wieder wollte ich mich im Beisein von fremden Personen entleeren müssen. Die Schwester sah dies aber naturgemäß etwas anders. Aber über mein Hinterteil und meinen Darm bestimme ich zu diesem Zeitpunkt noch selber. Was tun? Dr. L. war zum Glück noch im Haus, sodass ich ihm meine Wünsche selbst unterbreiten konnte. Kein Problem, und weil wir gerade so nett zusammenstanden und plauderten, schnitt ich gleich das nächste Thema an. Dies lautete Katheter. Die Länge des Eingriffes machte einen solchen nötig. Nur war ich auch auf diesem Gebiet ein gebranntes Kind, wenn ich an den Einsatz dieses unappetitlichen Gerätes auch nur dachte.

Noch jetzt bekomme ich beim Schreiben dieser Zeilen eine Gänsehaut. Ich stehe nun einmal nicht darauf, Körperöffnungen, ob hinten oder vorne, über Gebühr zu strapazieren. Überhaupt mit Gegenständen, die bei mir Albträume verursachen. Andere mögen dafür sogar bezahlen. Ich würde das auch, aber nur, um ja nicht in den „Genuss“ dieses Vorganges zu kommen.

Wir einigten uns darauf, dass der Katheter unmittelbar nach Ende des Eingriffes entfernt werden sollte. Was den Einlauf betraf, war ihm dieser ziemlich egal. Guter Mann. Die weißgekleidete Dame schaute zwar etwas ungläubig angesichts dessen, was sie hier hören musste. Kam anscheinend nicht so oft vor, sie nahm es dann aber doch zur Kenntnis. Wenn ich eines gelernt habe: Als Patient muss und darf man keineswegs mit allem einverstanden sein. Schließlich geht es hier um mich, und wie sagte mein Doc oft so treffend zu mir: Du, und nur Du bist das Wichtigste jetzt und hier! Trotzdem verstanden wir uns im Laufe der Zeit trotz der Anfangsschwierigkeiten sehr gut.

Nachdem das alles geklärt war, überkam mich wieder dieses unangenehme mulmige Gefühl. Wie würde das morgen ablaufen, geht alles gut? Wie lange dauerte es noch bis dahin? Fragen über Fragen quälten mich. Da traf es sich gut, dass am Ende des Ganges ein Tisch stand, an dem sich einige Patienten, darunter auch mein Zimmergenosse aufhielten. Ich setzte mich dazu, und wir kamen sofort ins Gespräch. Dabei erfuhr ich, dass es noch ärmere Schweine gab als mich. Zumindest hatte der Großteil gesundheitliche Probleme, die nicht auf Übergewicht zurückzuführen waren. Die Gespräche taten mir gut, und zudem verging die Zeit wie im Fluge. Sanft, aber bestimmt kam die Aufforderung der Nachtschwester die Unterhaltung einzustellen und die Zimmer aufzusuchen. Nachtruhe war angesagt. Erinnerte mich an die Zeiten beim Bundesheer, die auch schon wieder eine Weile her waren.

Nun waren es nur mehr wenige Stunden bis zum Eingriff. Angespannt und mit offenen Augen lag ich nun hier in diesem Zimmer zusammen mit vier Leidensgenossen. Wenn ich so über deren Krankengeschichten nachdachte, hatte ich eigentlich die besten Chancen, hier ohne gröbere Schwierigkeiten herauszukommen. Da war der eine, der bereits einen Bypass sein Eigen nennen durfte und nun auch noch einen Herzschrittmacher bekommen sollte. In Anbetracht seines Alters würde er wohl keine hundert Jahre alt werden. Der andere hatte eine Darmspiegelung vor sich. Wenn ich daran dachte, von welcher Körperöffnung aus diese vorgenommen werden sollte, zog sich bei mir alles zusammen, und zwar wirklich alles. Die übliche Prostataabtastung im Rahmen der Gesundenuntersuchung hatte mich darin bestärkt, dass diese Öffnung zumindest bei mir nur für die ursprünglich vorgesehene Funktion Verwendung finden sollte.

Dann war da noch ein alter, an Demenz leidender Mann, dem auf Grund seiner Zuckerkrankheit ein Bein abgenommen werden sollte. Er konnte nicht verstehen, warum er hier war. Darum war an Nachtruhe nicht zu denken. Die Nachtschwester löste das Problem mit einer Injektion, die den alten Herrn zu einem leise vor sich hinmurmelnden, schnarchenden Bündel Mensch machte. Auch nicht gerade erbaulich, dieser Zustand. Aber zum Glück gab es dafür auch für mich eine kleine blaue Pille, die mir eine ruhige Nacht ermöglichen sollte. Fürsorglich, wie diese Engel in weiß nun einmal sind, bekam ich sogar deren zwei, da die Dosis auf Grund meiner Körperfülle vielleicht doch nicht ausreichen würde bemerkte sie dabei. War mir nur recht. Trotzdem dauerte es ewig, bis ich endlich eingeschlafen war.

Ich hatte in dieser Nacht wirre Träume, die einfach keinen Sinn ergaben. Nur einmal wurde ich wach, da die Natur ihr Recht forderte. Schnarchen, leises Gestöhne aus allen Ecken des Krankenzimmers begleiteten mich dabei auf meinem Weg ins WC. Wegen der paar Tropfen? Na ja, was soll's. Zudem beehrte die Schwester uns mindestens zweimal diese Nacht, soweit ich es mitbekam.

So verging die Zeit, und um Punkt fünf Uhr früh war Wecken angesagt. Zu Hause wäre ich darüber ziemlich sauer gewesen, aber hier bedeutete es, dass es nicht mehr lange dauern würde, bis ich dran sein sollte. Wobei ich hoffte, dass dran sein in diesem Falle positiv zu verstehen war. Da es sich hier um ein Ordensspital handelte, bekam man auch noch eine Morgenansprache via Lautsprecher mit auf den Weg. So gestärkt konnte der Tag beginnen. Denn mehr als diese Stärkung war für mich wieder einmal nicht vorgesehen. Jeder, der schon einmal Gast in solch einer Institution war, hat schon die morgendlichen Waschungen und das Wechseln der Bettwäsche miterlebt. Sich zu waschen in einer guten körperlichen Verfassung und vielleicht noch in Verbindung mit dem richtigen Partner, kann durchaus stimulierend und erfüllend sein. Für beide wohlgemerkt. Oft fühlt man sich danach schmutziger als man es vorher war. Aber ich schweife ab.

Hier war das ein Vorgang, der in keiner Weise damit zu vergleichen war. War man nicht in der Lage, dies selbst zu tun, übernahm dies das Pflegepersonal. Dafür zolle ich ihm Respekt und Hochachtung. Wenn ich dabei an meinen alten Bettnachbar denke, dieses demente Bündel Mensch, und an die Schwerarbeit, die es erforderte ihn wieder sauber zu bekommen, danke ich dem lieben Gott dafür, dass ich dazu noch selber in der Lage bin. Dieses angewiesen zu sein auf fremde Hilfe, dabei seine Schwächen und Unzulänglichkeiten vor Augen geführt zu bekommen, vor fremden Personen. Das zu vermeiden war es schon wert, diesen Weg weiterhin zu beschreiten.

Nachdem die Reinigungskolonne das Zimmer verlassen hatte, trat wieder Ruhe ein. Zeit um wieder mit den Gedanken da fortzufahren wo ich gestern aufgehört hatte. Die Zeit schien stehengeblieben zu sein. Immer wenn ich auf die Zeiger auf der Wanduhr starrte, schienen sie sich kaum bewegt zu haben. Zum Glück riss mich mein unmittelbarer Zimmergenosse aus diesen schwermütigen Gedanken, in dem er mit mir ein Gespräch angefangen hatte. Er war ein lustiger kleiner Mann, der nicht weit von mir zu Hause war. Durch diesen Austausch und den dabei entdeckten Gemeinsamkeiten fiel die unsägliche Warterei nicht mehr ganz so schwer. Für acht Uhr, hatte es geheißen, sei meine Operation angesetzt. Jetzt war es kurz vor sieben. Eine neue Schwester bringt mir ein Hemd, das ich die nächste Zeit tragen sollte, erklärte sie mir. Vielen ist dieses sicherlich ein Begriff. Handelt es sich hierbei doch um eines der luftigsten Kleidungsstücke, die ich je übergezogen hatte. Dieses mag bei der entsprechenden Frau durchaus seinen Reiz haben, überhaupt wenn man an das Sprichwort denkt, auch ein schöner Rücken kann entzücken. Bei mir war dies weniger der Fall. Ich fühlte mich ganz einfach unwohl, irgendwie nackt und der Lächerlichkeit preisgegeben. Aber trotz meiner Proteste führte daran kein Weg vorbei. Überhaupt war dieses Ding etwas, nein viel zu klein für mich. Warum sollte es hier auch anders sein.

Aber den krönenden Abschluss bildete dann die von einer Krankenpflegerin durchgeführte Rasur meines Intimbereiches. War mir zwar nicht ganz klar, wozu das nötig sein sollte, denn ich hoffte schon sehr, dass sich der Eingriff nur auf meine Bauchdecke begrenzte. Übrigens war diese Maßnahme keinesfalls so erbaulich, wie das oft geschildert wird. Vielleicht passten auch nur die Zeit, der Ort und die handelnde Person nicht.

Dann betrat eine junge Dame mein Gemach, der man die überarbeitete, unterbezahlte und unausgeschlafene Assistenzärztin schon von weitem ansah. Die ansonsten aber sehr nette Ärztin erklärte mir, wie die Abläufe von nun an geplant waren. Nachdem sie meinen Blutdruck gemessen, hatte setzte sie mir einen sogenannten „Butterfly", eine Venenverweilkanüle, um die nötigen Infusionen verabreichen zu können. Dieser Butterfly hatte drei Anschlüsse, das sollte wohl genügen. Sollte es aber nicht, wie ich später auf schmerzhafte Weise feststellen musste.

Blutuntersuchungen und die damit verbundene Entnahme dieses roten Lebenssaftes hatte ich in den letzten Jahren genug über mich ergehen lassen müssen. So hatte ich eine gewisse Erfahrung und konnte die jeweiligen Akteure ziemlich gut einschätzen, ob sie mit der Nadel umgehen konnten oder nicht. Sagen wir es einmal so, Frau Doktor war ziemlich bemüht. Aber wie überall macht auch hier die Übung irgendwann einmal hoffentlich den Meister. Die Vene und der in ihr eingeführte Butterfly schienen zu funktionieren. Noch Fragen? Nein? Dann noch alles Gute, und schon war sie wieder verschwunden.

Der Zeiger der Uhr rückte langsam auf die Acht vor, aber nichts tat sich. Da erschien die Schwester und teilte mir mit, dass sich der Termin etwas verschieben würde, da etwas dazwischengekommen sei. Na super, also weiter warten.

Dann kommt aber auf einmal Bewegung in die Sache. Zuerst bekomme ich eine Infusion angeschlossen, zur

Beruhigung, wie mir versichert wird. Hoffentlich ein starkes Zeug, das mich gleich in andere Dimensionen beamen wird. Die Minuten vergehen, und ich kann nicht wirklich einen Unterschied zu vorher feststellen. Bei starken Charakteren würde dies länger dauern versicherte mir die Schwester treuherzig. Meiner musste aber ziemlich stark sein, denn ich bekomme zweifelsohne mit, wie sie mir eine „Duschhaube" aufsetzt. Dazu sei gesagt, zu der Zeit trug ich mein Haar noch lang, darum bereitet es ihr etwas Mühe meine Mähne zu verstauen.

Dann öffnet sich die Zimmertüre, ein kräftiger Pfleger tritt ein. Wenn er mir zum Ruhigstellen nicht eine überbraten sollte, dann bedeutete das sicherlich, dass es nun endlich soweit ist. Er begrüßt mich freundlich und löst die Feststellbremsen an meinem Krankenbett. Die Fahrt beginnt. Beim Hinausrollen verabschieden sich meine Zimmergenossen noch artig und wünschen mir alles Gute. Beruhigt mich aber nicht wirklich, im Gegenteil, es macht die Sache nicht leichter. Mein Fahrer hat ziemliche Mühe mein Bett und mich durch die Korridore zu schieben. Könnte auch daran gelegen sein, dass er, obwohl sicherlich darin sehr geübt, selten eine solche Masse bewegen muss.

Mit der Hilfe einer Schwester gelangen wir schließlich zum Lift. Die Tür schwingt zur Seite, schon gleiten wir hinein. Zischend schließt sie sich hinter uns. Der stählerne Käfig setzt sich in Bewegung. Eine flüssige Unterhaltung will nicht eben aufkommen, obwohl der OP-Gehilfe ein echt sympathischer Kerl ist, dem ich in den nächsten Monaten noch oft über den Weg laufen sollte. Davon ahnte ich aber Gott sei Dank noch nichts. Ansonsten weiß ich nicht, ob ich die Reise hier und jetzt nicht sofort beendet hätte.

So aber stoppt der Lift, und als die Tür aufschwingt, spürte ich, dass es hier merklich kälter ist. Zudem sind die Wände gefliest und die Türen überdimensional groß. Genau jetzt muss ich an eine Leichenhalle denken, denn der Vergleich scheint mir sehr treffend zu sein. Anscheinend hat die Infusion, die schon seit einer Viertelstunde in meine Vene tropft, eine nicht gerade beruhigende Wirkung bei mir. Nun, ich bin schon immer etwas „anders" als andere gewesen. Warum soll es also hier anders sein als sonst?

Wir sind in einem großen Raum angekommen, ich werde in einer Ecke geparkt. Freundlich, aber bestimmt erleichtert man mich um meine Bettdecke. Nun ist es erst recht kalt, nein, ich korrigiere saukalt. Ich liege da in meinem dünnen Hemdchen und friere so vor mich hin. Vermummte Gestalten huschen durch den Raum. Manche schieben Krankenbetten mit Patienten durch die Gegend. Einige davon scheinen geradewegs aus dem OP zu kommen. Teilweise noch ohne Bewusstsein und mit dieser ungesunden, aschfahlen Farbe im Gesicht. Da wird ein Vorhang rund um mein Bett zugezogen. Stört mich nicht unbedingt, da ich das alles eigentlich überhaupt nicht sehen will. Ich friere erbärmlich. Da geht endlich der Vorhang auf und eine Frau huscht herein. Sie stellt sich, nachdem sie den Mundschutz heruntergezogen hat, als meine zuständige

Anästhesistin vor. Dann folgt eine Erklärung über das vorgesehene Prozedere. Ob ich das alles verstanden habe? Ja, schon, die angeschlossene Infusion scheint noch keine Wirkung zu zeigen.

Da ist mir plötzlich, als hätte ich den Geruch von Bier wahrgenommen. Nur für wenige Augenblicke streift mich dieser Lufthauch. Aber obwohl ich schon vieles vergessen oder verdrängt habe, hat sich das in mein Gehirn eingebrannt. Vielleicht beginnt das Mittel doch zu wirken oder spielt mir meine Fantasie einen Streich, wer weiß. Es liegt mir also fern, jemandem etwas zu unterstellen, zumal diese engagierten Mitarbeiter dermaßen wichtig sind. Ich bin wieder allein hinter meinem Vorhang und lausche den Gesprächen, die rings um mich im Gange sind. Da bemerke ich erst, dass ich noch immer einen Kaugummi im Mund habe. Wie soll ich den nun loswerden? Viele Möglichkeiten bieten sich hier nicht gerade. Aber da ich manchmal ein findiger Geist bin, entdecke ich den kleinen verfliesten Mauervorsprung, der sich für diese Aktion einfach anbietet. Und sollte der Putztrupp nicht ganz genau nachgesehen haben, klebt vielleicht noch heute dieses unscheinbare Relikt mit meiner DNA an dieser Wand.

Unzählige Gedanken gehen mir derweil durch den Kopf. Einer davon ist die Vorstellung, nackt vor so vielen Leuten auf dem Operationstisch zu liegen. Meinen Anblick kann ich ja selbst kaum ertragen, wie würde es da dann fremden Menschen ergehen? Einerseits sind die hoffentlich Profis, die in ihrer medizinischen Laufbahn schon einiges erlebt haben dürften. Obwohl, worüber spricht man, wenn man einige Stunden beschäftigt ist? Sicher nicht nur über den gegenwärtigen Eingriff. Solche Gedanken geistern durch meinen Kopf.

Dann kommt aber Bewegung in das Ganze. Eine Schwester tritt durch den Vorhang und versucht mir mein „letztes Hemd" auszuziehen. Mit meiner Mithilfe gelingt das auch. Zugleich nimmt sie mir auch noch die Decke ab. Nun liege ich mit meiner ganzen „Pracht" vor ihr und friere wirklich erbärmlich. Das kann man sicherlich sehen, denn so „klein", wie ich zurzeit rüberkommen muss, bin ich wirklich nicht gebaut. Zwischenzeitlich ist auch die Anästhesistin herangetreten und hat eine Spritze in der Hand. Mit wenigen Worten erklärt sie mir, dass sie jetzt die Narkose einleiten wird. Ich soll langsam von eins bis zehn zählen. Während der Inhalt der Spritze langsam im Butterfly verschwindet, beginne ich zu zählen. Ich komme gerade bis zwei. Dann hörte ich für die folgenden Stunden, zumindest was meine geistigen Empfindungen betraf, einfach auf zu existieren.

Das ganze Drumherum habe ich zu vergessen versucht. Aber seltsamerweise denke ich an die Narkose gerne zurück. Dieser traumlose Zustand. Dieses seinen Körper nicht zu spüren. Keine Schmerzen. Keine negativen Empfindungen. Ausgelöscht von einer Sekunde auf die andere. So könnte es ablaufen, oder vielmehr hoffe ich so läuft es ab, wenn meine Zeit gekommen ist.

Da vor einiger Zeit das Thema Narkose und der damit verbundene Medikamentenmissbrauch auf Grund des tragischen Todes des Kings of Pop durch alle Medien geisterte, stehe ich dem auf Grund meiner Erfahrungen anders gegenüber als dies vorher der Fall war. Ich muss mir eingestehen, dass wenn auch ich in den letzten Jahren Zugang zu diesen Mitteln gehabt hätte, diese Flucht wirklich eine Option für mich gewesen wäre. Darum verstehe ich auch die Experimentierfreudigkeit eines bereits massiv geschwächten Menschen, psychisch und auch physisch diesen Zustand so lange wie möglich herbeizuführen. Und einmal kommt dann der Tag, an dem man es einfach übertrieben hat. Ich stehe auf dem Standpunkt: Solange ich das für mich selber entscheide, ist dies mein gutes Recht. Aber das muss wohl jeder mit sich selbst ausmachen…

19
Operation und Intensivstation

Aus dem, was mir der Chirurg später erzählt hat, weiß ich, dass ich an die vier Stunden auf dem Tisch gelegen bin. Die Operation war an und für sich gut verlaufen. Die Länge des Eingriffes und meine körperliche Konstitution machten die Anästhesie aber zum größten Problem dabei. Das Entfernen des Hautlappens brachte auch keine größeren Schwierigkeiten mit sich. Am ehesten kann man dessen Aussehen mit einem Stück Bauchfleisch vom gemeinen Hausschwein vergleichen. Das aus Fettgewebe und Haut bestehende Stück Fleisch hatte auf Grund seiner Ausmaße und seines Gewichtes in einer normalerweise dafür verwendeten

Nierenschale nicht Platz.

Aber als wahre Schwerarbeit erwies sich hingegen die Wundnaht. Wir sprechen hier von über einem Meter Länge. Zwei Chirurgen waren damit gleichzeitig beschäftigt und brachten dabei auch noch sechs Plastikschläuche mit den dazugehörigen Redonflaschen an, deren Aufgabe es war, die Wundflüssigkeit abzusaugen. Muss eine recht blutige und zudem auch noch schweißtreibende Angelegenheit gewesen sein. Soviel zu dem, was ich - Gott sei's gedankt -nur aus Erzählungen der behandelnden Ärzte weiß.

Noch immer war ich nur körperlich anwesend. Aber langsam bekam das absolute Nichts Konturen. Waren es am Anfang nur Nebelschwaden, weiß und wabbernd, gingen diese langsam in Grautöne über. Wie lange dieser Zustand andauerte, kann ich nicht sagen. Ein Gefühl für Zeit hatte ich noch nicht. Hatte ich die Augen schon geöffnet? Es wurde zusehends heller, und einzelne Farben tauchten auf. Dann war da ein ovales Objekt vor meinen Augen aufgetaucht. Plötzlich bewegte sich etwas in diesem. Obwohl ich nun ein Gesicht zu erkennen glaubte, hörte ich nicht, was dieses anscheinend zu mir sagte. Da spürte ich etwas in meinem Gesicht. Ich schloss wieder die Augen.

Dann vernahm ich plötzlich Geräusche die immer deutlicher zu verstehen waren. Der Druck in meinem Kopf ließ auch nach, und ich entspannte mich langsam. Dann schlug ich die Augen wieder auf, weil mich jemand direkt ansprach. „Wie geht es uns?“, fragte mich eine weibliche Person mit kurz geschnittenen Haaren.

Die Unterscheidung von Männern und Frauen schien schon wieder bestens zu funktionieren.

Nun, wie ging es mir? Ich hatte eigentlich keine Ahnung. Schmerzen hatte ich eigentlich keine. Nur wusste ich nicht genau, wo und warum ich hier war. Meine ersten Worte schienen kaum verständlich zu sein. Das rührte wahrscheinlich von den Schläuchen in meinem Rachen her, die während des Eingriffes zum Einsatz gekommen waren.

Schläuche? Da war doch noch etwas Wichtiges gewesen! Plötzlich fiel es mir wieder ein. Meine rechte Hand schob sich automatisch unter die Bettdecke was sich allerdings recht schwierig gestaltete, da verschiedenste Dinge an ihr anscheinend befestigt waren. Es war eng unter der Decke, aber ich fand oder besser fand nicht, wonach ich gesucht hatte. Kein Katheter. Der Doc hatte also sein Wort gehalten. Sonst schien auch noch alles da zu sein. Ich zog meine Hand wieder zurück. Ich betrachtete meine Arme, aus denen mehrere Schläuche herausführten. Zudem war an meinem linken kleinen Finger ein Clip angebracht, der anscheinend zur Pulsmessung diente.

Urplötzlich aber wurde mir klar, dass irgendetwas anders war als zuvor. Genau, die Bettdecke war für meine Begriffe ziemlich flach, wenn ich so hinuntersah. Vorsichtig Decke lüften und einen Blick riskieren. Da hatte sich aber einiges getan. Erstens war meine Vorderseite bis zur Brust bandagiert, und wieder waren da, soweit ich sehen konnte, jede Menge Schläuche. Lassen wir das jetzt einmal so stehen, dachte ich mir.

Über mir piepste es leise. War ein gutes Zeichen, wenn ich an die vielen Filme dachte, die in Krankenhäusern spielen. Wenn es nicht mehr piepst und ein langgezogener Ton ertönt, hat man ernsthafte Probleme. Also das wäre einmal geklärt. Mein Mund war trocken und ausgedörrt. Der Geschmack in meinem Mund erinnerte mich an durchzechte Nächte und den Morgen danach. Da wusste ich aber zumeist, womit ich mich so zugerichtet hatte. Hier war das aber anders. Meinem Wunsch nach einem Getränk wurde entsprochen, selten zuvor hatte mir ein Glas Wasser so gut geschmeckt wie jetzt und hier. Zwei Schluck und das Glas war leer. Den Rat der Schwester, langsam zu trinken, hatte ich einfach ignoriert. Es dauerte keine Minute, dann wusste ich, warum ich nicht so hastig trinken hätte sollen. Das Wasser verließ mich auf dem gleichen Wege wie ich es zugeführt hatte. Etwas schneller, sodass ich die gereichte Schüssel nicht mehr benötigte. Das Bett und vor allem mein geschlitztes Nachtgewand hatten alles aufgesogen. Also bekam ich in Windeseile ein neues Hemd übergestreift, was sich aber als gar nicht so einfach erwies. Doch das Personal hatte darin offenbar schon beträchtliche Übung.

Mir war dieser Vorfall zwar ziemlich peinlich, aber die nette Dame an meiner Seite bedeutete, dass alles in Ordnung wäre und ich mir darüber nicht den Kopf zerbrechen sollte. Fand ich ziemlich nett von ihr. Paradoxerweise meldete sich in diesem Moment meine Blase. Mit diesem Bedürfnis wollte ich sie nicht auch noch belästigen und wartete daher, bis ein männliche Krankenpfleger vorbeikam. Dem schilderte ich leise mein Dilemma. Wie sollte ich das am besten bewerkstelligen? Dreh dich einfach auf die Seite und lass der Natur, natürlich in der von ihm gereichten Flasche, freien Lauf, riet er mir. War leichter gesagt als getan. Aber irgendwie kam zusammen was zu diesem Zweck zusammenkommen musste. Jeder schätzt das Gefühl der Erleichterung beim Wasserlassen. In diesem Moment konnte ich dies aber nicht, denn als der erste zaghafte Strahl in die Flasche tröpfelte, brannte das wie Feuer.

Endlich geschafft. Nur irgendetwas schien da nicht zu stimmen. An meiner rechten Seite färbte sich der Verband langsam rot. Bei dieser Aktion hatte sich anscheinend einer der aus meinem Bauch führenden Schläuche gelöst. Verursachte aber weiter kein Problem, denn ich hatte ja noch immer fünf Behältnisse, die wohl genügen sollten, um welche Flüssigkeiten auch immer aufzufangen. Erst viel später sollte ich erfahren, wie viel Flüssigkeit mein Körper absondern konnte. Aber zu dieser Episode etwas später mehr.

Nun war ich aber einfach fertig und total erschöpft. Die Nachwirkungen der Narkose setzten anscheinend voll ein, und ich musste wohl etwas eingenickt sein. Als ich meine Augen wieder öffnete, stand die halbe Belegschaft der Intensivstation um mein Bett herum. In diesen wenigen Stunden, die ich hier nun Gast war, hatte ich es zu einer gewissen Berühmtheit gebracht. Zumindest wurde überall über mich gesprochen. Die Art und Weise der durchgeführten Operation, dazu das Gewicht des entfernten Hautlappens, hatten mich zur Nummer eins in der Statistik werden lassen. Ein zweifelhafter Rekord, aber meines Wissens mit über elf Kilogramm bis heute noch unerreicht.

Meine Lebensgeschichte stieß hier auf immenses Interesse. Jeder schien begierig darauf, etwas über die Umstände zu erfahren, die dazu geführt hatten, warum ich heute hier war. Anfangs war mir dies unangenehm, denn ich war es nicht gewohnt soviel Aufmerksamkeit zu erwecken. Zumindest solche, das mich nicht als Missgeburt erscheinen ließ. Hier glaubte ich echte Anteilnahme zu spüren und auch gewisse Anerkennung für meinen bisherigen Kampf gegen das Übergewicht. Tat einfach gut, einmal als Mensch wahrgenommen zu werden, der nicht nur auf sein Aussehen reduziert wird. Vielleicht ist dies medizinisch nicht nachweisbar, aber ich bin davon überzeugt, dass dieser Augenblick sehr wichtig war und mir geholfen hat, den Weg zu beschreiten, den ich immer noch gehe und der mich irgendwann hoffentlich ans Ziel bringt.

Ein Arzt hatte sich in der Zwischenzeit eingefunden und befragte mich über etwaige Schmerzen. Wenn ich so in meinen geschundenen Körper hinein hörte, konnte ich außer einem dumpfen Ziehen in der Bauchgegend nichts Nennenswertes feststellen. Trotzdem brachte er über meinem Bett eine Tasche an mit einem Gerät, in dem sich Morphium zur Schmerzbehandlung befand. Soweit ich den Erklärungen folgen konnte, befanden sich darin zehn Einheiten, die mittels eines Druckknopfes von mir direkt in meine Venen verabreicht werden konnten. Sollte mein Bedarf höher sein, kein Problem,

Nachschub wäre sofort verfügbar. Und schon strömte die erste Dosis in meinen Blutkreislauf. Wow, war keine schlechte Dröhnung. Eines muss ich dazu sagen: Obwohl ich in meinem Leben einiges ausprobiert habe, reagiere ich noch immer sehr sensibel auf gewisse Arzneimittel. Eine Schmerztablette katapultiert mich zuweilen schon in andere Dimensionen. Das hier verwendete Morphium war sicherlich, was die Wirkungsweise betrifft, noch ein paar Klassen höher einzustufen.

Innerhalb weniger Minuten fielen mir die Augen zu. Als ich wieder erwachte, schien es bereits Abend zu sein. Jetzt erst war ich in der Lage, meine nähere Umgebung zu betrachten. Außer mir schienen hier noch mindestens fünf weitere Leidensgenossen untergebracht zu sein. Zwar getrennt durch Vorhänge, aber ich hörte verschiedenste Geräusche und Stimmen. Neben mir schien sich ein alter Mann zu befinden, der gerade Besuch empfangen durfte. Irgendetwas vom zweiten Herzinfarkt und seinem fortgeschrittenen Alter bekam ich dabei zu hören. Der nächste komme bestimmt, wenn er nicht kürzertrete. Also in keiner Weise ein erbauliches Gespräch, dem ich da lauschen durfte.

Gegenüber wimmerte eine Frau, beklagte sich über irgendetwas und war anscheinend nicht zu beruhigen. Gerne hätte ich ihr etwas von meinem Morphium abgegeben um endlich Ruhe zu haben. Eine Intensivstation hatte ich mir irgendwie anders vorgestellt. Ruhig, nur vereinzelt unterbrochen durch das Piepsen der Maschinen, an die man angeschlossen ist. Hier aber war mir entschieden zu viel Betrieb.

Während dieser Gedanken musste ich wieder eingeschlafen sein. Geweckt wurde ich von einer Schwester, die mir einen neuen Tropf anhängte. Irgendetwas schien aber nicht zu stimmen, denn nach kurzer Diskussion mit einem Kollegen setzte sie mir eine weitere Kanüle in den anderen Arm. Da ich, was brauchbare Venen betrifft, nicht gerade gesegnet bin, dauerte es ziemlich lange, bis diese richtig saß. Zudem war diese Sucherei ziemlich schmerzhaft. Aber dann tropften die Flüssigkeiten beider Infusionen langsam und gleichmäßig in meine Arme. Da ich zurzeit nichts Besseres zu tun hatte sah ich diesem Vorgang zu. Zum wiederholten Male landete ich wieder in Morpheus Armen. Ich schlief sehr viel mit teils wirren Träumen. Einige davon waren ziemlich bizarr und hätten vielleicht der Analyse eines Psychologen bedurft. Nur schreibe ich diese den verschiedenen Medikamenten zu und nicht meiner vielleicht nicht immer einwandfrei funktionierenden Psyche.

Dann schien der neue Tag angebrochen zu sein, denn es kam Bewegung in den Laden. Es gab Frühstück. Meines war recht üppig und bestand aus einer Tasse Tee. Jetzt hatte ich in den letzten Stunden doch einiges abgenommen, und dann das. Zudem gab es ein neues Hemd als Draufgabe. So gestärkt und neu eingekleidet wartete ich auf das, was noch kommen sollte. Und es kam in Gestalt einer Horde Ärzte, die hier anscheinend zur Visite angetreten waren. Der Ablauf einer solcher ist wohl jedem von uns bekannt. Fremde Menschen reden über dich in der dritten Person, so als ob du gar nicht anwesend wärst. Obwohl es auch da Ausnahmen gibt, die bemüht sind, dich in diese Gespräche einzubeziehen.

Mit Interesse wurde da über mich diskutiert und über das Ausmaß dieses Eingriffes. Der Oberarzt wollte es nun genau wissen und wies das medizinische Personal an, mir den Verband abzunehmen. Die Schilderung dessen, was dabei zum Vorschein kam, fällt mir auch heute noch schwer. Ein mit oranger Farbe bemalter Bauch, aus dem jede Menge Schläuche führten. Diese waren zusätzlich mit schwarzen Fäden an der Bauchdecke befestigt. Aus einer Öffnung sickerte eine undefinierbare Flüssigkeit, vermischt mit etwas Blut. Quer über den gesamten Bauch waren frische Wundnähte zu sehen. Der Bauchnabel war überhaupt nicht zu entdecken. Dort, wo er in etwa sein sollte war ein großes Pflaster angebracht. Dunkel erinnerte ich mich an das Gespräch mit dem Chirurgen, der von einer Verlegung des Nabels gesprochen hatte. Diesen Gedanken wollte ich hier gar nicht vertiefen. Wenn ich diese Baustelle betrachtete war mir, als ob das alles nicht zu mir und meinem Körper gehörte.

Aus dieser Perspektive hatte ich das alles schon seit Jahren nicht mehr gesehen. Man schien aber zufrieden zu sein mit dem Ergebnis und verpasste mir einen neuen Verband. Was ich zu erwähnen vergaß, ich bekam auch noch eine Bauchbinde, die meinem Körper ungeahnte Konturen verlieh. Vor allem hatte ich mit diesem Ding eine fast schon erkennbare Körpermitte. Dann wurden die Redonflaschen gegen neue ausgetauscht, da die alten bereits ziemlich voll gelaufen waren. Der Inhalt sah aus wie frisch gepresster Blutorangensaft. Nachdem die Visite beendet war, musste ich das eben Gesehene erst einmal sickern lassen. So perforiert wie ich war, sollte ich eigentlich höllische Schmerzen haben.

Die Manschette an meinem linken Arm blies sich wieder auf und maß den Blutdruck. Der schien ziemlich im Keller zu sein, denn mir ging es gerade nicht so gut. Jetzt war ich einfach nur geschlaucht und fertig. Das waren anscheinend die Auswirkungen der Narkose, die erst jetzt so richtig zu spüren waren. Begleitet von den verschiedensten Geräuschen in dieser Abteilung für geschundene Kreaturen dämmerte ich wieder hinüber ins Land der Träume. Wie lange dieses Nickerchen gedauert hatte, wusste ich nicht, aber ich hatte ziemlich gesabbert. Nehmen wir einmal an, dass dies auf das Hungergefühl zurückzuführen war, das mich plagte. Es war nämlich schon eine Weile her, seit ich das letzte Mal feste Nahrung bekommen hatte. Das wäre auch eine Möglichkeit, rasch an Gewicht zu verlieren. Nötig dazu sind nur ein paar pharmazeutische Produkte, kombiniert mit einem kleinen Eingriff und etwas Bettruhe. Dazu ein Raum, den man ohne Hilfe nicht verlassen kann. Einfach perfekt. Und ich Idiot halte Diät und betreibe dazu noch Sport. Welche Verschwendung von Ressourcen und vor allem Zeit.

20
Krankenhausalltag

Alles „Gute“ geht irgendwann einmal zu Ende, und so war es an der Zeit, die Intensivstation zu verlassen. Die Reisevorbereitungen waren rasch getroffen. Mit nichts als einem geliehenen Hemd war ich gekommen, und mit ein paar Kilogramm weniger Gewicht und begleitet von den besten Wünschen der Belegschaft verließ ich diese gastliche Stätte.

Wieder geht es durch Korridore bis zum Lift, der schließlich in der Etage hält, in der ich die nächste Zeit verbringen werde. Mein Platz am Fenster ist noch frei. Als mein Bett abgestellt ist und ich den ersten Blick in den wolkenverhangenen Himmel riskiere, ist es der wunderbarste Anblick seit langem. Nach dem sterilen, kalten, künstlichen Licht, das Tag und Nacht in der Aufwachstation brannte, empfinde ich die Farben hier als wohltuend und lebensspendend. Ich muss ziemlich mitgenommen aussehen, denn mein Zimmergenosse, der ans Bett getreten ist, sieht mich aus geweiteten Augen an. Die Redonflaschen mit Blut, die rund um mein Bett angeordnet sind, tun das Übrige. Dazu zwei Infusionen, die immer noch in meine Venen tropfen.

Aber ich war am Leben und hatte vor, es noch eine ganze Weile zu bleiben. Trotz der Umstände waren die Schmerzen erträglich, und zum ersten Mal seit langer Zeit begann ich mir über die Zukunft Gedanken zu machen. Irgendwie fühlte ich mich befreit und nicht mehr ganz so fett wie sonst. Überhaupt war dies ein ganz eigenartiges Gefühl, wenn ich an meinen linken Schenkel griff. Da war nichts mehr, das schlaff darüber hing, und doch war es zumindest in meinem Kopf noch vorhanden. Klingt verrückt, aber genau an dieser Stelle war mir kalt, so kalt, dass ich Gänsehaut bekam. Was sie wohl mit dem Stück gemacht hatten? Wahrscheinlich war es schon in einer Tonne mit medizinischem Abfall zusammen mit weiteren menschlichen Gewebeteilen gelandet. Damals musste ich noch eine gewaltige Dröhnung gehabt haben, so wirr waren meine Gedankengänge.

Unsanft wurde ich in die Gegenwart zurückgeholt. Die Flasche zum Pinkeln war mir schon vertraut, aber die kleine Schwester wollte wissen, wann ich denn das letzte Mal ein „großes Geschäft" verrichtet hatte. War schon ein paar Tage her. Mir war auch nicht danach, und überhaupt, wie sollte das funktionieren? Dafür gibt es die segensreiche Erfindung der Bettpfanne. Klein, handlich und überall einsetzbar. Sich im Beisein von fünf anderen Zimmergenossen so zu erleichtern, eine Horrorvorstellung für mich.

Morgen, spätestens, wurden Ergebnisse von mir gefordert. Wie sollten die aussehen, hatte ich doch schon seit Tagen keine feste Nahrung mehr zu mir genommen. So verging der Tag, es wurde Zeit schlafen zu gehen. Eigentlich hatte ich in letzter Zeit nicht viel anderes getan als zu schlafen und zu bluten. Was das Schlafen betraf, war dies natürlich nur auf dem Rücken möglich. Wenn ich zu dem Zeitpunkt gewusst hätte, dass dies für über ein Jahr die einzige Schlafposition bleiben sollte, meine Zuversicht wäre dahin gewesen. Ich war es gewohnt auf der Seite zu schlafen und wie mir glaubhaft versichert wurde zu schnarchen. War sicherlich auch bedingt durch mein Körpervolumen. Aber die Kombination von weniger Körpergewicht und Rückenlage führten dazu, dass diese lästige Angewohnheit nahezu verschwunden ist. Gut für mich, himmlisch für meine Partnerin. Kann ich nur weiterempfehlen, ist viel entspannender für beide Seiten. In jeder Hinsicht.

Die Nacht verging mit Hilfe einer jener blauen Kapseln, die hier so beliebt waren, recht schnell. Einmal unterbrochen, da sich meine Blase meldete, aber das mit der Flasche hatte ich schon ganz gut im Griff. Wecken dann pünktlich um fünf Uhr früh und als zusätzliche Serviceleistung einmal Fiebermessen. Etwas später rückten dann zwei Pflegerinnen an, deren Aufgabe es war, die Betten zu machen und wenn nötig auch die Bettwäsche zu wechseln. Diese Tätigkeit grenzte bei manchen Patienten an Schwerarbeit. Hatte ich schon erhebliche Schwierigkeiten meinen Hintern hochzubekommen, so war es dem alten, frisch amputierten Mann in meinem Zimmer unmöglich auch nur in irgendeiner Weise mitzuhelfen. Dement wie er zusätzlich noch war, begleitete er diese Aktion durch lautes Wehklagen. Ich hielt mir einfach die Ohren zu. Dann war ich an der Reihe. Irgendwie hatte ich die Laken an geblutet, sodass es notwendig war diese zu wechseln. Beim auf die Seite drehen war mir, als ob ich die Nähte bereits reißen hörte. Aber die schienen ziemlich stabil zu sein. Obwohl diese Aktion nur wenige

Minuten dauerte, war ich danach ziemlich erledigt. Artig, wie ich es gelernt hatte, bedankte ich mich, und freundlich lächelnd zogen die beiden weiter. Langsam kehrte wieder Ruhe ein, ich schloss noch einmal die Augen um etwas nachzudösen.

Es blieb viel Zeit um über die Zukunft nachzudenken. Mir dämmerte langsam, dass dies erst der Anfang sein konnte. Aber unbestritten war mein Selbstbewusstsein enorm gestiegen. Obwohl an das Tragen von Hosen noch nicht zu denken war, war ich begierig darauf zu erfahren, wie das ohne diese schlaffe Haut am Bauch wohl sein würde. Laufend kamen Ärzte, Pfleger und sogar der Seelsorger dieser Anstalt vorbei um mich zu begutachten und mit mir zu sprechen. Innerhalb kürzester Zeit hatte ich es hier anscheinend zur lokalen Berühmtheit gebracht. Manche waren ehrlich interessiert an meinem Schicksal, bei anderen kam ich mir wie ein Tier vor, das im Zoo vorgeführt wird.

Das beste Beispiel dafür war die allmorgendlich stattfindende Visite. Soviele Ärzte auf einem Haufen sah man sonst den ganzen Tag nicht. Klar, auch angehende Mediziner müssen lernen, aber wenn du nackt vor einem halben Dutzend fremder Menschen liegst, die sich über dich unterhalten als ob du gar nicht anwesend wärst, ist das kein sonderlich gutes Gefühl. So hatte ich mich in letzter Zeit nicht einmal meiner Gefährtin präsentiert, denn nach wie vor fand ich mich ziemlich hässlich. So war es oft: Innerhalb weniger Augenblicke kam es zu extremen Stimmungsschwankungen zwischen Zuversicht und tiefster Verzweiflung, was die

Zukunft anbetraf.

Die größte Unterstützung erfuhr ich dabei von meiner Familie und wenigen guten Freunden. Dass es mir schlecht geht oder mich Zweifel plagen, habe ich immer so gut wie möglich zu verbergen versucht. Probleme versuche ich auch heute noch wenn möglich alleine zu lösen. Nur wenige, nein eigentlich überhaupt nur zwei sind in der Lage, mich einigermaßen zu durchschauen. Die eine ist meine langjährige Partnerin, der andere mein Doc. Oft wäre es sehr hilfreich, im richtigen Moment über Sachen, die einen beschäftigen, mit jemandem reden zu können. Es mag vielleicht an meiner Erziehung liegen, aber ich halte mich einfach für einen eher introvertierten Menschen, der Gefühle nach außen hin nur schwer zulassen kann. Dabei bekam ich aber völlig unerwartete Unterstützung durch einen meiner Zimmerkollegen. Ein älterer Mann, der durch seine unkomplizierte Art und sein fröhliches Wesen mir den Tag verkürzte und es verstand, mich auf andere Gedanken zu bringen. War ein wichtiger Teil meiner Genesung.

Der Vormittag verging so ziemlich rasch, dann war es endlich soweit. Das Mittagessen wurde serviert. Obwohl Mittagessen nicht ganz zutreffend war in Anbetracht dessen, was da serviert wurde. Eine klare Suppe, sicherlich ziemlich gesund und mit wenig Kalorien, so wie sie aussah und schmeckte. Etwas Püriertes, die Definition fiel mir schwer. Meine Ansprüche waren recht bescheiden, es war durchaus genießbar. Dazu durfte ich noch im Bett speisen, was auf Grund der vielen Schläuche gar nicht so einfach war. Hastig schlang ich alles hinunter. Natürlich ging das nicht ohne zu kleckern. Aber dafür war ich schon zu Hause bestens bekannt, warum sollte das also hier anders ablaufen, zumal ich gezwungenermaßen liegend die Mahlzeit einnehmen musste.

So wurde es Nachmittag, die Besuchszeit hatte angefangen. Diese Stunden, in denen geliebte und auch oft weniger geliebte Menschen sich nach deinem Befinden erkundigen und dabei schon auf die Uhr sehen. In solchen Augenblicken wünschte ich ein Patient der ersten Klasse zu sein, am besten in einem Einzelzimmer. Denn ging einem der eigene Besuch schon auf die Nerven, so war der von anderen oft nicht auszuhalten. So sehr ich mich auch bemühte waren einzelne Unterhaltungen einfach nicht zu überhören. Man gibt sich besorgt und hat für alles Verständnis oder sogar noch viel Schlimmeres erlebt. Den meisten geht es sowieso schon schlecht genug, und die können daher gerne auf detaillierte Erzählungen über verpfuschte Eingriffe etc. verzichten.

Nun hatte ich zum Glück nur einer Handvoll Leuten von meinem Termin erzählt, wodurch außer meinen engsten Angehörigen keiner vorbeikam. Auch dieser nette Nachmittag ging einmal zu Ende, langsam kehrte wieder Ruhe ein. Dann stand auch schon das nächste große Ereignis für diesen Tag an. Das Abendessen würde in Kürze serviert werden. Das läuft hier jeden Tag nach genau gleichem Schema ab.

Um geistig wieder fit zu werden versuchte ich soviel wie

möglich zu lesen, und auch mein MP3-Player leistete dabei wertvolle Dienste. So gelang es mir, mich aus dieser Welt wenigstens kurzzeitig zurückzuziehen. Die ersten Tage ermüdete ich aber noch ziemlich schnell, meine Aufnahmefähigkeit war ziemlich begrenzt. Sogar ein kleiner Fernseher war vorhanden. Aber versuchen Sie einmal ein Programm auszuwählen, das allen sechs Personen zusagt, die diese Stube bewohnen. Personen unterschiedlichen Alters und Interessen. Diese Entscheidung fällt zu Hause oft schon recht schwer, und da sind es nur zwei Personen. Ein weiteres TV-Gerät ist dabei enorm hilfreich. Außerdem, wer hat heute noch ein Gerät mit 37 Zentimeter Bildschirmdiagonale herumstehen? Aber wie bereits erwähnt wir sprechen hier von der allgemeinen Klasse.

Das Abendessen wird serviert. Üppig wie bereits zu Mittag. Brot, Aufstrich, dazu wird Tee gereicht. Nach Abschluss dieses lukullischen Mahles versuche ich mich aufzusetzen und schwinge dazu die Beine über den rechten Bettrand. Gestaltet sich gar nicht so einfach. Die Schläuche schränken meine Bewegungsfreiheit ziemlich ein, dazu ist der Verband inklusive Bauchbinde sehr straff angelegt. Geschafft, aber irgendetwas kann mit der Umgebung nicht stimmen. Diese schwankt nämlich etwas, oder war ich das? Nun, das ist für den jetzigen Zeitpunkt wohl genug, ich krieche wieder unter die Decke zurück. Das können die Wundnähte unmöglich ausgehalten haben. Mir ist, als fühle ich Flüssigkeit unter dem dicken Verband über meinen Bauch laufen. Wie soll ich da jemals auf die Beine kommen? Obwohl, darum habe ich das alles ja in Kauf genommen.

So war es Abend geworden, und diese hartnäckige Schwester wollte unbedingt ihre Schicht mit einer Vollzugsmeldung abschließen, was meinen Stuhlgang betrifft. Was blieb mir also übrig um der Bettpfanne zu entkommen? Richtig, ich tat das Naheliegende, das einzig Richtige, um meine Würde zu wahren. Ich log sie an. Alles schon vor Stunden bei der Kollegin erledigt, muss nur noch am Krankenblatt vermerkt werden. Damals hing dieses nämlich noch am Fußende des Bettes, äußerst praktisch und zudem für jeden einsehbar. Und vielleicht lag es an meinem Charme oder meinem ehrlichen Gesicht, sie glaubte mir. Damit war das für den Moment wohl erledigt.

Seit einiger Zeit schmerzte mein linker Arm. Bis jetzt hatte ich das zu ignorieren versucht, aber nun waren die Schmerzen kaum auszuhalten. Rund um die Kanüle, die im Arm steckte, hatte sich die Haut blau zu verfärben begonnen. Die Nachtschwester stellte fest, dass die Vene anscheinend kollabiert war und entfernte sofort die Kanüle. Eigentlich war ich den ganzen Tag an irgendeiner Infusion angeschlossen. Es war also absehbar, dass so etwas irgendwann einmal vorkommen würde. Eine herbeigerufene Assistenzärztin versuchte verzweifelt eine noch funktionierende Vene zu finden. Aber da ich es nicht besonders eilig und heute eigentlich nichts mehr vorhatte, ließen wir uns dabei Zeit. Viel Zeit. Nach einer netten Unterhaltung und ein paar Versuchen war es dann geschafft. Der Tropf funktionierte wieder. Frau Doktor war die Erleichterung anzusehen. Schon verschwand die kleine Gestalt im Arztkittel durch die Tür. Zurück blieben nur der Duft ihres Parfums und die

Einstiche in meinem Unterarm.

Langsam tropfte die Infusion, und beim Beobachten dieses faszinierenden Vorganges musste ich wohl eingeschlafen sein. Als ich wieder erwachte, leuchtete nur ein kleines Notlicht im Zimmer. Der Blick auf die Uhr verriet, es war erst ein Uhr früh. Bis auf ein paar Schnarchgeräusche war es ziemlich ruhig im Raum. Jetzt war der Zeitpunkt gekommen. Spontan hatte ich beschlossen, das WC aufzusuchen. Mal sehen, ob das funktionieren würde. Wie soll ich das am besten anstellen? Erst einmal aufsitzen auf der Bettkante, dann die Redonflaschen auf die linke und rechte Hand verteilen. Aber erst heißt es einmal auf die Beine kommen. Am besten mit Schwung. Es gelingt, ich stehe das erste Mal seit über zwei Tagen wieder auf meinen eigenen zwei Beinen. Ziemlich wackelig zwar, aber ich stehe. Die Umgebung schwankt auch nicht übermäßig, also gehen wir's an. Vorsichtig einen Fuß nach dem anderen setzen. Geht gar nicht so schlecht. An meiner Rückseite ist es ziemlich kühl. Rührt wohl daher, dass ich noch immer ein krankenhauseigenes Hemd trage, das hinten diesen neckischen Schlitz hat. Andererseits ist dieses Kleidungsstück für das, was ich vorhabe, wohl bestens geeignet.

Die Tür zum Waschraum habe ich ohne gröbere Probleme erreicht. Das Öffnen dieser gestaltet sich mit den Flaschen in beiden Händen gar nicht so einfach. Dann bin ich aber drinnen und schließe erleichtert die Türe. Also das ist einmal geschafft. Wie soll es nun weitergehen? Langsam lasse ich mich auf den WC-

Sitz nieder. Erst einmal etwas verschnaufen. Wo soll ich diese verdammten Flaschen am besten platzieren? Ich entscheide mich sie rund ums WC anzuordnen. Zwei zu meiner linken. Zwei zu meiner rechten. So, nun zum eigentlichen Zweck meiner Bemühungen. Die Minuten vergehen, meine Füße beginnen langsam einzuschlafen. Sollte das nicht bald erledigt sein, werde ich alleine niemals mehr hochkommen. Außerdem gibt es in diesem Etablissement auch keine Zeitung um sich abzulenken. Dann tut sich anscheinend etwas. Die weiteren Details will ich hier nicht unbedingt vertiefen, aber es ist geschafft.

So erleichtert und auch mit gewissem Stolz erfüllt bin ich schon lange nicht mehr über einen solch alltäglichen Vorgang gewesen. Mit fast stolz geschwellter Brust versuche ich wieder hochzukommen. Wären an den Wänden nicht Griffe angebracht, hätte ich dies kaum geschafft. So aber stehe ich endlich wieder. Dabei sind aber die Flaschen umgefallen. Mir ist, als ob durch den Lärm, der dadurch verursacht wird, das ganze Krankenzimmer aufgewacht sein muss. Aber es scheint alles ruhig geblieben zu sein, ich atme tief durch. Der Rückweg verläuft ohne weitere Zwischenfälle, ich lasse mich erschöpft ins Bett fallen. Wieder habe ich das Gefühl, die Nähte, die meine Bauchdecke zusammenhalten sollen, sind jetzt aber sicher aufgegangen. Über diese Gedanken schlafe ich dann ein.

Meine Vollzugsmeldung am nächsten Morgen erzielte nicht die gewünschte Wirkung. Im Gegenteil, die Stationsschwester war entsetzt darüber, wie ich in meinem Zustand so verantwortungslos sein konnte, mitten in der Nacht alleine das WC aufzusuchen. Da konnte ich natürlich nicht umhin ihr zu erklären, dass ich schon seit Jahrzehnten daran gewöhnt bin, gewisse Sachen alleine zu erledigen. Sollte mir dabei wirklich jemand zur Hand gehen müssen, dann müsste ich schon halbtot sein. Alles zu diesem Thema war gesagt, dazu ein charmantes Lächeln von mir, und wir waren wieder Freunde.

Was die Schmerzen anging, so waren die auszuhalten. Ich genehmigte mir keinen weiteren Schuss Morphium, obwohl das Mittel noch immer über meinem Bett hing. Wäre ich bei anderen Substanzen früher so konsequent gewesen, ich würde kaum hier sein. Die Tage waren nicht gerade abwechslungsreich, so hatte ich viel Zeit, einfach nur zu beobachten. Die verschiedensten Menschen und deren Schicksale. Was mir dabei aufgefallen ist: So viele junge Menschen und dabei vorwiegend Mädchen waren hier, um sich einer Magenband-OP zu unterziehen. Dabei wird ein weiches Kunststoffband aus Silikon bei der OP so über den oberen Teil des Magens gelegt, dass Nahrungsmittel nur langsam hindurch gelangen können. Dadurch wird die Kalorienanzahl verringert.

Wer glaubt, das sei die Lösung all seiner Probleme, der irrt gewaltig. Meines Wissens gibt es keinen einfachen Weg, sonst würde es ja keine Adipositas-Patienten mehr geben. Mir sind Fälle bekannt, bei denen solcherart operierte Patienten, um ihre Sucht zu befriedigen, Eis, breiartige Speisen wie zum Beispiel Pudding und literweise süße Säfte und dergleichen zu sich genommen hatten und so das Magenband ziemlich wirkungslos blieb.

Aber zurück zu den eben erwähnten Mädchen. Mit Anfang zwanzig sollte man doch alle anderen Möglichkeiten ausschöpfen, bevor ein solcher Eingriff in Betracht gezogen wird. Ich will hier keineswegs den Klugscheißer geben, aber das ist sicher nicht die Lösung. Für mich war sowas nie in Frage gekommen, noch habe ich darüber ernsthaft nachgedacht. Über die anderen Möglichkeiten habe ich mir erst viel später Informationen besorgt. Als ich dann die ganzen unappetitlichen Möglichkeiten die es da gab gesehen habe, war mir klar, dass ich da lieber meinen Weg gehen wollte. Wie gesagt, das muss wohl jeder Betroffene für sich selbst entscheiden.

Eines ist aber unbestritten, was die Länge des Aufenthaltes betraf, war dieser bei so kleinen Eingriffen nach drei bis vier Tagen bereits beendet. Meiner hingegen sollte schon etwas länger dauern. Aber wer will eine solch gastliche Stätte mit Vollpension und Pflege rund um die Uhr schon nach wenigen Tagen verlassen? Mir war eigentlich schon danach. Der Krankenhausalltag schlaucht einfach und da man sehr viel Zeit zum Nachdenken hat, beginnt man zu sinnieren: Was wäre wenn? Meine anfängliche Euphorie wich zusehends einer langsam aufkeimenden Melancholie. Vielleicht ist man nach solchen Eingriffen besonders anfällig dafür. Überhaupt wenn man auf diesem Gebiet schon ziemlich viel Erfahrung vorweisen kann.

Ablenkung brachten nur die Angehörigen, die sich

teilweise mehr mit mir als mit den Kollegen, denen eigentlich der Besuch galt, unterhielten. Neugierde ist eine starke Triebfeder. Einige erkundigten sich dabei dezent und unaufdringlich. Wieder andere benahmen sich wie die Axt im Wald und teilweise höchst indiskret. Manches ging mir entschieden zu weit. Dann gibt es da noch die dritte Gattung. Diese hat mich einfach nur angestarrt, um dann, wenn sich unsere Blicke begegneten, rasch wegzusehen. Der Anblick eines übergewichtigen Vertreters des Homo Sapiens mit langen fettigen Haaren. Aus dem unzählige Schläuche herausführen, die wiederum in Flaschen münden, in denen sich eine eklig aussehende rötliche Flüssigkeit befindet - das ist sicherlich kein erbaulicher Anblick. Aber doch scheint es da wie bei einem Unfall mit verletzten, verstümmelten Personen zu sein. Man will nicht hinsehen, aber man tut es dann doch. Irgendwie war ich ja auch ein Unfall. Oder?

21

Der Alptraum beginnt

Was auch noch einem Highlight des Tages nahekommt, ist die allmorgendlich stattfindende Körperpflege. Diese Waschung wird, wenn man dazu nicht selbst in der Lage ist, vom Pflegepersonal durchgeführt. Da ich das Bett eigentlich nicht verlassen durfte, zählte auch ich zu den „Glücklichen", die in den Genuss dieses Services kommen sollten. Ist aber keineswegs so erbaulich, wie es sich vielleicht anhören sollte. Der Mensch beginnt nach einiger Zeit ohne entsprechende Pflege seines Körpers durch die natürliche Ausdünstung ein entsprechendes Duftaroma zu entwickeln. Oder einfach gesagt: Er beginnt zu riechen. Dabei ist das Wort „riechen" keineswegs im positiven Sinne zu verstehen. Kann ein „Stinker" schon zur Geruchsbelästigung werden, sind deren sechs kaum auszuhalten.

Obwohl der typische Geruch von Desinfektionsmitteln und dergleichen in einem Spital vorherrscht, stößt dieser aber auch irgendwann an seine Grenzen und muss kapitulieren. Meine Anerkennung und mein Dank gebühren daher den Damen und Herren, die diese Arbeit tagtäglich verrichten. Dabei gibt es die unterschiedlichsten Typen. Den „Mamatyp", der diese Tätigkeit routiniert und gründlich verrichtet und bei dem man sich unweigerlich wieder in seine Kindheit zurückversetzt fühlt. Scham oder solche Gefühle lässt sie gar nicht aufkommen. Dann die etwas jüngere mehr oder weniger „heiße Kleine", die schon weitaus weniger zielstrebig zu Werke geht, und bei der schon eine gewisse Schamhaftigkeit aufkommt. Obwohl ich doch schon einige Tage hier verbracht hatte, kann ich nicht behaupten, übermäßig stimuliert worden zu sein. Der Kleine blieb brav der Kleine.

Der Rest war dann rasch erledigt, der weitere Tag verlief weitgehend ohne körperliche Kontaktaufnahme. Zählt man die Verabreichung einer Injektion oder das Anschließen einer Infusion nicht unbedingt dazu. Wieder einmal stand eine Visite an, dabei beschloss der Oberarzt, mich von zwei meiner Redonflaschen zu befreien. Dazu schnitt er die Fäden durch, die dazu da waren die Schläuche an der Bauchdecke zu fixieren, und zog sie langsam heraus. Erst jetzt sah ich, wie tief diese eingeführt waren. Zwischen fünfzehn und zwanzig Zentimeter sicherlich. Mir war dabei, als ob sich meine Nackenhaare aufstellen würden, ich bekam unwillkürlich Gänsehaut. Geschafft, der Heilungsprozess schien auch zufriedenstellend zu verlaufen, so dass einer baldigen Entlassung nichts mehr im Weg stehen würde. Oder der Grund für meine Entlassung war ein anderer, dass nämlich mein Bett dringend benötigt wurde, wie ich das zuvor gehört hatte. Über Nacht war nämlich ziemlich was los gewesen, und ein paar Betten samt Inhalt waren bereits auf den Gängen geparkt worden. Wie bereits erwähnt befinden wir uns in der allgemeinen Klasse.

Zwei Tage später ist es dann wirklich soweit. Nach der Morgenvisite bekomme ich tatsächlich grünes Licht für die Entlassung. In den letzten Tagen habe ich schon einige Gehversuche unternommen. In den Händen meine Flaschen, so bewältige ich die Strecke zwischen Bett und Bad ohne größere Schwierigkeiten. Mein Kreislauf ist auch soweit in Ordnung, also hat sich das Training im Vorfeld der Operation scheinbar ausgezahlt. Ich werde die Klinik also auf meinen eigenen Beinen verlassen, was nicht bei allen Patienten hier der Fall sein dürfte. Jetzt wird sich zeigen, ob mich das entscheidend weiterbringen kann. Das Gefühl beim Gehen ohne diese lästige Schürze ist ungewohnt, aber es fühlt sich mit jedem zurückgelegten Schritt besser an. Eigenartigerweise ist mir auf dieser Seite irgendwie kalt.

Bis die erforderlichen Entlassungspapiere ausgestellt sind, ziehen noch zwei Stunden ins Land. Wie überall muss auch hier die Bürokratie eingehalten werden. Aber dann ist es endlich soweit, ich trete aus der großen Eingangstür ins Freie. Tief atme ich diese frische Luft ein. Höre die Geräusche von vorbeifahrenden Autos und sehe Menschen hastig die Straße überqueren. Der Wind streicht mir durch die Haare, als wollte er sagen: Willkommen, alter Freund, das Leben hat dich wieder.

Alleine die verschiedenen Gerüche waren schon ein Erlebnis an sich. Dabei sprechen wir hier von Autoabgasen, Hausbrand und was weiß ich noch für Duftnoten. In diesem Moment war es aber das Herrlichste das ich mir vorstellen konnte. Die verschiedenen Farben kamen mir unglaublich lebhaft-intensiv vor und waren ein wahrer Augenschmaus. Hatte ich doch die letzten Tage nur das in grau-weiß gehaltene Krankenzimmer vor Augen gehabt. In dem Augenblick war die Welt einfach schön und schien nur auf mich zu warten. Könnte aber auch daran gelegen haben, dass die verschiedenen Pharmazeutika, die zweifellos noch in meinem Blutkreislauf zirkulierten, auch das Ihrige zu diesen doch sonderbaren Wahrnehmungen beigetragen hatten. Wer weiß.

Meine Frau fährt mit dem Wagen vor, Ich öffne die Beifahrertüre und lasse mich behutsam in den Sitz gleiten. Irgendwie scheine ich mehr Platz als vorher zu haben. Auch spüre ich den linken Schenkel trotz des dicken Verbandes auf meiner Bauchdecke. Dieses „Erlebnis" habe ich schon jahrelang nicht mehr gehabt. Um dem Ganzen die Krone aufzusetzen versuche ich auch noch den Gurt zu schließen. Und tatsächlich, es funktioniert. Vielleicht soll ich dazu erwähnen, dass ich diesen schon lange nicht mehr ohne eine gewisse Kraftanstrengung zubekommen habe. Wow, was für ein Erlebnis. Trotzdem öffne ich ihn wieder, weil es doch irgendwie schmerzhaft ist. Nur liegt das jetzt wohl an der langen Wunde.

Das Auto setzt sich in Bewegung, langsam verschwindet die Klinik aus meinem Blickfeld, wie ich im Seitenspiegel feststellen kann. Nun bin ich wieder mein eigener Herr, denke ich jedenfalls in diesem Augenblick. Fasziniert beobachte ich die vorbeiziehende Landschaft. Das Motorgeräusch und die Wärme im Wagen machen mich müde. Aber nur, bis wir einen beschrankten Eisenbahnübergang passieren. Obwohl es nur zwei Schienenstränge sind und der Wagen im Schritttempo fährt, trifft mich der erste Stoß völlig unerwartet. Innerhalb von Sekundenbruchteilen wechsle ich die Gesichtsfarbe und fühle, wie mir die Bauchbinde, die ich über dem Verband tragen muss, die Luft zum Atmen nimmt. Noch drei Stöße, und es ist geschafft. Das war er also gewesen, mein kurzer Ausflug in die Freiheit, schießt es mir durch den Kopf. Die Nähte müssen einfach aufgeplatzt sein. Rinnt da nicht schon Blut an der Seite herunter? Fühlt sich so komisch warm an. Naja, ist ja noch nicht so weit entfernt vom nächsten Operationssaal. Solche und andere Gedanken beherrschen mich in diesem Moment.

Nachdem ich mich wieder etwas beruhigt und vorsichtig meinen Bauch befühlt hatte, setzten wir die Fahrt fort. Bis zum nächsten Schlagloch, und von diesen gab es jede Menge auf dieser Straße. So gestaltete sich die Heimfahrt äußerst kurzweilig und bisweilen auch anstrengend. Anstrengend insofern, als ich vollkommen verkrampft im Beifahrersitz saß, um jede Bodenwelle so gut wie möglich auszugleichen. Zu Hause angekommen quälte ich mich die Stufen bis zum dritten Stock hinauf und betrat mein trautes Heim. Selten zuvor war ich mit so einem Gefühl der Erleichterung, meine eigenen vier Wände wiederzusehen, in meinen geliebten Sessel gesunken. Die vertraute Umgebung, der Geruch. Irgendwie hatte ich nicht erwartet, dies alles, das in den letzten Jahren ja mehr Gefängnis als Wohnung war, so zu vermissen. Dies war einer der Momente, in denen ich Hoffnung schöpfte, dass dies alles es wert sein würde, auch weiterhin kontinuierlich an einem „neuen" Leben zu arbeiten. Zudem erwartete mich das erste Mal nach fast zwei Wochen Schonkost ein „richtiges" Mittagessen.

Dann war es endlich soweit, das Essen wurde serviert, und im Kreise meiner Familie ließ ich es mir schmecken. Alles war zu diesem Zeitpunkt scheinbar perfekt, einfach zu perfekt. Wenn ich eine Erfahrung in meinem Leben gemacht habe, dann die, dass nach Momenten des Hochgefühls und manchmal sogar Glücks die nächste schwarze Wolke am Horizont nicht lange auf sich warten lässt. Auch diesmal sollte es nicht anders verlaufen. Während ich genussvoll die Gabel zum Mund führte, hatte ich plötzlich das Gefühl, na sagen wir einmal mich „nass“ gemacht zu haben. Probleme mit Inkontinenz hatte ich eigentlich noch nie gehabt, zumindest seit ich dem Säuglingsalter entwachsen war.

Nein das fühlt sich anders an. Irgendwie scheint der Gummibund meiner Unterhose regelrecht vollgesogen mit Flüssigkeit zu sein. Es ist zwar sicherlich nicht schicklich, aber ich nehme dieses Mahl ohne die übliche Beinbekleidung ein. Die Etikette muss hier der Bequemlichkeit Platz machen. Sollte ich noch Zweifel gehabt haben, dass irgendetwas nicht stimmt, so belehren mich die schreckgeweiteten Augen meiner Tochter sogleich eines besseren. An den Sesselbeinen rinnt Flüssigkeit hinunter, und es hat sich schon eine große Lache unter mir gebildet. Diese hat sich bereits so weit ausgebreitet, dass ich mit meinen Hausschuhen bereits mittendrin stehe. Erschrocken erhebe ich mich und trete zur Seite. Die Ausmaße dieser rotbraunen Flüssigkeit sind bereits gigantisch. Jetzt erst bemerke ich, wie es an meinen Schenkeln herunter rinnt. Und ich meine dass so, wie ich es sage. Man kann sich das am besten vorstellen, indem man einen Wasserhahn ganz leicht aufdreht. Bei dieser Fließgeschwindigkeit war es also kein Wunder, und ich übertreibe dabei keineswegs, dass binnen kürzester Zeit eine Fläche von mindestens zwei mal zwei Meter damit bedeckt ist.

In der Zwischenzeit habe ich mich der Unterhose entledigt. Nun stehe ich also fast nackt da, und es sprudelt regelrecht unter dem Verband hervor. Langsam bekomme ich weiche Knie und muss mich an der Küchenzeile abstützen. Damit bin ich einfach überfordert. Entsetzen, Panik alles kommt in mir hoch. Dann sind da auch noch die fassungslosen Gesichter meiner Familie, die mich anstarren. Was soll ich tun? Keine Ahnung. Wenn das alles Blut sein sollte, würde ich sicherlich schon selbst in dieser Lache liegen. Da davon auszugehen ist, dass auch ich nur die übliche Menge dieser lebensnotwendigen Flüssigkeit in mir habe, muss es sich hauptsächlich um Wundsekret handeln. Dass es zu solchen Absonderungen kommen kann, hatte man mir im Vorfeld ja erklärt, und darum waren in der Klinik auch die Redonflaschen zum Einsatz gekommen. Aber von solchen Ausmaßen war nie die Rede gewesen.

Der Strom wurde einfach nicht weniger. Im Gegenteil. Irgendetwas musste geschehen, denn hier konnte ich nicht stehen bleiben. Meine bessere Hälfte hatte inzwischen versucht diese von mir angerichtete Schweinerei aufzuwischen. Alleine für die Bewältigung dieser unappetitlichen Aktion gebührt ihr bis heute noch meine Bewunderung und mein Respekt. Inzwischen hatte ich den Entschluss gefasst meine Flüssigkeitsabsonderung im Bad fortzusetzen. Dieser verflieste Raum schien mir am ehesten geeignet zu sein um der Dinge zu harren, die da noch kommen würden.

Eine Spur aus ekliger Flüssigkeit hinter mir herziehend schleppte ich mich ins Badezimmer. Dort angekommen entfernte ich mit einiger Mühe die Bauchbinde. Diese hatte sich bereits so vollgesogen, dass sie nun ein Vielfaches ihres eigentlichen Gewichtes hatte. Darunter kam der eigentliche Verband zum Vorschein, der aber als solcher kaum mehr zu erkennen war. Das ursprüngliche Weiß desselben war in eine undefinierbare braunrote Farbe übergegangen. Der Verband hatte sich so vollgesogen, dass er sich ganz einfach abziehen ließ. Jetzt erst konnte ich die vielen kleinen Rinnsale sehen, aus denen es hervorsprudelte.

Nun erst war mir der eigenartige Geruch aufgefallen. Vielleicht nur Einbildung, aber in diesem Moment vermeinte ich den Geruch von beginnender Verwesung in der Luft wahrzunehmen. So langsam auch hier alles zu verschmutzen war auch nicht die Lösung. Was tut man im Allgemeinen, um sich gründlich zu reinigen? Richtig, man sucht eine Dusche oder wie in meinem Fall eine Badewanne auf. Dieses emaillierte, mit einem Abfluss versehene Behältnis schien sich für diesen Zweck hervorragend zu eignen. Nur würde nicht wie sonst der Wasserhahn oder der Duschkopf für die erforderliche Flüssigkeit sorgen, nein, diesen Part würde ich wohl selber übernehmen müssen und leider auch können.

Vorsichtig klettere ich über den Rand der Badewanne und bleibe in der Mitte stehen. So stehe ich dann fünf, zehn, fünfzehn Minuten. Meine Beine und mein Rücken schmerzen bereits. Ich sehe zu, wie sich diese Flüssigkeit gleichmäßig in einem gar nicht mal so kleinen Strom auf den Abfluss zubewegt und darin verschwindet. So kann ich nicht ewig ausharren, ich mache mir Gedanken darüber, wie es weitergehen soll. Stellenweise bin ich der festen Überzeugung, dass ich nun hier und jetzt regelrecht ausbluten werde. Auch wenn der Mensch zu rund 65 Prozent aus Wasser besteht, will ich es nicht unbedingt darauf ankommen lassen.

Lange würde ich es nicht mehr aushalten. Obwohl dieser Vorgang kaum mit Schmerzen verbunden war, würde ich der immensen psychischen Belastung nicht mehr lange standhalten können. Fieberhaft überlegte ich weiter und kam zu dem Schluss, erst einmal die Klinik anzurufen und mir dort Rat zu holen. Die sollten ja wissen, was zu tun wäre. Also nichts wie raus aus der Wanne. Hörte sich leichter an als es dann tatsächlich war. War ich vorher auch nicht gerade der Gelenkigste unter Gottes Himmel, so hatte das lange Stehen meine Bewegungsfähigkeiten nicht gerade verbessert. Aber was lange währt wird schließlich gut, so hatte ich endlich wieder festen Boden unter den Füßen. Ein großes Badetuch musste als behelfsmäßiger Verband herhalten, ich schleppte mich zum nächsten Stuhl.

Die Grenze meiner Belastbarkeit war bald erreicht, dessen war ich mir klar. Mit zittrigen Fingern wählte ich die Nummer des Krankenhauses. Zuerst meldete sich natürlich die Vermittlung. Ich versuchte der Dame am anderen Ende der Leitung mein Dilemma zu erklären. Schließlich verband sie mich in die chirurgische Abteilung. Wieder trug ich mein Begehr vor. Man teilte mir mit, dass mein behandelnder Arzt nicht mehr im Hause sei, aber ich mir keine allzu großen Sorgen zu machen bräuchte. Dies könne in manchen Fällen schon einmal vorkommen. Sollte es aber schlimmer werden, sollte ich vorbeikommen man würde sich dann vor Ort damit befassen. Schlimmer, was meinten die mit schlimmer? Für mich war die derzeitige Situation schon schlimm genug und kaum noch auszuhalten. Freundlich und dennoch bestimmt, zumindest was meine Gesprächspartnerin betraf, beendeten wir das für mich nicht gerade beruhigende Gespräch.

In der Zwischenzeit hat sich das Badetuch wieder vollgesogen und sein ursprüngliches Gewicht vervielfacht. Also das Nächste her und auf die Wunde gepresst. Mittlerweile bin ich zunehmend teilnahmsloser geworden und sehe dabei zu, wie ein dünner Blutfaden langsam an meinem rechten Fuß hinunter rinnt. Darunter bildet sich bereits wieder eine kleine Pfütze. Vielleicht sollte ich meine Initialen hineinschreiben, schießt es mir durch den Kopf. All die Mühen, die ich bereits auf mich genommen habe, und jetzt - als alles besser werden soll - das? Anscheinend habe ich wieder mal die „Arschkarte" gezogen, wie schon so oft.

Bevor ich mich endgültig einer mit Riesenschritten heranstürmenden Depression ergeben sollte, musste ich etwas dagegen unternehmen. Aber was? Positiv denken, es wird alles besser, so hatte mir mein Doc immer zugeredet, wenn es mir nicht so gut ging. Aber welche positiven Seiten konnte ich dieser Situation wohl abgewinnen? Erstens verlor ich Stunde um Stunde an Gewicht. Dann wurden allfällige Bakterien oder gar Schmutz aus der Wunde ausgeschieden. Wer weiß wie sauber die etwa gearbeitet hatten. Man hört ja immer wieder von Schlampereien. Aber wir wollten ja eigentlich positiv denken.

Den Fernseher angemacht und einen Blick in die große Welt riskiert. Krieg, Hunger, Korruption, die Welt hatte sich während meiner Abwesenheit nicht wesentlich verändert. Eine Komödie lief da in einem anderen Programm. War auch nicht gerade das Wahre. Etwas Action und Gewalt entsprachen mir jetzt viel besser. Während ich so durch die Programme surfte und regelmäßig die Handtücher wechselte, war es Mitternacht geworden. Höchste Zeit mein angegrautes, geschundenes Haupt ins Bett zu packen. Obwohl das Bett war viel zu weit entfernt. Da bot sich die Couch im Wohnzimmer als idealere Bettstatt an.

Nachdem meine bessere Hälfte diese mit alten Laken überzogen hatte, ließ ich mich langsam auf ihr nieder. Ich war wirklich hundemüde. Noch ein Leintuch über das Handtuch geschlungen, das meine Körpermitte abdeckte, so würde ich die kommenden Stunden wohl einigermaßen überstehen. Nicht lange und ich schlief erschöpft ein. Was ich in dieser Nacht genau träumte, kann ich nicht mehr genau wiedergeben. Es waren aber zutiefst verstörende, surreale Ereignisse in die ich da eingetaucht war. Ein Psychotherapeut hätte bei der genaueren Analyse derselben sicher einige höchst aufschlussreiche Erkenntnisse über mich gewinnen können.

Irgendwann hatte ich dann das Bedürfnis, aus dem Wasser aufzutauchen, in dem ich mich anscheinend schon die ganze Zeit, zumindest was meine Traumwelt betraf, aufgehalten hatte. Dann wurde mir aber schlagartig bewusst, dass ich schlicht und einfach dringend pinkeln gehen musste. Vorsichtig tastete ich nach meinem improvisierten Verband, der schon wieder recht feucht war. Trotzdem, jetzt musste ich dringendst aufs WC, sollte ich nicht auch noch auf einer anderen Stelle diesem Feuchtigkeitsgrad nahekommen. Nachdem ich dem Ruf der Natur gefolgt war, die Handtücher gewechselt und noch einen Schluck getrunken hatte, begab ich mich wieder zu Bett.

Irgendwie verging so die Nacht, der Morgen begann langsam zu grauen. Dass ich nach dieser Nacht unbedingt erholt und vor allem ausgeruht war, konnte ich nicht behaupten. Der Blick in den Spiegel zeigte mir einen sichtlich gealterten Mann in den mittleren Jahren der die beste Zeit seines Lebens scheinbar schon hinter sich hatte. Diese vornehme Blässe, verbunden mit dunklen Augenringen und spröden Lippen vervollkommneten den sich bietenden Anblick des nackten Grauens. Bei jedem Horrorfilm würde ich so ziemlich gute Figur machen. Dazu bedurfte es sicherlich nicht einmal der Arbeit eines Maskenbildners. Mit solch überaus motivierenden Gedanken verließ ich nach den notwendigsten Waschungen, die die Hygiene verlangte, das Badezimmer.

Was stand heute noch auf dem Programm. Ein kurzer Besuch in der Klinik stand da wohl noch an. Sollte ich gleich eine kleine Tasche packen oder doch optimistisch bleiben und darauf hoffen, abends doch wieder in meinen eigenen vier Wänden zu sein? Ein Blick auf die monströse Naht, die sich da quer über den Bauch zog, zeigte, dass vor allem die linke Seite ziemlich undicht zu sein schien. Überall ragten schwarze Fäden wie kleine Nadelspitzen heraus. Teilweise waren gewisse Bereiche absolut gefühllos, so als ob sie nicht zum restlichen Körper gehören würden. Andere Bereiche dagegen waren unnatürlich warm und teilweise geschwollen. Vergleichbar am ehesten mit einer Kraterlandschaft, aus der an manchen Stellen rotbraune Quellen sprudeln. Ich weiß, das alles hört sich etwas bizarr an, aber besser kann ich das nicht beschreiben. Wie oft ich später noch bedauern würde, dass nicht die gesamte Haut rings um diese Wundnaht ohne Gefühl war, war mir zu diesem Zeitpunkt Gott sei Dank noch nicht bewusst.

22
V.A.C. - Wundheilungs Therapie System

Der Tag der Wahrheit war gekommen, ich lag wieder einmal auf einem Behandlungstisch. Eines gleich vorweg: Der zweite Eingriff hatte sich als Fehlschlag erwiesen. Einige der neuen Nähte waren regelrecht „durchgeschmolzen". Man muss sich das so vorstellen, dass die Nadel durch eine dünne Schicht Haut und das darunterliegende Fettgewebe gestoßen, an der zu vernähenden gegenüberliegenden Stelle wieder herausgezogen und danach verknotet wird. Dieser Vorgang wird so oft wie nötig wiederholt. Hier aber war auf Grund des massiven Fettgewebeanteils fast kein Widerstand vorhanden, der den Nähten Halt geben konnte.

Um nicht gleich kapitulieren zu müssen entschieden wir uns, ich korrigiere entschied mein behandelnder Arzt, die unbrauchbaren Nähte noch einmal zu ersetzen. Der Einfachheit halber wird das an Ort und Stelle durchgeführt. Ohne Narkose sehe ich zu, wie er die Nadel und den an ihr befestigten Faden durch meine Bauchdecke sticht. Der Vergleich mit einem Nadelkissen, der schon oft strapaziert wurde, drängt sich mir unwillkürlich auf. Nur sollte ein Nadelkissen wohl kein Schmerzempfinden haben. Da ich aber ein menschliches Wesen bin, ist das bei mir aber sehr wohl der Fall. Scheiße, das tut wirklich sehr weh. Meine Frau, die fast bei sämtlichen Verbandswechsel anwesend gewesen und auf diesem Gebiet ziemlich abgebrüht ist, dreht den Kopf zur Seite. Das wird nur einmal noch vorkommen, wobei der Anlass dazu in keiner Weise mit dieser Aktion zu vergleichen ist. Es sollte nämlich noch eine Steigerung geben, was Schmerzen betrifft und die Behandlungsmethode, die dazu führt. Dazu aber später mehr.

Dann die letzte Naht war gesetzt, das hervorquellende Blut abgewischt. Geschafft. Nun wird alles gut werden, versuche ich mir einzureden. Doch tief im Inneren weiß ich bereits, das wird nicht funktionieren, auf keinen Fall. Jetzt aber will ich nur hier raus.

Die nächsten Tage lernte ich die gesamte medizinische Belegschaft bei den anstehenden Verbandswechseln kennen. Die verschiedensten Typen: Vom bemühten, auch oft überforderten Assistenzarzt bis zum bereits kurz vor der Pension stehenden Oberarzt mit

Migrationshintergrund, der zweifelsohne Erfahrung in Frontchirurgie vorzuweisen hatte. Wie ich darauf komme? Wie kunstvoll und mit welchem Aufwand er mir den Verband nahezu über den gesamten Oberbauch anlegte, ließ mich zu dem Schluss kommen. Aber trotz allem ein netter, zuvorkommender Herr, was ich nicht von allen behaupten konnte.

Es kam aber so wie befürchtet. Als es an der Zeit war die Fäden zu ziehen, war dies auf der rechten Seite nicht mehr notwendig. Alle paar Zentimeter hatten sich faustgroße Löcher gebildet, aus denen Wundflüssigkeit sickerte. Betrachte ich heute die Fotos, die dabei gemacht wurden, drängt sich mir der Vergleich mit Einschusslöchern auf. Es musste etwas geschehen, eine Besserung war einfach nicht in Sicht. Zu dem Zeitpunkt war ich ziemlich demoralisiert und zweifelte ernsthaft an der Sinnhaftigkeit von all dem, was ich in den letzten Wochen und Monaten auf mich genommen hatte. War es das wert? Warum sollte es hier auch anders laufen als bisher, der da oben schien mich einfach nicht besonders zu mögen. Oder warum immer bei mir? Andererseits hatte mich die Operation nicht umgebracht, noch war ich als sabbernder Idiot wieder aufgewacht. Nein, ich hatte „nur" ein paar Löcher im Bauch, und was die Flüssigkeit betraf, die daraus hervortrat, machte mich das von Minute zu Minute leichter. So und nicht anders hat ein optimistisch in die Zukunft blickender Mensch zu denken. Die vielen Therapiesitzungen sollten ja schließlich nicht nur Verschwendung von Ressourcen und vor allem Zeit gewesen sein.

Wie sollte es also jetzt weitergehen? Die letzte Möglichkeit, in absehbarer Zeit eine Verbesserung des derzeitigen Zustandes herbeizuführen, war der von Dr. T bereits im Vorfeld vorgeschlagene Einsatz eines V.A.C Therapiesystems (Vacuum Assisted Closure). Was aber ist das? Diese Therapie wurde bereits in den 80er-Jahren in den USA im Bereich der plastischen Chirurgie entwickelt. Das Prinzip der Therapie besteht darin, dass durch einen offenporigen Schwamm flächig eine Sogwirkung auf die gesamte Wundoberfläche verteilt wird. Der Wundheilungsprozess wird durch die Neubildung von Granulationsgewebe angeregt. Die V. A. C. Therapie wird in Österreich seit 1995 in zunehmendem Maße eingesetzt. Durch den Schaumstoff-Folienverband und die V.A. C.- Pumpe wird ein kontrolliertes Vakuum an der Wunde erzeugt. Vom Folienverband führt ein Schlauchsystem zu einem integrierten Container, der an die tragbare Funktionseinheit mit Vakuumpumpe angeschlossen ist. Der Druck kann dabei auf einem Display, das sich an dieser Einheit befindet individuell eingestellt werden.

In meinem Fall wurde die kontinuierliche Therapie, also ein ständig erzeugter Unterdruck, auf die Wunde über den gesamten Behandlungszeitraum ausgeübt. Dieses Gerät mit den Ausmaßen von rund 15 mal 20 Zentimetern, einem Gewicht von etwa zwei Kilogramm, verpackt in einer schwarzen Umhängetasche passend zu fast allen Anlässen, wurde mein ständiger Begleiter rund um die Uhr. Da dieser Zustand chronisch zu werden drohte, war dies wohl die einzige Möglichkeit die mir noch blieb. Die Vorteile, falls man von solchen überhaupt sprechen kann, lagen in der Mobilität des Patienten. Außerdem ist die Anwendung ambulant möglich. Ein nicht unwesentlicher Faktor besteht auch in der Geruchsneutralität bei dieser Form der Behandlung. Wer schon einmal abgestandenes Blut und andere Flüssigkeiten gerochen hat, weiß wovon ich da spreche. Der Verbandwechsel ist normalerweise alle zwei Tage erforderlich.

Eine nicht unwesentliche Frage zu dieser Art von Therapie sind aber auch die Übernahme der Kosten und die dafür erforderliche Genehmigung der verschiedenen Versicherungsanstalten. Diese beliefen sich zu der Zeit auf rund 35 Euro pro Tag. Der für mich zuständige Träger genehmigte dies aber glücklicherweise ohne Schwierigkeiten. Dies war nicht immer der Fall, wie mir die Spezialisten für dieses Gerät mitteilten. Nur hier wird am falschen Fleck gespart. Denn ich bin felsenfest davon überzeugt, dass ich ohne diese Behandlungsmethode das alles nicht durchgestanden hätte noch in der heutigen körperlichen Verfassung wäre.

Nun ist es soweit, die Formalitäten sind erledigt, ein Servicetechniker mit dem V.A.C bereits eingetroffen. Es kann losgehen. Die folgende Dreiviertelstunde ist eine der schmerzhaftesten, nein wahrscheinlich die schmerzhafteste Zeit in meinem Leben. Meine Hose runtergezogen, gerade das Notwendigste bedeckend, liege ich da. Nur gut, dass ich vor kurzem eine Rasur bekommen habe, obwohl es juckt eigentlich ganz schön. Solche Gedanken gehen mir durch den Kopf. Obwohl es den anwesenden Personen ziemlich egal sein dürfte, wie ich mich hier präsentiere, gibt es doch sicher noch krassere Fälle als meinen.

Es fängt ziemlich harmlos mit dem Auftragen eines Desinfektionsmittels an. Dr. T. hat die offenen Wunden ausgiebig in Augenschein genommen und dazu auch seine Finger ausgiebig über dieselben sagen wir „gleiten" lassen. Ist das schon unangenehm genug, auf das, was darauf folgt, bin ich in keiner Weise gefasst. Eine lange Pinzette, wie sie in der Chirurgie Anwendung findet, wird vertikal in die Wunde eingeführt bis Widerstand zu spüren ist. Dann wird dieses Marterinstrument wieder herausgezogen. So übernimmt die Pinzette die Funktion eines Maßstabes um eruieren zu können, wie tief die Öffnung ist. Dieser Vorgang wiederholt sich bei den restlichen „Löchern". Den Zweck dieser Vermessung begreife ich wenig später.

Um die offenen Wunden mit schwarzem Schaumstoff ausfüllen zu können, muss dieser natürlich zugeschnitten werden. Dieser offenporige Schaumstoff hat hydrophobische Eigenschaften und ist daher wasserabweisend. Diese Wundauflage passt sich der Form der Wunde an und leitet so die Wundflüssigkeit ab. Durch den Aufbau derselben wird eine bessere Verteilung des Unterdrucks über das Wundbett erzielt und stimuliert so die Bildung von Granulationsgewebe. Hört sich ziemlich einleuchtend um nicht zu sagen genial an, aber um das zu erreichen, muss diese Auflage natürlich vorher eingeführt werden. Vielleicht haben manche bereits einen Truthahn gefüllt und wissen, dass dieser Vorgang zeitaufwendig und nicht gerade appetitlich anzusehen ist. Das Vieh ist hier allerdings bereits in der Regel mausetot, hat also kein Schmerzempfinden mehr. Hier aber handelte es sich um mich, einem empfindsamen, überdimensionalen Vertreter der menschlichen Rasse, der noch nicht tot war. Als mir der erste Streifen eingeführt wird und eine Woge des Schmerzes meinen gesamten Körper durchströmt, balle ich unwillkürlich die Handflächen zu Fäusten.

Stocksteif liege ich auf diesem Behandlungstisch und verfluche den kleinen Mann vor mir. Um den Vorgang abschließen zu können, arbeitet der Arzt mit seinem ganzen Körpergewicht und beträchtlichem Kraftaufwand, den ich ihm im Vorfeld gar nicht zugetraut hätte. Mein Bauch, nein eigentlich mein ganzer Körper, ist in Bewegung. An der Seite rinnt in dünnen Fäden Blut heraus, das die Schwester wegwischt. Nun ist die zweite Öffnung an der Reihe. Zu meiner Verwunderung ist der Schmerz hier bei dieser Tortur kaum vorhanden. Liegt vermutlich an der Durchtrennung mancher Nervenstränge während des vorangegangenen Eingriffes. Nie hatte ich daran gedacht einmal für die Durchtrennung von Nerven derart dankbar zu sein. So wird jede Wunde mehr oder weniger schmerzhaft versorgt. Mit einem zusätzlichen Stück Schaumstoff werden sämtliche Wunden brückenartig miteinander verbunden. Solange sich alle Schaumstoffstücke berühren, können sämtliche Wunden über eine einzige Therapieeinheit mit Druck versorgt werden. Die Länge der Wunden erfordert es aber zwei Schläuche zu verwenden.

Den Abschluss bildet die Anbringung einer selbstklebenden, durchsichtigen Plastikfolie, die das Ganze luftdicht verschließen soll. Dann noch mit der Schere zwei Löcher in die Folie geschnitten und darauf Saugnäpfe angebracht, aus denen einen halben Zentimeter dicke Plastikschläuche führen. Diese wiederum werden mit der V.A.C Pumpe verbunden. Dann das Gerät in Betrieb genommen und darauf gehofft, dass die ganze Konstruktion dicht ist. Dies ist der Fall, zeigt das Display 100 Prozent an. Wenn nicht, was in der nächsten Zeit auch öfter vorkommen sollte, heißt es die Ursache für den Druckabfall schnellstens zu finden.

Diesmal scheint alles zu funktionieren, ich bin einfach nur völlig fertig von der ganzen Tortur. Aber noch zornig genug um dem Arzt zu bedeuten, dass ich seinen schmächtigen Körper, sollte der nächste Wechsel auch so schmerzvoll und nicht gerade sanft ablaufen, an der Wand gleichmäßig verteilen werde. Da ich aus einer Emotion heraus reagiere, sieht er mir das nach. Außerdem ist er ja ein äußerst kompetenter Mann, dem ich viel zu verdanken habe.

Die Bauchdecke noch mit den bereits vorher erwähnten „Windeln“ abgedeckt, danach noch die von zwei Schwestern - eine links, eine rechts - mit erheblichem Kraftaufwand angelegte Bauchbinde angelegt. Danach habe ich Mühe Luft zu holen, so straff sitzt das alles. Alleine das Verlassen des Behandlungstisches ist ohne Hilfe kaum möglich. Nun aber stehe ich auf zwar ziemlich wackeligen Beinen, aber ich stehe. Wenn ich so an mir hinuntersehe, biete ich wohl keinen allzu erbaulichen Anblick: eine bandagierte, aber fast erkennbare Taille, an der zwei Schläuche herabhängen, die in eine schwarze Leinentasche münden, die wiederum saugende Geräusche von sich gibt. So soll ich also die nächste Zeit verbringen? Anscheinend hört das nie auf.

Ausgestattet mit präzisen Anweisungen, was bei etwaig auftretenden Störungen zu tun sei, und mit diversen Folien und dergleichen verlasse ich freundlich grüßend diese Kammer des Schreckens, die in den nächsten Monaten zu meiner zweiten Bleibe werden sollte. Natürlich blickt fast jeder der vorher noch geistlos in die Gegend starrenden Wartenden auf, als sie meiner ansichtig werden. Als ich wenig später an einer Glastür vorbeikomme und mich selbst sehe, weiß ich auch wieso. Meine Statur und mein Auftreten sind ja bereits bekannt, dazu diese nicht gerade „männliche" Umhängetasche, aus der Schläuche baumeln, der Fantasie sind keine Grenzen gesetzt.

Wie ich später erfuhr, kursierten die verschiedensten Versionen, warum ich dermaßen ausgestattet sei. Von einem Herzschrittmacher bis zum mobilen Dialysegerät spannte sich dabei der Bogen. War es alles nicht, und ich geizte mit Informationen, was die Gerüchteküche umso mehr zum Brodeln brachte. Wieder war ich für viele zum Objekt der Neugierde geworden, wobei ich auf solche Art der Publicity gerne verzichten konnte.

Nun hieß es sich an die neue Situation zu gewöhnen.

Was es heißt, immer und überall diesen Apparat mitzuschleppen, wurde mir erst in den darauffolgenden Tagen schmerzlich bewusst. Der notwendige Gang auf die Toilette, die notwendigen Waschungen, immer zu zweit. Irgendwie war es immer im Wege. Und mehr als einmal vergaß ich auf mein Anhängsel, was zu nicht gerade ungefährlichen Situationen führte. Ein „Wurf", und alles würde wieder von vorne losgehen.

Da ich nun gezwungen war mein begonnenes Fitnessprogramm auf Grund meiner körperlichen Verfassung fast einzustellen, blieben mir nur mehr kurze Spaziergänge. Um den Neugierigen nicht schutzlos ausgeliefert zu sein verlegte ich diese in die Abendstunden. So kam es, dass ich mit meiner Frau wie ein überdimensionaler Schatten durch unsere Ortschaft, streifte immer darauf bedacht, nur ja niemandem Bekannten zu begegnen. Gar nicht so leicht. Zudem herrschten ziemlich winterliche Bedingungen. Die Kälte brachte es mit sich, dass die abgesaugte Flüssigkeit in den Schläuchen regelrecht gefror. All diese Widrigkeiten ließen mich oft an der Sinnhaftigkeit von all dem zweifeln. Ohne die mentale Unterstützung meiner Frau und meines Arztes hätte ich vielleicht aufgegeben.

Als diese Momente aber übertaucht waren, kam meine vorher kaum mehr vorhandene Kämpfernatur zum Vorschein. Hatten mich die ganzen Exzesse, die zu dieser Situation geführt hatten, schon nicht umbringen können, dann das alles hier schon gar nicht. Himmelhoch jauchzend und zu Tode betrübt, so war meine damalige Gemütsverfassung wohl oft zu bezeichnen.

Als Tortur entpuppten sich die Nächte. Nicht nur, dass ich ausschließlich am Rücken liegen musste, verursachte das V.A.C in der Stille der Nacht ungewohnte Geräusche. Manchmal kam es sogar vor, dass der Alarm losging, wenn irgendeine Störung vorlag. Ein abgeklemmter Schlauch, ein nicht aufgeladener Akku oder dergleichen bereiteten mir viele schlaflose Nächte. Eine solche veranlasste mich zum Nachdenken, ließ mich an vielem zweifeln, was oft ziemlich kontraproduktiv war. Den Morgen danach empfand ich dann hundemüde, wie ich nun mal war, als den Beginn eines weiteren Tags der nicht enden wollenden Prüfungen.

Pünktlich um 10 Uhr Vormittag ist es wieder soweit, ich beehre die Ambulanz mit meinem Besuch. Wieder ist es ein regelrechtes Schlachtfest. Ist das Entfernen der großflächigen Folie bereits schmerzhaft, im Vergleich zum Herausziehen des Schaumstoffes ist dies mit dem Abreißen eines Pflasters vergleichbar. Das tut wieder einmal richtig weh. In der Zwischenzeit habe ich bereits gelernt Schmerzen zu ertragen, und ich bin eigentlich kein Weichei. Aber diese Viertelstunde, die im Schnitt so ein Verbandswechsel dauert, zeigt mir immer wieder meine Grenzen auf. Jedesmal werden die Wundränder wieder aufgerissen, das Blut rinnt an der Seite herunter und wird von der Unterlage aufgesogen, die bereits vorsorglich platziert worden ist. Kurze Atempause, dann werden die Löcher gespült. Dazu verwendet man eine überdimensionale Spritze mit einem flexiblen, langen Plastikröhrchen, das bis zum Anschlag eingeführt wird. Wieder sprudelt es aus sämtlichen Öffnungen heraus, der Bund meiner Jogginghose fühlt sich langsam feucht an.

Es ist so weit, die neuen zugeschnittenen Schaumstoffteile verschwinden zwischen den Wundrändern. Diesmal gibt der Doktor sich zwar etwas mehr Mühe, aber die Schmerzen sind deshalb nicht weniger geworden. Mit den Handflächen den Rand des Tisches umfassend, die Beinmuskulatur angespannt, findet auch das irgendwann sein Ende. Obwohl mir diese Minuten wie Stunden vorkommen. Ich habe so kräftig zugedrückt, dass es mir schwerfällt, die verkrampften Finger wieder zu öffnen. Noch den Kanister an der V.A.C Pumpe gewechselt, der alte ist nämlich bis zum Rand mit Flüssigkeit gefüllt, richte ich mich wieder auf. Einen Moment am Rand der Pritsche verharrend atme ich tief durch, was gar nicht so leicht fällt, da mir diese ganze Konstruktion in sitzender Position das Luftholen ziemlich erschwert.

Dieses Prozedure wiederholte sich alle zwei Tage. Nach wenigen Tagen war ich unter der klebenden Folie offen. Bedeutete den ganzen Tag Schmerzen. Um die Behandlung aber weiterführen zu können, gab es keine Alternative zu der Folie. Diese wurde von nun an so klein wie möglich zugeschnitten. Dadurch kam es aber häufig vor, dass der Alarm am V.A.C losging, da das erforderliche Vakuum durch eine undichte Stelle am Verband nicht gegeben war. Hier konnte dies relativ schnell behoben werden, zu Hause war es aber ein riesengroßes Problem.

Über die Monate entwickelte sich meine Frau aber zur Spezialistin auf diesem Gebiet. Am Wochenende anstehende Wechsel stellten die meisten Mediziner aber vor große Probleme. Die wenigsten hatten Erfahrung mit dieser bei uns noch relativ wenig verbreiteten Methode. Mein Auftauchen bedeutete daher meist Schwierigkeiten, und das konnte man nach einem langen, anstrengenden Wochenenddienst nicht unbedingt auch noch gebrauchen.

Die nächsten Tage und Wochen liefen nach diesem Schema ab. Schmerzen, oftmalig auch verbunden mit Frustration, wurden zum Alltag. Doch es schien langsam aber sicher zu funktionieren. Die Wunden begannen kleiner zu werden. Mittlerweile gehörte ich fast schon zum Inventar in der Klinik. Durch die eingeschränkte Bewegungsfähigkeit begann ich aber langsam wieder an Gewicht zuzulegen. Zudem war das sogenannte Frustfressen, also das Zusichnehmen von zumeist stark kalorienhaltigen Lebensmitteln, dafür verantwortlich. Die Spirale war im Begriff sich wieder zu drehen. Meine Streifzüge am Abend versuchte ich daher auszudehnen und auf einen höheren Level zu bringen. Nicht nur einmal ließ ich meine Wut an der teuren, erstaunlich widerstandsfähigen V.A.C Pumpe aus. Alles in allem war diese Situation aber einfach nur eine nicht endenwollende Qual für mich.

Aus der Distanz betrachtet hat mich diese Zeit extrem geprägt. Ich bin heute in der Lage, bei auftretenden Widrigkeiten, die das Leben nun mal mit sich bringt, nicht mehr so emotional zu reagieren. Dankbarkeit zu empfinden, schmerzfrei durchs Leben zu gehen, und wenn es doch zu Schmerzen kommt, ist meine

Belastungsfähigkeit auf diesem Gebiet extrem gestiegen.

23
Zurück ins Leben

Nach zwei Monaten Behandlung waren das anfangs so ungeliebte „Ding“ und ich nahezu zu einer Einheit verschmolzen. Wir unternahmen alles gemeinsam. Bei intimsten Situationen, die ich nicht einmal mit meiner Frau teilte, war das V.A.C dabei. Die Geräusche, die es machte, begleiteten mich in den Schlaf. Diese Einheit in ihrer schwarzen Segeltuchtasche war das Letzte, das ich beim zu Bett gehen und das Erste, das ich nach dem ersten Augenaufschlag am nächsten Tag sah. Das Wechseln des Kanisters eine nahezu automatisierte Aktion und in Rekordzeit noch dazu.

Nun aber sollte diese Symbiose ein jähes Ende finden. Die in den nächsten Wochen auslaufende Genehmigung würde wohl nicht mehr verlängert werden, wurde mir mitgeteilt. Ein Leben ohne vom Bauch wegführende Schläuche und meiner Tasche - einfach nicht mehr vorstellbar. Andererseits war es an der Zeit neue Wege - und diese ohne technische Hilfsmittel - zu beschreiten. Dann eines Tages war es soweit. Fast drei Monate hatte es gedauert, aber nun war die Trennung vollzogen. Die Wundränder waren in Begriff sich zu schließen. Eine spezielle Salbe noch aufgetragen, und es bedurfte nur mehr ein paar Schaumstoffstreifen um diese abzudecken. Darüber ein Verband, natürlich mit der bereits obligatorischen Bauchbinde und es ward geschafft. Frei und fast unbeschwert verließ ich an jenem Tag die Klinik, bereit für ein neues Leben. Das sollte aber noch drei Monate dauern, bis es soweit sein würde, aber nun war es an der Zeit weiterzuarbeiten.

Noch immer war ich ein übergewichtiger, sich konditionell nicht gerade auf der Höhe befindlicher Mensch. Die Spaziergänge am Abend waren in keiner Weise ausreichend um Fortschritte auf diesem Gebieten erzielen zu können. Zudem war das Argument, sich mit diesem Ding nicht unbedingt von anderen Menschen sehen lassen zu wollen, nun auch weggefallen. Noch am selben Tag begann ich mir einen weitgehend geregelten Tagesablauf zusammenzustellen. Als notorischer Langschläfer, der ich zu der Zeit noch war, würde eine Einheit am Ergometer vorzugsweise um acht Uhr morgens bestimmt guttun.

Die ersten Tage mit diesem von mir selbst aufgestellten Programm gestalten sich äußerst mühsam. An die Frequenzen und die Länge der Einheiten, die ich vor dem Eingriff bereits in der Lage war zu absolvieren, kann ich nach diesen Monaten der Untätigkeit natürlich nicht nahtlos anschließen. Ein mühsamer Weg wahrlich in den ersten Wochen. Dann war da immer die Befürchtung, bei jeder Kurbelumdrehung könnten sich die in Heilung befindlichen Wunden wieder öffnen. Nachts erwache ich nicht nur einmal weil ich felsenfest davon überzeugt bin, ein Geräusch wie es beim Zerreißen von Stoffstreifen entsteht gehört zu haben. Ein Griff an meine rechte Seite, alles in Ordnung, und ich sinke wieder ins Laken zurück.

So zogen die Wochen ins Land, tagein, tagaus fast immer der gleiche Ablauf. Frustration machte sich zunehmend breit. Nicht nur die Quälerei am Ergometer, sondern auch die Einschränkung bei der Nahrungsaufnahme führten zu Frustration, und - um es charmant auszudrücken - zu einer gewissen Übellaunigkeit meinerseits. Diese wiederum musste mein Umfeld oft ausbaden. Wieder drohten meine eigenen vier Wände zum Gefängnis zu werden. Da trat mein Bruder wieder einmal auf den Plan und zeigte mir einen geeigneten Flecken Erde, den ich auch untertags ohne auf Menschen zu treffen durchstreifen konnte. Erst kleine Runden und vorwiegend an den Wochenenden. Da um dorthin zu kommen ein Auto notwendig war und ich mich noch nicht in der Lage sah solch ein Vehikel selber zu steuern fungierten meine Frau und mein Bruder abwechselnd als Chauffeure.

Die gemeinsamen Streifzüge durch die Natur mit meinem Bruder waren auch gleichzeitig Therapie für mich. Der Austausch von Meinungen, Erlebnissen und dergleichen machten mir erst so richtig bewusst, wie weltfremd ich in den letzten Jahren geworden war. Die kleine Welt, in der ich lebte, hatte sich enorm weiterentwickelt. Nur ich war stehengeblieben. Nicht dass ich jemals viel Interesse an den meisten meiner Mitbürger und deren Erlebnissen gehabt hatte, aber ich war hier zunehmend zum Fremden mutiert. Die Kombination von abendlichen Spaziergängen, die zunehmend intensiver werdenden Streifzüge an den Wochenenden und zweimaliges Training am Ergometer fingen an Wirkung zu zeigen. Ein strenger Winter mit viel Schnee trug dazu auch entscheidend bei. Das stundenlange Stapfen durch Tiefschnee brachte mich oft ans Ende meiner Kräfte. Aber ich hatte die Lust am Quälen wiederentdeckt, die ich zuletzt als Teenager so intensiv ausgelebt hatte. Nach solchen Anstrengungen ist das Verlangen nach Speisen jeglicher Art natürlich besonders groß. Manchmal, das gebe ich offen zu, gab ich diesen Gelüsten nach. Nach einer solchen „Fressattacke“ hasste ich mich und meine Unzulänglichkeiten aus tiefstem Herzen.

Wie wichtig ein entsprechendes Essverhalten, überhaupt die richtige Nahrungsaufnahme sein kann, sollte mir bei meinem anstehenden Kuraufenthalt erst richtig bewusst werden. Bis dahin galt es aber noch jede Menge Kilometer abzuspulen. Denn diesmal wollte ich nicht mehr der überdimensionierte, konditionslose, bei der geringsten Anstrengung nach Sauerstoff lechzende Fettklops sein. Auch ich hatte wieder einen gewissen Stolz und vor allem Ehrgeiz entwickelt. Meine Kleidergröße hatte sich merklich verringert. Die vielen XXX die sonst als Größenangabe auf der Jogginghose aufschienen waren weniger geworden. Sogar meine Füße waren anscheinend geschrumpft, da sich die Schuhgröße verändert hatte. In diesen wenigen Monaten hatte ich zwei paar Winterschuhe verschlissen, etwas, das in den vergangenen Jahren insgesamt nicht der Fall gewesen war. Das immer noch enorme Lebendgewicht von knapp über 150 Kilogramm und die nicht gerade hochwertige Qualität mögen dabei auch eine Rolle gespielt haben, aber immerhin.

Angenehmer Nebeneffekt dieser körperlichen Betätigung ist, dass ich abends ohne große Probleme ins Land der oft seltsamen Träume gleiten kann. Sprich ich schlafe meist ausgezeichnet, und das mit merklich verringerten Atemgeräuschen (Schnarchen), wie mir aus sicherer Quelle mitgeteilt wurde. Die Verdauung, ein großes Problem vorher, begann sich auch zu normalisieren. Auch auf der zwischenmenschlichen, körperlichen Ebene konnte ich vorsichtige aber durchaus wenigstens für mich befriedigende Verbesserungen erkennen. Auch hier gilt: Bessere Kondition und dadurch bedingte verbesserte Körperbeherrschung bedeuten Ausgeglichenheit und Befriedigung. Wie gesagt, ich spreche hier nur für mich, da ich wohl angefragt habe, was dieses Thema betrifft, aber an den Beteuerungen gewisse Zweifel hege. Nun, ich hoffe mich auch auf diesem Gebiet noch verbessern zu können.

Die wöchentliche Verwiegung war auch nicht mehr ganz so schmerzhaft wie davor. Obwohl die angezeigte Zahl noch immer dreistellig war, wurde sie doch jede Woche etwas kleiner. Auch hatte ich das Glück, in ein Forschungsprogramm meines Arztes aufgenommen zu werden, das darauf hinarbeitete, für Adipositas-, also Fettsucht-Kranke und übergewichtige Menschen ein wirksames Konzept in Form eines diätetischen Lebensmittels (Kapsel) ohne Nebenwirkungen zu entwickeln. Ich kann also behaupten, ein ganz klein wenig, wenn auch nur durch meine grenzenlose Völlerei und den daraus resultierenden katastrophalen

Werten und meinen Bemühungen, diese zu verbessern, zur Entwicklung dieser Kapsel beigetragen zu haben.

Das heute allseits bekannte „Exadipin“ ward geboren. In Kombination mit Bewegung, kontrollierter Nahrungsaufnahme, regelmäßigen ärztlichen Kontrolluntersuchungen und nicht zu vergessen vielen Therapiesitzungen begann ich mein Leben langsam wieder in den Griff zu bekommen. Hoffnung, dazu die vom Doc aufgezeigten Perspektiven sind wenigstens für mich eine mächtige Triebfeder sich auch zu quälen und seine Grenzen auszuloten.

Der nächste Kuraufenthalt stand unmittelbar bevor. War ich die ersten Male ein zutiefst verunsicherter, depressiver, an der Welt wie er sie wahrnahm verzweifelnder Mann gewesen, ging ich nun mit Zuversicht an diese Aufgabe heran. Mit konsequenter Einhaltung der vorgeschriebenen Therapien und vor allem dem hochwertigen, an die Bedürfnisse der fettleibigen Klientel angepassten Speiseplan waren zweistellige Veränderungen nach unten auf der Waage durchaus drinnen. Endlich konnte ich die Einrichtungen, wenn auch mit Einschränkungen, benutzen, und die wöchentliche Verwiegung hatte auch zunehmend von ihrem Schrecken verloren.

Auch avancierte ich in kürzester Zeit dort zu einer „lokalen Berühmtheit“. Bei Durchsicht der vorhandenen Befunde, schließlich war ich hier schon öfters Gast gewesen, wurde mir erst so richtig bewusst, wie viel ich bereits an Gewicht verloren hatte. Trotz meines noch immer vorhandenen Mankos hatte ich das

Körpergewicht eines durchschnittlichen erwachsenen Mannes bereits verloren. Einerseits eine tolle Leistung, wie mir überall versichert wurde. Andererseits: Welch Monster musste ich einst gewesen sein?

Die Euphorie wich zusehends einer Nachdenklichkeit, die sich über einige Tage hinzog. Dann aber war mir klar geworden wie es nun weitergehen sollte. Dieses zeitweise gute Körpergefühl würde ich mit allem mir zu Gebote stehenden Mitteln versuchen weiter auszubauen. Die ganzen Hürden, die ich bereits überwunden hatte, mussten doch für irgendetwas gut gewesen sein. Mein „neues" Leben sollte eine enorme Verbesserung erfahren, und dafür würde ich kämpfen. Vermehrt kamen zu der Zeit auch andere Kurgäste auf mich zu, um von mir Hilfestellung zu erfahren. Viele wollten einfach nur reden und sahen in mir wohl ein ärmeres „Schwein" als sie es selbst nun mal waren.

Anfangs oft unangenehm berührt ob der zeitweise doch recht intimen Fragen, wurde ich schnell professioneller mit den Auskünften. Der schmalc Grat zwischen echtem Interesse und blanker Neugier wurde oft in hohem Bogen überschritten. Bestimmt, aber meist doch noch versucht freundlich zu agieren suchte ich rasch das Weite.

In den folgenden Wochen beginne ich so viele Wanderwege wie möglich zu erkunden. Dort entdecke ich auch, wie effizient so ein Marsch den Berg hoch sein kann. Schwieriger gestaltet sich da aber das bergab gehen. Meine schon in jungen Jahren angeschlagenen Knie bereiten da Probleme. Die bereits aufgebaute

Muskelmasse ist nicht in der Lage diese ausreichend zu stabilisieren. Ist auf Grund der Masse, die sie dabei noch immer zu bewältigen hat, auch kein Wunder. Aber jetzt wird mich das auch nicht mehr aufhalten können. Soweit verläuft alles ganz gut, nur die Einheiten im Wasser, die mir verordnet worden sind, verweigere ich. Bin ich erst seit kurzem in der Lage, mich selbst im Spiegel zu betrachten, was mich nicht gerade in Verzückung versetzt, will ich das meinen Mitmenschen und natürlich mir nicht zumuten.

Mein Schamgefühl mag vielleicht etwas ausgeprägter als bei den meisten sein, aber ich finde: Manche Zeitgenossen mögen zwar mit einem enormen Selbstbewusstsein ausgestattet sein, doch sie sollten sich gut überlegen, inwieweit sie anderen Einblicke gewähren - schwabbelnde, aufgedunsene, fast nackte Körper empfinde ich als zutiefst unästhetisch. Wie kann so etwas gerade von „dem" kommen, werden sich viele denken. Mir ist bewusst, dass ich wahrscheinlich nie dem von mir selbst als wohlgeformten Körper definierten Ideal entsprechen werde, aber trotzdem empfinde ich so. Sensibel, klein und zerbrechlich wie ich nun mal bin.

Körperlich war dieser Aufenthalt als voller Erfolg zu werten, aber auch der zwangsläufig notwendige Kontakt mit anderen Kurgästen wirkte sich auf mein Verhalten in der Gruppe positiv aus. Ein sehr kommunikativer Mensch war ich wie bereits erwähnt eigentlich nie gewesen, doch die Situation brachte es nun mal mit sich. Seminare mussten besucht werden.

Zu den vorgegebenen Mahlzeiten war das Erscheinen im Speisesaal erforderlich. Ein Raum, in dem sich an die hundert Menschen aufhielten. Dann der zugewiesene Tisch mit fünf Tischnachbarn verschiedenster Altersgruppen und Lebensgeschichten. Mit manchen von ihnen würdest du freiwillig wahrscheinlich kaum ein Wort wechseln geschweige denn eine gemeinsame Mahlzeit einnehmen. Diesmal aber hatte es das Schicksal gut mit mir gemeint, denn es waren durchaus angenehme Zeitgenossen um wenigstens die Dauer des frugalen Mahles zu ertragen.

Was die Konversation anbetraf, war ich etwas aus der Übung. Aber das gab sich eigentlich überraschend schnell, weil ich mich irgendwie dabei ganz wohl fühlte. Eine neue Erfahrung für mich, also schien doch noch nicht alles verloren, was ich mir an Umgangsformen einmal angeeignet hatte. Was die Tischmanieren betraf war ich zwar etwas eingerostet, aber - meiner Mutter sei es gedankt - fiel ich nicht weiter auf. Erstmals nahm ich wieder am Leben anderer Menschen bewusst teil. Etwas, das ich schon verloren geglaubt hatte. So lernte ich die grundsätzlichen Regeln, die ein Zusammenleben erfordert, wieder neu kennen. Ich passte mich an, was geschah da nur mit mir? Sehr verwirrend, und anstrengend zudem auch noch.

Wogegen ich mich aber verwehrte waren gemeinschaftliche Aktivitäten, die aus Erfahrung meist mit einem opulenten Mahl auf einer Almhütte, die sehr zahlreich vorhanden waren, endete. Bei einem Aufenthalt, der eigentlich dazu diente Gewicht zu verlieren, äußerst kontraproduktiv. Natürlich gehörst du dann nicht unbedingt dazu, aber damit hatte ich schon gar keine Probleme. Um ein Fazit aus diesen drei Wochen zu ziehen: Physisch und psychisch sicherlich ein Gewinn. Besonders da ich - was zwischenmenschliches Verhalten anbelangt - wieder quasi die Schulbank gedrückt hatte und trotz berechtigter Zweifel meinerseits durchaus wieder auf die Bevölkerung losgelassen werden konnte.

Wahrgenommen werde ich auch wieder als Mensch, wenn auch als übergewichtiger, so doch als Mensch. Zudem bin ich konsequent geblieben und habe den Verlockungen, die es zweifelsohne gibt, standgehalten. Wie gesagt, spreche ich hier von der richtigen Ernährung, allfällige andere Genüsse im Rahmen der Kur natürlich ausgenommen.

24
Was kommt jetzt

Wie mich andere Mitmenschen im Vergleich zu früher sehen, darüber habe ich mich schon ausgelassen. Aber wie sehe ich mich eigentlich selbst mit der Verwiegung von heute, die mich erstmals seit nun ja, Jahrzehnten, wieder zweistellig hat werden lassen? Ein Meilenstein in meinem Leben, der nur durch die Geburt meiner Kinder übertroffen wird. Zu diesem Ereignis war aber mein Anteil daran recht bescheiden gewesen. Keineswegs so schmerzhaft, mühsam und phasenweise deprimierend wie es die letzen Jahre waren. Aber wenn ich so am Ergometer sitzend an mir heruntersehe hat es sich gelohnt. Als Schönheit würde ich mich zwar nicht bezeichnen, aber es sind durchaus wieder männliche Körperformen zu erkennen.

Gewiss, die Haut ist stellenweise etwas schlaff und doch nicht ganz meinem Alter entsprechend. Aber daran kann man ja noch etwas arbeiten, und wenn das nicht zum gewünschten Erfolg führen sollte, habe ich ja immer noch die Zusicherung eines guten Chirurgen, der gewisse Unzulänglichkeiten korrigieren wird. Warum soll dies immer nur dem weiblichen Geschlecht vorbehalten sein? Wird meine Wenigkeit zwar auch nicht unwiderstehlich machen, aber wenn ich mich dann besser fühle, bin ich dazu bereit.

Eine halbe Stunde meines Berg-Programmes habe ich bereits absolviert, mein Shirt wird zusehends feuchter, an meinen Unterarmen scheinen sich kleine Bächlein zu bilden. Puls ist im grünen Bereich, also die nächste halbe Stunde sollte ohne weiteres zu schaffen sein.

Wenn ich meine Gedanken schweifen lasse und an die vielen Stunden und Kilometer denke, die ich so bereits abgespult habe, auch heute noch kaum begreiflich für mich. Aber alleine, dass ich wieder in eine normale Hose passe und mir Sachen von der Stange kaufen kann ohne mich verschämt in der XXXXL-Ecke verstecken zu müssen, ist einfach ein gutes Gefühl.

Wenn ich daran denke, dass mein Sohn Tränen in den Augen hatte, als er seinen alten Herrn das erste Mal seit

Jahren in Jeans und Lederjacke gesehen hatte, war dies auch für mich zugegebenermaßen ein sehr emotionaler Moment. Diese für andere alltäglichen Momente erlebe ich intensiv jeden Tag aufs Neue und empfinde eine kindliche Freude dabei. Ich entdecke auch in dieser Hinsicht die Welt aufs Neue und begreife dabei langsam wie weltfremd ich in den letzten Jahren bereits geworden war. Man kann sich zwar vieles Einreden - von wegen vermisse ich nicht - aber tief im Inneren weiß man es in den wenigen hellen Momenten doch besser. Endresultat: die nächste Depression lässt nicht lange auf sich warten. Glaubt mir, ich weiß wovon ich da spreche.

Langsam wird es anstrengend auf meinem Ergometer, denn im Gegensatz zu ihm, der am Netz hängt und mit Energie versorgt wird, um mir das Leben schwer zu machen, ist meine Mahlzeit schon wieder ein Weilchen her. Zudem habe ich die dabei genossenen Kalorien laut Anzeige bereits verbraucht. Aber du wirst mich auch jetzt nicht unterkriegen, mein Freund. Jede Kurbelumdrehung bringt mich meinem angestrebten Ziel etwas näher.

Was aber sind meine nächsten Ziele? Eine gute Frage zweifelsohne. Darauf eine Antwort zu finden fällt mir schwer. Gewiss, sollten diese Zeilen eines Tages wirklich in Buchform erhältlich sein, ist dies etwas, von dem ich schon als Kind geträumt habe. Ein von mir verfasstes Werk, nein keine fiktive Geschichte, mein Leben ungeschönt, verstörend, manchmal einfach unfassbar. Dass es auf diese Weise dazu kommen sollte

- nicht die beste, aber immerhin eine Möglichkeit.

Wenn das Leben wirklich vorherbestimmt sein sollte, dann war dies vermutlich mein Part, den es zu erfüllen galt. Im positiven sowie im negativen Sinne. Zwar habe ich mir mein Leben anders vorgestellt, aber sollte ich noch ein paar Jährchen auf diesem Planeten haben, hoffe ich die sich ergebenden Möglichkeiten im Gegensatz zu früher zu erkennen und sie auch dementsprechend zu nützen. Sollte dies nicht der Fall sein und ich wieder einmal die Arschkarte ziehen, so kann mir die verschiedenen schönen Momente, die ich erleben durfte, keiner mehr nehmen. Alleine das sei vielen Leidensgenossen ins Stammbuch geschrieben. Es zumindest versuchen, heißt die Devise. Wenn man schon scheitern sollte, dann mit der Gewissheit alles ausgeschöpft zu haben, um seine Situation auch nur irgendwie zu verbessern. Alles ist besser als einfach zu kapitulieren. Die, die mich kennen, werden es kaum glauben diese Worte von mir zu hören, dem bekennenden Pessimisten. Aber das Leben kann auch schön sein. So, nun habe ich es gesagt.

25

Quälen kann auch Spaß machen und Kleider machen doch Leute

Der Kuraufenthalt hat mich enorm motiviert, da mir wieder vor Augen geführt wurde, was mit vernünftiger Ernährung und Bewegung möglich ist.

Darum mein Rat an alle, die sich am oberen Rand der Gewichtsskala befinden: Nützt die Angebote der Kassen-Kuraufenthalte und andere ärztliche Betreuung betreffend, um von Profis Wege aufgezeigt zu bekommen, wie es gehen könnte. Freilich ist das alles nicht immer im Alltag anwendbar, aber wenn man sich an einzelne Vorschläge hält, macht sich das in absehbarer Zeit bezahlt.

Die Monate darauf war ich ziemlich konsequent und habe versucht mein Leistungspotenzial kontinuierlich zu steigern. Es macht mir plötzlich Spaß mich täglich zu quälen. Außerdem ist dies auch ein profunder Weg für mich angestaute Aggressionen abzubauen und den Kopf wieder frei zu bekommen, um anstehende Probleme zu meistern. Die Gewichtskontrolle jede Woche hat ihren Schrecken verloren, da die Waage immer weniger anzeigt als das letzte Mal. Die Größe meiner Jogginghosen verändert sich ständig. Mein Kleiderkasten wird allmählich ein Fall für die Altkleidersammelstelle, da mir darin so gut wie nichts mehr passt. Einerseits ein finanziell aufwendiges Unterfangen, andererseits ein gutes Gefühl, einen Teil seiner nicht gerade mit schönen Erinnerungen verbundenen Sachen auf den Müll zu werfen.

Innerhalb eines halben Jahres verlor ich so über vierzig Kilogramm. In diesem Jahr hatte ich keinen einzigen Tag „geschwänzt", also war jeden Tag, bei jedem Wetter unterwegs und abends auch viel auf dem Ergometer anzutreffen. Dann war der Tag gekommen an dem ich auf Grund einer offiziellen Verpflichtung darauf hingewiesen wurde, doch mit einer „ normalen" Hose zu erscheinen. Nun es schien unvermeidbar, ich musste wohl ein Kleidungsgeschäft aufsuchen und mir dort ein Beinkleid besorgen. Alleine die Größenfeststellung wurde für mich schon zur Belastungsprobe. Ganz abgesehen davon ein bestimmtes Modell auszuwählen. Meine bessere Hälfte nahm mir das zum Glück ab, so blieb mir nur der Kampf in der engen Umkleidekabine übrig. Als ich die erste Hose angezogen hatte und sie tatsächlich auch noch schließen konnte ohne mich besonders anstrengen zu müssen, war das ein - naja, fast möchte ich sagen - ein beinahe erhebendes Gefühl.

Nach dieser langen Zeit wieder eine Hose von der Stange tragen zu können, noch dazu in einer vertretbaren Größe, daran habe ich eigentlich nicht mehr geglaubt. Aber jetzt stehe ich hier, vor der Umkleidekabine, sehe in den Spiegel und finde, dass ich gar nicht mal so scheiße aussehe. Fast herzeigbar. Mit diesem Tag verändert sich alles. Ich gehöre wieder dazu, wobei ich durch meine gesammelten Erfahrungen den meisten Menschen noch immer recht misstrauisch gegenüberstehe. Meine ersten Auftritte in der Öffentlichkeit, gekleidet wie die meisten von uns, vermitteln mir eine gewisse Sicherheit und stärken mein Selbstbewusstsein. Hört sich vermutlich ziemlich komisch an, wie sollten ein paar neue Hosen solche Auswirkungen haben. Andere gehen zum Psychologen, war ich ja auch, aber irgendwie ist dies das Symbol für mich, von dieser Krankheit nicht besiegt worden zu sein.

Einkaufen zu gehen ist nach wie vor nicht eine meiner Lieblingsbeschäftigungen, aber jetzt kann ich damit umgehen, und wer mich kennt, wird es höchstwahrscheinlich nicht glauben, dies aus meinem Munde zu hören, aber macht sogar manchmal richtig Spaß. Bis aufs Bezahlen an der Kasse natürlich.

Ein anderes Phänomen sei hier auch noch erwähnt. Das Sprichwort „Kleider machen Leute“ hat anscheinend doch seine Gültigkeit. Ein radikaler Haarschnitt, dem meine geliebten über Jahre gewachsenen Haare zum Opfer fielen, in Kombination mit den vorhin erwähnten kleidungstechnischen Veränderungen, und die meisten erkennen dich nicht wieder. Du kannst beobachten wie es in manchen Gesichtern bei deinem Anblick arbeitet. Ist der das? Nein, kann nicht sein. Oder noch besser: direkter Augenkontakt, und dein Gegenüber sieht in dir nur einen Fremden. Bei manchen versuche ich es dabei zu belassen, denn ein Arsch bleibt zumeist ein Arsch. Auf ausführliche Erklärungen über das werte Befinden kann ich gerne verzichten. Die wenigen, die es immer gut mit mir gemeint haben, sind im Wesentlichen auch über meinen Weg, den es zurückzulegen galt, im Bilde. Dem Rest versuche ich keinen Anlass zu geben sich mit mir mehr als unbedingt nötig zu befassen. Ein teilweise unmögliches Unterfangen, denn es ist nun einmal so wie es ist. Und das ist auch gut so. Die Sonne scheint jetzt wieder öfter für mich, und nur für mich. Demnächst hoffentlich auch in Schottland…

26
Emotionen ausleben?

Komme gerade vom Friedhof, wo ich alte Freunde besucht habe. Dieser Ort bringt mich zum Nachdenken und ist gleichzeitig eine Quelle der Inspiration. Eigentlich habe ich keine Angst mehr vor dem Tod. Im Gegenteil. Vielleicht ist diese Tatsache, dass der Sensenmann oder wer auch immer es sein sollte früher oder später bei jedem von uns vorstellig wird, überhaupt nicht schrecklich und furchterregend. Möglicherweise eröffnen sich mit diesem Ereignis ungeahnte Dimensionen und Möglichkeiten die wir mit unserem winzigen Verstand einfach nicht erfassen können. Sicher ich habe erst vor kurzem wieder begonnen zu leben und dafür bin ich auch dankbar. Aber irgendwie hat das „Danach" schon immer eine unheimliche Faszination auf mich ausgeübt. Beim Betrachten meines Bücherregales wird mir erst richtig bewusst, welch großes Interesse ich diesem elementaren Thema schon immer entgegengebracht hatte.

Man lebt, man ist tot. Wäre ich ein Zyniker, würde ich sagen: „Welch beschissene Aussichten sind das denn?" Dazwischen noch eine gehörige Portion Selbstverstümmelung. Daraus resultierender Schmerz, einhergehend mit einer nicht enden wollenden Phase von Demütigungen. Als krönenden Abschluss dann noch eine ausgewachsene Depression. Im christlichen Glauben erzogen sind solche Gedanken natürlich reinste Blasphemie. Natürlich es gibt unzählige Menschen, denen es sehr viel schlechter geht als mir.

Doch Gedanken sind ja bekanntlich frei, zumindest werden die, die diese gerne kontrollieren möchten, nicht müde, das immer wieder zu propagieren. An manchen Tagen fällt es demnach schwer, so etwas wie Dankbarkeit zu empfinden.

Die Wut und der Zorn sind eine mächtige Antriebsfeder, um gewisse Ziele zu erreichen. Die Kunst liegt darin diese Gefühle zu steuern, um sie schlussendlich doch noch zum eigenen Vorteil zu nutzen. Ist die gedankliche Bewältigung von auftretenden Problemen schon schwierig oder manchmal überhaupt nicht bewältigbar, hat der Homo Sapiens auch noch eine oft recht voluminöse Hülle herumzuschleppen, die das alles noch zusätzlich erschwert. Besonders wenn dieser Körper einen in jahrelanger „Geiselhaft" gehalten hat. Aus heutiger Sicht würde ich sagen, dass das Leben, wie wir es im Allgemeinen verstehen, mit nur einer der zwei Komponenten Körper und Geist auf Dauer nicht funktionieren kann. Wenn wir einmal in der Lage sein sollten, die Kapazitäten zu nützen, die zweifelsohne noch ungenutzt in unserer Denkmurmel schlummern, mag das anders werden. Bis dahin müssen wir uns wohl oder übel arrangieren und einen einigermaßen akzeptablen Kompromiss finden.

Allmählich wieder in den Alltag eintauchend kommen vermehrt Widrigkeiten des Lebens auf mich zu, die in den letzten Jahren eigentlich nicht existent waren. Da war ich es, um den sich alles drehte und der dringend Hilfe benötigte. Doch es gibt da auch noch andere sehr wichtige Menschen in meinem Leben, für die ich Verantwortung tragen sollte. Aber diese Welt da draußen macht es mir nicht gerade leicht. Im Gegenteil, manche geben sich anscheinend extra Mühe. War ich für lange Zeit das einzige Arschloch in meinem Universum, kriechen derer von Tag zu Tag immer mehr aus ihren behördlichen Löchern hervor. Da ich nun körperlich auch wieder präsent sein muss, bleibt mir keine andere Wahl als mich dem zu stellen. Nach einer solchen anstrengenden, zermürbenden, oft an meine Substanz gehenden Konversation, die zudem auch nicht zum beabsichtigten Ergebnis geführt hat, bleiben eigentlich nur drei Möglichkeiten, dies emotional zu verarbeiten. Die erste, früher oft praktizierte, wäre die, sich in die nächste Kneipe zu begeben und sich hemmungslos dem Alkohol hinzugeben. Kostet aber Zeit, Geld, und das unter Umständen kurzzeitig auftretende Hochgefühl hält nicht lange genug an. Zudem sind die anderntags auftretenden Kopfschmerzen und die unweigerlich daraus resultierende Unpässlichkeit nicht unbedingt der Lösung diverser Probleme dienlich. Also eine ziemlich kontraproduktive Möglichkeit, die ich schon seit Jahren nicht mehr praktiziere.

Eine andere, viel „männlichere" Variante wäre, einem einfach eine reinzuhauen. Wer von uns kann sagen, er habe noch nie das Bedürfnis verspürt seiner Wut körperlich Ausdruck zu verleihen? Außer Gandhi vielleicht, und der kann sich nicht mehr dazu äußern, fallen mir nicht viele „wirkliche" Personen, um den Amtsterminus zu benutzen, ein. Da ich mich nicht zu diesem erlauchten Personenkreis zähle, habe ich meinen Gefühlen freien Lauf gelassen und dem Kotzbrocken von Nachbarn, den ich als erster ansichtig wurde, eine verpasst. Nein, habe ich natürlich nicht. Im Gegenteil, ich habe seinen Gruß höflich erwidert, und dabei war sogar der Ansatz eines Lächelns über mein Gesicht gehuscht, wie mir die moralische Instanz unserer Familie, gemeint meine Frau, glaubhaft versichern wollte.

Mein „Ich", wie es vor nunmehr beinahe dreißig Jahren war, würde wohl entsetzt auf mich Blicken und mich fragen: „Was ist nur aus Dir geworden?" Die korrekte Antwort sollte wohl lauten, dass sich hier ein verantwortungsbewusster, über die Jahre gereifter Familienvater befindet, der solcher Art von Auseinandersetzung nicht das Geringste abzugewinnen vermag. Sollte es. Wäre aber wohl glatt gelogen. Ein emotional beschädigter Charakter wie ich, der das Wort verantwortungsbewusst jahrelang aus seinem Sprachgebrauch verbannt hatte, dem sollte solcherart Konfliktlösung wohl kein großes Kopfzerbrechen bereiten. Möglicherweise kann ich aber die „Reife" wenigstens teilweise für mich in Anspruch nehmen. Der Blickwinkel, von dem aus ich anstehende Widrigkeiten des Lebens betrachte, hat sich verändert. Obwohl, um die Fäkalsprache zu bemühen, Scheiße eben Scheiße bleibt und auch nicht, aus welchem Winkel man es auch betrachten möchte, zu etwas anderem wird. Die Kunst liegt wohl darin aus diesen Exkrementen das Beste zu machen. Durchatmen, Analysieren, Abwägen und auch immer wieder mal auf sein Bauchgefühl hören. Dies hat sich zumindest für mich als geeignetste Art erwiesen, um Hürden zu bewältigen.

Nicht unerwähnt möchte ich lassen, dass diese von mir zu Papier gebrachten Zeilen eine Möglichkeit darstellen, diese Wege zu beschreiten. Außerdem ist dies auch noch eine kostenlose Therapie zum Aggressionsabbau, die ich jederzeit und überall bei Bedarf antreten kann.

27
Träume können doch wahr werden

Dann eines Tages, war es soweit. Ich, Arnold, der am Leben scheinbar schon gescheiterte, all seiner Träume beraubte, unförmige, an der Grenze zum Suizid stehende Mensch war tatsächlich auf dem Weg zum Flughafen, um sich einen langgehegten Traum zu erfüllen. Nur diesmal in einem einigermaßen herzeigbaren körperlichen Zustand und ziemlich glücklich. Glück, ein Gefühl, das ich schon lange nicht mehr in dieser Intensität empfunden hatte. Wenn alles gut gehen sollte, würde ich in einigen Stunden schottischen Boden betreten. Jenes Land, das mich immer schon berührt und eine magische Anziehungskraft ausgeübt hatte, obwohl ich es nur aus Büchern und dem Fernsehen kannte. Irgendwie hatte ich das Gefühl heimzukommen.

Nun aber galt es einmal die Hürden zu überwinden um überhaupt an Bord eines Flugzeuges zu kommen. Mein letzter Flug war schon einige Zeit her, es hatte sich einiges verändert. Das Betreten der Abflughalle war irgendwie beeindruckend, etwas, das viele nicht unbedingt nachvollziehen können. Man bedenke aber meine jahrelange Abstinenz, was das Aufsuchen solch unheimlicher großen Bauten und vor allem der sich darin tummelnden Menschenmassen betrifft. Diesmal gestaltete sich dies aber anders. Statt der sich früher langsam aufsteigenden Panikattacke empfand ich eher freudige Erwartung auf das, was hier auf mich zukommen sollte. Zu der Zeit ahnte ich noch nichts von den freundlichen Sicherheitskräften, die sich extrem für meinen Körper zu interessieren schienen, was die Freude wohl entschieden gedämpft hätte. Aber dazu später.

Eine längst vergessene Welt eröffnete sich für mich. Ein Schmelztiegel von Menschen unterschiedlichsten Geschlechts, Hautfarbe, Rasse. Was aber in diesem Moment für mich das Wichtigste war, ich ging hier vollkommen unbeachtet in diesem Getümmel unter. Ich verschmolz regelrecht mit dem Strom sich hektisch bewegender Körper und wurde einfach zu einem Teil von ihnen. Die verschiedensten Gerüche streiften mich und weckten Erinnerungen, die ich aber nicht klar zuordnen konnte. In diesem Moment war ich einfach überfordert und hatte Mühe meiner Begleiterin Simone zu folgen. Dieser Zustand hielt aber erstaunlicherweise nicht allzu lange an. Nun war ich einer von ihnen. Ein gestresster, gehetzter Reisender der so schnell wie möglich seine Maschine erreichen wollte. Sei es nun beruflich bedingt, um Verwandte zu besuchen oder wie bei mir um sich einen langgehegten Traum zu erfüllen.

Dem standen aber noch die rigorosen Sicherheitskontrollen im Wege, die mir schon etwas drastisch erschienen. In Anbetracht des sich rapide ausbreitenden Terrorismus aber wohl ein notwendiges Übel. Dadurch würde ich mich aber auch nicht aufhalten lassen. Nachdem mir der freundliche Sicherheitsmann bedeutet hatte, auch meinen Gürtel abzulegen, begann ich daran aber etwas zu zweifeln. Nach Durchschreiten des Körperscanners kam ich auch noch in den Genuss abgetastet zu werden. Solche Intimitäten bei mir und nicht bei meiner Begleiterin vorzunehmen lässt Spielraum für die verschiedensten Vermutungen. Aber nachdem mir die Hose bereits über meinen Hintern zu rutschen begann, mir wohlgemerkt, dem solches lange Zeit nicht widerfahren konnte, bekam ich das Okay, meine Sachen wieder in Besitz nehmen zu dürfen.

Jetzt würde mich nichts mehr aufhalten. Dann habe ich es beinahe geschafft. Ich betrete die Gangway, werde von einer freundlichen Stewardess freundlich begrüßt und suche meinen Platz. Den Rucksack noch im Gepäckfach verstaut, und ich nehme am Fenster Platz. Anschnallen noch, es kann losgehen. Die Kabinentemperatur ist ziemlich hoch, da die Klimaanlage noch nicht läuft. Auch die vielen durch den schmalen Gang drängenden Menschen werden meine Stimmung nicht kippen können. Doch wenn ich den Blick durchs Flugzeug schweifen lasse, ist dies alles eine ziemlich beengte Sache. Die Beinfreiheit hält sich auch in Grenzen, aber die paar Stunden werde ich das schon durchstehen. Schließlich war ich schon mit ganz anderen Widrigkeiten fertig geworden. Das hier dagegen ist nur ein Klacks. Nichts was mich aufhalten kann, hoffentlich.

Alle hatten inzwischen Platz genommen und die Turbinen wurden hochgefahren mit dem angenehmen Effekt, dass die Klimaanlage nun funktionierte. Nun war ich aber sowas von bereit, und nach der Sicherheitseinweisung begann die Maschine langsam auf die Startbahn zu rollen. Die Turbinen begannen zu dröhnen, das Flugzeug wurde merklich schneller. Vollschub, binnen weniger Sekunden hob das Flugzeug ab. Ein geiles Gefühl für mich, aber wie ich an den Gesichtern einiger Passagiere sehen konnte, genossen dies nicht alle so. Nächste Station Amsterdam. Die Metropole mit dem gewissen Ruf und dem besonderen Angebot, das man kaum noch wo anders legal nutzen kann. Leider aber hatten wir nicht genug Zeit um diesen Genüssen zu frönen. Wäre aber wahrscheinlich ganz hilfreich gewesen, das eine oder andere Cookie eingeschmissen zu haben, was den später noch anstehenden Vorfall viel entspannter zu erleben geholfen hätte. Aber über solche Versuchungen bin ich natürlich längst hinaus. Ist zwar glatt gelogen aber hört sich doch gut an. Oder? Nach wie vor habe ich „schwache" Momente, nur habe ich gelernt damit umzugehen. Ansonsten würde ich kaum dies alles erleben dürfen.

An Bord des nächsten Flugzeuges, das im Gegensatz zum vorherigen schon einen etwas betagten Eindruck macht, alles wie gehabt. Bis auf den Start vielleicht. Die Turbinen dröhnen, die Maschine nimmt rasch Fahrt auf, dann ein abrupter Bremsvorgang, der mich in den Gurt presst. Binnen Sekunden stehen wir. Der Blick auf Simone offenbart mir eine merklich bleiche Gesichtsfarbe. Doch der Kollege auf der gegenüberliegenden Seite verleiht seinem offensichtlichen Unwohlsein noch drastischer Ausdruck. Er kotzt in die in der Ablage wohlweislich dafür vorgesehene Tüte.

Nach einigen Sekunden Stille haben die meisten wieder ihre Stimme gefunden, denn der Lärmpegel in der Kabine erhöht sich merklich. Es mag überheblich klingen, nur bin ich auch jetzt noch felsenfest davon überzeugt, dass der da oben mich noch nicht haben will. Wahrlich, ich habe es versucht. Also kein Grund in Panik zu verfallen. Es dauert fast zwei Stunden, bis die Ersatzmaschine endlich abhebt um mich endlich ins gelobte Land zu bringen.

Dann ist es endlich soweit. Ich betrete erstmals schottischen Boden. Sieht zwar aus wie jede andere Abflughalle. Aber dort steht in großen Lettern „Edinburgh Airport". Ja, endlich geschafft. Die Fahrt vom Flughafen zu unserem Hotel offenbart mir erst, wie groß diese Stadt tatsächlich ist. Das Hotel liegt mitten in der Stadt und trägt den klingenden Namen „Royal British Hotel". Genau so habe ich mir so ein altehrwürdiges Haus wie dieses vorgestellt. Die Fassade bereits abgewettert und grau. Verzierungen darauf lassen erahnen, wie prachtvoll es in seinen Glanzzeiten wohl ausgesehen haben muss. Mit vielen Erkern, großen Fenstern und einem Dach, das mit einigen Türmchen versehen ist. Fast schon kitschig, fehlt nur mehr der uniformierte Portier vor dem Haus.

Der große Platz vor dem Hotel bildete einen kaum vorstellbaren Kontrast. Überall wurde gebaut, neue

Gebäude waren im Entstehen, und dies verursachte natürlich entsprechenden Lärm. Also nichts wie hinein in diesen Palast. Das Innere unserer Unterkunft machte einen schon etwas abgewohnten Eindruck, ließ aber wie bei der Außenfassade seinen ursprünglichen noblen Charakter erahnen. Außerdem war ich nicht zum Wohnen in dieses Land gekommen. Ein Bett und wenn möglich ein Badezimmer, mehr Ansprüche hatte ich eigentlich nicht. Diese wurden auch erfüllt, wobei man hier einige Abstriche machen musste, was den von uns gewohnten Standard betrifft.

Nur in einem sind uns die Schotten weit voraus. Zum Rauchverbot in fast allen öffentlichen Gebäuden kommt noch, dass die Preise um einiges höher sind als bei uns. Steht aber meist in keiner Relation zu der dafür gebotenen Leistung. Da jammern wir über die massiven Teuerungen in Good Old Europe. Kommt nach Schottland, und man findet die Lebenshaltungskosten bei uns nicht mehr ganz so dramatisch wie vorher. Nach dem Verstauen meines Gepäcks und der erstmaligen Benutzung eines schottischen WC nichts wie ab auf die Straßen von Edinburgh. Als Junge vom Land war dies für mich schon äußerst beeindruckend, welche Vielfalt an Geschäften, Bauten und Lokalen es hier innerhalb weniger Meter zu bestaunen gab.

Über all dem thronte die gewaltige Festung von Edinburgh. Ein beeindruckender Anblick, welche architektonischen Meisterwerke schon vor Hunderten von Jahren möglich waren. Die Führung durch diese Festungsanlage war, da ich immer schon einen Hang zum Mittelalter verspürte, eines der Highlights dieser Reise. Wenn diese teilweise prunkvoll ausgestatteten Räume, in denen Geschichte gemacht wurde, reden könnten, was sie wohl über diese Zeit berichten würden? Auch damals war die Gesellschaft in Arme und Reiche aufgeteilt. Hier die wohlhabende, herrschende Schicht, luxuriös untergebracht, Nahrung im Überfluss zur Verfügung habend. Dort das Volk in schmucklosen Steinkellern ohne jeglichen Komfort dahinsiechend. An Hunger, Krankheit und Krieg zu Tausenden sterbend. Das blieb auch über die Jahrhunderte so, wie die Nutzung dieser Festung belegte. Die Waffen und die Herrscher veränderten sich, aber es galt nach wie vor Kriege zu führen. Gab es keine, machte man sich welche. Bis eines Tages dieses Sinnbild des Widerstandes und der Macht nicht mehr zeitgemäß war. Darum stolpern heute Touristen wie ich über diesen historischen Boden.

Zurück in der Stadt brauchte ich einige Zeit um die Eindrücke zu verarbeiten. Alleine hätte ich mich hier wohl rettungslos verlaufen, da mein Orientierungssinn schon immer sehr mies war. Dann war da noch die Sprache. Mein Englisch ist schon recht eingerostet, und ich bedauerte es zutiefst, in der Schule nicht mehr Interesse dafür gezeigt zu haben. Die großteils gepflasterten Seitenstraßen hatten ein ganz eigenes Flair. Teilweise fühlte man sich ins Mittelalter zurückversetzt, wären da nicht die Autos gewesen, die noch dazu auf der „falschen“ Straßenseite fuhren. Dieser Tatsache hätte ich einige Male beim Überqueren der Straße fast Tribut zollen müssen. Überfahren lassen konnte ich mich zu Hause allemal, dafür brauchte ich nicht so weit zu reisen um dann auch noch von einem rechtsgesteuerten Vehikel beseitigt zu werden.

Trotz dieser Widrigkeiten ist alles andere sehr beeindruckend. Langsam bricht die Dämmerung herein und die Spitzen der vielen Kirchtürme und anderer Bauten heben sich im Licht der untergehenden Sonne deutlich vom Himmel ab. Für Romantiker die passende Kulisse um mit seiner Angebeteten durch die Gassen zu schlendern oder an einem der vielen Tische, die erst abends vor den Lokalen aufgestellt werden, Platz zu nehmen. Natürlich darf auch der obligatorische Dudelsackpfeifer, der hingebungsvoll sein Instrument bearbeitet, nicht fehlen. Für einen kleinen Beitrag stellt er sich auch für ein Foto zur Verfügung. Auch ich lasse mich dazu überreden, obwohl Posieren vor der Kamera mir immer noch sehr unangenehm ist. Verstärkt hat sich dies alles noch in den Jahren meines extremen Übergewichtes. Wenn ich so darüber nachdenke, scheinen damit viele Leidensgenossen Probleme zu haben. Denn die von ihnen an mich gerichtete Korrespondenz enthält, wenn überhaupt, meist Fotos, die zumindest drei Jahre alt sind. Woher ich dies weiß? Der Datumsaufdruck auf der Aufnahme verrät mir das bei vielen. Kann ich aber durchaus nachvollziehen, denn niemand will unbedingt seine problembehaftete Figur in der Öffentlichkeit zeigen. Wieder ein Anreiz für jene, die sich gerne entsprechend präsentieren möchten, etwas dafür zu tun. Dies aber nur am Rande.

Obwohl es hier genug zu bestaunen gab, blieb mir nicht verborgen, dass die Menschen auch hier teilweise von Figurproblemen nicht verschont geblieben waren. Wenn ich da bereits gewusst hätte, welches Frühstück mich am nächsten Tag erwarten würde, wäre mir schon einiges klarer gewesen. So aber ließen wir den Abend langsam ausklingen, denn hier war es üblich, dass die meisten Lokalitäten spätestens um 23 Uhr dicht machten. So zog ich mich aufs Hotelzimmer zurück. Wo ich mich nach der erstmaligen Benutzung einer schottischen Dusche, die das Wasser nicht unbedingt über den Brausekopf verteilte, müde in das viel zu weiche, aber dafür sehr kurze Bett fallen ließ.

Die Nacht war sehr kurz, denn der folgende Tag wollte optimal genutzt werden. Nach der Morgentoilette begann die Suche nach einer Frühstücksmöglichkeit. War gar nicht so leicht ein entsprechendes Lokal zu finden, da es hier vor 8 Uhr kaum irgendwo Frühstück gab. Die Schotten lassen den Tag etwas gemächlicher angehen. Die bei uns übliche Hektik konnte ich in all den Tagen nirgendwo feststellen. Vielleicht trug auch das Nationalgetränk (Whisky) das Seinige dazu bei. Aber was weiß ich schon.

Tatsache war, dass es galt zwanzig Minuten zu überbrücken, bis der auserkorene Laden öffnen sollte. Also ein kleiner Rundgang am Morgen hat auch etwas für sich. Simone sieht dies aber etwas anders, was die Stimmung ziemlich drückt. Doch dann sitzen wir am Tisch, und ich lasse mir die Karte zeigen. Die hier aufgeführten Möglichkeiten zu frühstücken kommen mir eher wie eine Empfehlung zum Mittagessen vor. Vorausschicken sollte ich auch noch, dass ich eigentlich kein großer Frühstücker bin. Was hier aber geboten wird, ist an Deftigkeit und vor allem Kalorien kaum zu übertreffen.

Doch das gehört wohl dazu, darum ordere ich ein sogenanntes „Highlander Breakfast“. Was dann aber serviert wird, würde ich als kulinarischen Überfall in den frühen Morgenstunden bezeichnen. Zum obligatorischen Spiegelei gibt es Schinken, Mushrooms (Pilze), Bohnen, kleine Würstchen, gegrillte Tomaten, Porridge (Haferbrei) und natürlich das schottische Nationalgericht Haggis. Haggis ist eine Spezialität aus der schottischen Küche und besteht aus dem Magen eines Schafes, Paunch genannt, der mit Herz, Leber, Lunge, Nierenfett vom Schaf, Zwiebeln und Hafermehl gefüllt wird. Scharf gewürzt mit Pfeffer verleiht ihm das Hafermehl eine etwas schwerere Konsistenz als Wurst. Noch Fragen?

Mein Gegenüber begnügt sich hingegen mit ein paar Pfannkuchen mit Sirup, getoastetem Weißbrot, gesalzener Butter und einem süffisanten Lächeln auf den Lippen. Aber hier gilt es keine Schwäche zu zeigen. Der gereichte Tee mit Milch ist beim ersten Schluck etwas gewöhnungsbedürftig, aber durchaus trinkbar. Tapfer beginne ich mich meinem Teller zu widmen. Alles ist durchaus genießbar und außer dem Haggis putze ich fast alles weg. Dauert zwar etwas, aber schließlich ist es geschafft. Jetzt ist mir klar, warum hier Whisky als Nationalgetränk gilt. Nach solch einem üppigen Mahl muss man sich wohl einen hinter die Binde gießen. Nur es ist erst kurz nach halb neun, zudem habe ich diesen harten Sachen abgeschworen. Das Mittagessen werde ich wohl ausfallen lassen, denn mir fällt es jetzt schon schwer aus dem Sessel aufzustehen. Ein Wunder, dass nicht mehr Schotten massiv übergewichtig durch die Straßen stolpern, wenn alle solch ein Frühstück verdrücken, und das tagtäglich.

So gestärkt konnte die Sightseeing-Tour fortgesetzt werden. Die bequemste Art dies zu tun boten die zweistöckigen, dachlosen Busse die alle paar Minuten durch die Stadt fuhren. Der hierzu benötigte Fahrschein war nicht gerade billig, aber dazu wurde eine deutschsprachige Reiseführung mittels Kopfhörer angeboten. Freilich war es erst März und dementsprechend kalt, dazu kam noch der offene Bus. Der gebotene Ausblick war aber all die Unannehmlichkeiten wert und offenbarte, an welch geschichtsträchtigem Ort ich mich hier befand. Trotz der Faszination, die dies alles auf mich ausübte, kroch die Kälte unaufhaltsam in meine Knochen. Was lag also näher als im Land des Whisky sich einen solchen zu genehmigen. Da es aber noch zu früh für derlei Getränke schien, würde es Tee mit Milch wohl auch tun. Also raus aus dem Bus und sich auf die Promenade gesetzt, wo einen die Strahlen der Frühlingssonne in Kombination mit dem erwähnten Heißgetränk wohlig wärmte. Wer behauptete da bei der Abreise, dass es um diese Jahreszeit zwanzig bis dreißig Mal pro Tag zu Regenschauern kommen würde? Anscheinend stimmt die Behauptung „Wenn Engel reisen“ ja doch. Natürlich meine ich damit nicht mich. Das wäre wohl nicht ganz zutreffend, allerdings…

Morgen würden wir Edinburgh verlassen und mit einem Mietauto in den Norden aufbrechen, aber heute stand noch einiges auf dem Programm. Was in dieser Hinsicht hier den Touristen geboten wurde, zeugte von der reichhaltigen Geschichte dieses Landes und nicht zu vergessen dem Geschäftssinn der Schotten. Dazu gehörte natürlich eine Reise durch die Geschichte der Scotch-Whisky-Herstellung. Zu dieser Vorführung durch eine virtuelle Welt, die uns zu einem Teil der Herstellung dieses edlen Getränkes werden ließ, gehörte abschließend auch noch eine Verkostung. War die schon nicht schlecht, so toppte der Raum, in dem dies stattfand, alles. Man stelle sich 3600 Flaschen edelsten Scotch Whisky in Glasvitrinen an den Wänden eines einzigen Raumes vor. In der nordischen Mythologie würde man dies wohl als das Walhall aller Whiskyliebhaber bezeichnen. Nur sollte ich einige Tage später noch eine kaum für möglich gehaltene Steigerung auf diesem Gebiet erleben.

Nun bin ich erst einmal fast glücklich. Fast deshalb, da ich mich nur den Aromen hingebe, ohne dabei die bernsteinfarbene, edle Flüssigkeit zu verkosten. Ich habe diese für mich wichtige Entscheidung schon vor Jahren getroffen, und dabei will ich es trotz dieser unbestrittenen großen Versuchung auch belassen. Wenig später hat mich die inzwischen angebrochene Dämmerung beim Betreten der Straße wieder. Welche Attraktion kann man nach diesem Erlebnis noch draufsetzen? Gute Frage. Da bietet sich nur der anbrechenden Dunkelheit entsprechend eine Führung, genannt „City of the Dead“, an. Dunkle Gassen, düstere Kirchen und Vorplätze, dazu plastisch erzählte Geschichten über Folter und Tod. Den Abschluss sollte eine Führung über einen sagenumwobenen schottischen Friedhof bilden. Das ist doch ein würdiger Abschluss für diesen, meinen vorläufig letzten, Tag in Edinburgh.

Kurz gesagt hielt die Veranstaltung nicht das, was ich mir davon versprochen hatte. Auch hier ist ein Friedhof eben nur ein Friedhof. Schauergeschichten, Mythen und Sagen gibt es auch bei uns, dazu braucht man nur die Zeitung aufzuschlagen, aber deswegen bin ich nicht so weit gereist. Ansonsten aber werden die Tage in dieser schönen Stadt wohl für immer in meinem Gedächtnis haften bleiben.

28
Schottland forever

Am nächsten Morgen galt es erst einmal einen brauchbaren Kaffee zu ordern, was wie bereits berichtet nicht ganz einfach war. Heute würden wir unseren Mietwagen abholen, dann konnte die Tour in die Highlands endlich beginnen. Während meine Begleitung hingebungsvoll an ihrer Zigarette zieht und dabei die braune Flüssigkeit in sich hineinschüttet, wandert mein Blick die gepflasterten Straßen entlang. Überall sind Müllsäcke vor den Geschäften und Lokalen abgestellt, die teilweise aufgeplatzt sind und nun von unzähligen Möwen als Futterstelle benutzt werden. Dementsprechend sieht es hier auch aus. Wie diese großen Vögel durch die engen Häuserzeilen segeln, ist für mich als Binnenländer ein seltsam fremd anmutender Anblick. Hitchcock lässt grüßen.

Der Autoverleih war in so einer großen Stadt nicht so einfach zu finden. Zum einen waren die meisten Passanten nicht gewillt Auskunft zu geben, zum anderen die restlichen Befragten nicht ortsansässig. Lange Rede, kurzer Sinn, irgendwann war es dann doch geschafft. Formalitäten erledigt, wobei ich zugegebenermaßen nicht alles verstand. Dann hielt ich den Schlüssel für einen Mondeo Kombi in den Händen. Nicht das schlechteste Auto. Diese schwarze Kutsche sollte in den nächsten Tagen unser treuer Begleiter werden. Da die hier auf der linken Straßenseite fahren, wahrscheinlich um mir die Sache etwas zu erschweren, handelte es sich um einen „Rechtslenker".

Nachdem wir die Stadt hinter uns lassen, übernehme ich kurz entschlossen das Steuer. Worauf soll ich warten? Muss doch bewältigbar sein. Schließlich bin auch ich schon etliche Jahre im Besitz eines Führerscheines. Also Startknopf gedrückt, ersten Gang eingelegt, mit der linken Hand wohlgemerkt, Schulterblick, falsche Richtung, andere Richtung und langsam anfahren. Links, links, höre ich Simone dauernd sagen. Die Fahrweise widerspricht allem, was ich in Jahrzehnten gelernt habe. Jedes entgegenkommende Auto scheint auf meiner Straßenseite daherzukommen. Wieder dringen eindringliche Ermahnungen meiner Beifahrerin an meine Ohren. Und dass ich dabei sei, die Alufelgen zu ruinieren, da ich teilweise am Parkett unterwegs sei. Sah ich zwar nicht so, aber welchen Zweck soll es schon haben, einer Frau zu widersprechen.

Nach einigen Kilometern Fahrt funktionierte das schon einigermaßen. Dann kam die nächste Herausforderung auf mich zu. Da wir durch viele kleine Städte kamen und sich in beinahe jedem ein links einzufahrender Kreisverkehr befand, waren damit am Anfang Erlebnisse verbunden, die seit meinen Fahranfängen nicht mehr vorgekommen waren. Außer den immer lauter werdenden Anweisungen mich links zu halten starb mir noch mehrmals der Motor ab, da ich vergessen hatte, einen niederen Gang einzulegen. Auch hier sind teilweise die gleichen motorisierten Arschlöcher unterwegs wie zu Hause.

Die Koordination links lenken, ebenso schalten und sich links zu halten lässt noch zu wünschen übrig. Und das unter den Augen einer Frau, die auf Grund ihrer bereits reichhaltigen Erfahrung auf diesem Gebiet mir haushoch überlegen ist. Bald aber gehört die Straße mir, und Kilometer um Kilometer legen wir so zurück. Da ich aber nicht unbedingt multitaskingfähig bin, kann ich der Landschaft nicht die Aufmerksamkeit widmen, die sie jetzt allmählich schon verdient hätte. Nur gelegentliche Rauch- und Pinkelpausen geben mir kurze Gelegenheiten dazu. So vergeht der Nachmittag, und es wird langsam Zeit sich um eine Unterkunft umzusehen.

Wenn man Geld sparen möchte und nicht unbedingt ein Hotel bevorzugt, gibt es in Schottland die Möglichkeit in einer Frühstückspension („Bed and Breakfast") abzusteigen. Diese Zimmer werden vorwiegend in Privathäusern angeboten. Dabei ist der Name Programm. Zu einem Bett, einem eigenen Bad (wird nicht überall geboten) gibt es meist noch ein üppiges, schottisches Frühstück. Wer sich das antun kann und will, ist dann meist bis zum Abend satt!

An diesem Abend fiel die Wahl auf ein kleines Häuschen mit einem Kiesweg als Zufahrt. So wie es sich von außen präsentierte, so ging es nach dem Klingeln und dem damit verbundenen Öffnen der Haustüre weiter. Eine bereits in die Jahre gekommene Dame bat uns freundlich herein und führte uns nach kurzer Verhandlung in die angebotenen Zimmer. Diese hatten ihre besten Zeiten zwar bereits hinter sich und wirkten abgewohnt, trotzdem waren sie recht liebevoll eingerichtet. Schlagartig fühlte ich mich wieder in meine Kindheit zurückversetzt. Der Vergleich mit dem Haus meiner Großmutter oder alten Filmen drängte sich mir bei diesem Anblick unwillkürlich auf. Das Ehebett in der Mitte des Raumes, bedeckt mit einer Tagesdecke, die mit Blumen und Herzen bestickt war, ließ mir die Gänsehaut aufsteigen. Der vorherrschende Geruch trug dazu das Seinige zu meiner Überlegung bei, hier heute nicht zu nächtigen. Darin waren gewiss so manche schon eingeschlafen ohne am nächsten Morgen wieder aufgewacht zu sein, schoss es mir unwillkürlich durch den Kopf. Zugegeben ein recht abwegiger Gedanke, aber das Alter, der Zustand…

Die geschwungene Kommode mit Schminkspiegel am

Erkerfenster vervollkommnete das Bild. Hier sollte ich mein müdes Haupt zur Ruhe betten? Nicht ohne Albträume. Zudem gab es im gesamten Stockwerk nur ein Badezimmer, das auch schon ein wenig in die Jahre gekommen war. Egal, diese Erfahrung gehörte anscheinend dazu und konnte meine Begeisterung für dieses Land in keiner Weise dämpfen. Kurz gesagt: Es war spät, wir waren müde, der verlangte Preis stimmte, also blieben wir.

Zeitig am Morgen des nächsten Tages brachen wir auf um so weit wie möglich in die Highlands vorzudringen. Da die Verkehrsinfrastruktur im nördlichen Schottland in qualitativer und quantitativer Hinsicht nicht mit der in Mitteleuropa vergleichbar ist, machte sich hier das Auto bezahlt. Übrigens, in Schottland gilt noch immer die Alkohol-Obergrenze von 0,8 Promille. Also eine kleine Whiskyverkostung liegt dabei durchaus drinnen, natürlich nur für verantwortungsvolle Fahrer, die mit den Gegebenheiten des schottischen Verkehrs bereits zurechtkommen. Noch ein guter Rat von mir. Das Mietauto sollte nicht zu schwach auf der Brust sein. In den Highlands gilt es jede Menge Steigungen zu bewältigen. Des Weiteren muss man auf den schmalen Straßen oft anhalten und dann wieder beschleunigen um andere Verkehrsteilnehmer passieren zu lassen. Dazu ist alle paarhundert Meter ein sogenannter „Passing Place“ (Ausweichplatz) vorgesehen. Diesen sollte man bei Gegenverkehr nur benutzen, wenn er auf der linken Seite liegt.

Abseits der Touristenrouten kommen wir durch

Landschaften, die mich tief beeindrucken. Die Weite, die teilweise spärliche Besiedelung und die fast überall weidenden riesigen Schafherden hinterlassen Eindrücke bei mir die nur sehr schwer zu beschreiben sind. Obwohl ich zugeben muss, dass es die im TV und Zeitschriften perfekt in Szene gesetzten Landschaften und Siedlungen in dieser Form real kaum gibt. Bin ich darüber enttäuscht? Ein wenig vielleicht, doch wozu hat man denn etwas Fantasie und Vorstellungsvermögen? Nachts in meinen Träumen präsentieren sich mir diese Orte beinahe perfekt, und nur das zählt. Die Freiheit, mir den für mich idealen Ort zum Entspannen und womöglich Glücklichsein zu erschaffen, dabei ungebunden, grenzenlos in seinen Möglichkeiten zu sein, die nehme ich mir heute wieder.

Die Eindrücke die ich hier sammeln konnte, die Gerüche, das Rauschen des Windes, die an manchen Orten vorherrschende Stille, diese Empfindungen - eine Erfahrung, die hoffentlich mein ganzes restliches Leben hält. Dafür haben sich die Mühen, die Schmerzen, der Verzicht auf so manches gelohnt. Abseits der Straße bin ich stundenlang durch die Landschaft gestreift, bin über klare kleine Bäche gesprungen und im zentimeterdicken Moos bis zu den Knöcheln versunken. Einfach unbeschreiblich. Als „erwachsener“ Mann dies nach so vielen Jahren erleben zu dürfen, der da oben muss mich doch ein bisschen mögen.

Übrigens, um sich der Vergänglichkeit meines Lebens wieder bewusst zu werden, taucht auf einmal ein kleiner Friedhof mitten im Nichts auf. Halt, den sollte ich mir unbedingt näher ansehen. Dazu muss man wissen dass die Mehrheit der Schotten der Church of Scotland, der presbyterianischen (reformierten) Kirche angehört, und nicht der anglikanischen Church of England (Staatskirche). Das davorstehende Gotteshaus hat den Charme eines alten Spritzenhauses der Feuerwehr, es passt aber durchaus in diese Landschaft. Der alte Gottesacker dahinter wird anscheinend schon lange nicht mehr benutzt, wie ich an dem rostigen, schwer zu öffnenden Gittertor unschwer erkennen kann. Dahinter aber empfängt mich eine Stille, wie ich sie selten zuvor empfunden habe. Keine unheimliche, nein im Gegenteil, eine friedvolle, etwas Endgültiges an sich habende.

Nur mehr wenige Grabsteine stehen aufrecht. Die Grabeinfassungen sind von Gras überwuchert und kaum mehr zu erkennen. Vereinzelt sind auch noch mächtige Grabmäler zu sehen, die aber auch der Zeit Tribut haben zollen müssen. Wind und Wetter haben sie grau und schief werden lassen. Die schmiedeeisernen Zäune, die manche Gräber umgeben, sind verwittert und verrostet. Auch hier kann man noch im Tod die Standesunterschiede ausmachen. Obwohl auch diese einst hier bestatteten, höchstwahrscheinlich hochangesehenen Persönlichkeiten wie der gefallene einfache Soldat daneben irgendwann vergessen worden sind. Dies hat anscheinend keine sechzig Jahre gedauert, wie mir beim Betrachten der eingravierten Jahreszahlen bewusst wird. Nicht einmal ein durchschnittliches Menschenleben also. Das Gras hier hat eine Farbe, die es zu dieser Jahreszeit eigentlich gar nicht geben darf.

Es erstrahlt in einem Hellgrün, wie ich es kaum jemals zuvor gesehen habe.

Ein Windstoß streicht durch die Äste des einzigen Baumes, der in einer Ecke des mit einer mannshohen Steinmauer umgebenen Gottesackers steht. Dahinter befindet sich ein kleiner Bach, der sich seinen Weg über die Jahre hinweg durch diesen Landstrich gesucht hat. Dahinter erstreckt sich eine sanfte Hügellandschaft mit einigen, wenigen Häuschen. Diesen Begriff verwende ich deswegen, weil die Behausungen hier mich teilweise an Wochenendhäuschen wie sie bei uns vorkommen erinnern. Klein, mit winzigen Erkern und Vordächern, meistens weiß angestrichen, wirken sie auf mich, als suchten sie selbst Schutz in den Hügeln. Hier in dieser Gegend steht zudem fast überall ein Land Rover vor der Tür. Das Klischee erfüllt sich hier also tatsächlich.

Wenn es wichtig sein sollte, wo man eines Tages seine Überreste Mutter Natur überlässt, dann wäre dieser Ort zweifelsohne einer meiner Favoriten. Recht einsam gelegen, dadurch selten von Störenfrieden frequentiert, in einer traumhaften Landschaft, was könnte man in dieser Situation mehr verlangen? Außer vielleicht noch ein paar Jahre Zeit für diese Entscheidung zu haben, natürlich.

Langsam schreite ich durch das weiche Gras wieder zum Auto zurück. Weiter geht es die schmale, gewundene Straße entlang, der bereits untergehenden Sonne entgegen. Zufrieden und irgendwie auch entspannt lümmle ich mich in den Beifahrersitz. Zu meiner Linken erstreckt sich ein mir unbekannter, in einem hellen Blau erstreckt sich ein mir unbekannter, in einem hellen Blau schimmernder See bis zum Horizont.

Dann stehen sie plötzlich mitten auf der Straße. Die eigentlichen Bewohner dieses malerischen Landstriches. Schafe, jede Menge Schafe. Hier gibt es sogar eigene Verkehrszeichen, die auf diese Spezies hinweisen und einen dadurch anweisen, vorsichtig zu fahren. Dies scheinen diese Tiere auch zu wissen, denn sie haben es keinesfalls eilig uns vorbeizulassen. Obwohl nicht nur sie, sondern auch wir Touristen in diesem hochpreisigen Land für Einnahmen sorgen.

Aber ich war hier um die Landschaft zu genießen, ohne Zeitdruck. Hier brauchte eben alles seine Zeit. Why not? Natürlich ist es schwer als ein von Geburt an geschädigter Mitteleuropäer, sich in wenigen Tagen diesen Gegebenheiten anzupassen. Aber es tut verdammt gut alles auf sich zukommen zu lassen. Ohne Termindruck, nicht wissend, wo man die nächste Nacht verbringen würde. Eigentlich ganz gegen meine sonstigen Gewohnheiten. Denn Spontanität ist etwas, das mich nicht unbedingt auszeichnet. Also wieder eine unbezahlbare Erfahrung mehr, die noch vor nicht allzu langer Zeit undenkbar gewesen wäre.

Kilometer um Kilometer legten wir so auf diesen sich durch die Landschaft schlängelnden Straßen zurück. Teilweise ziemlich hoch gelegene, deren Namen man sich einfach nicht merken konnte, geschweige denn wissend, wo ich mich gerade befand. Meine Begleitung war da glücklicherweise schon von einem ganz anderem Kaliber, sonst hätte ich diese Zeilen wohl kaum zu Papier bringen können.

Eines aber verunstaltete diese sonst beinahe perfekte Landschaft. Kilometerlang abgeholzte Flächen, auf denen keine Aufforstung stattgefunden hatte und abgestorbene Bäume einfach stehen gelassen wurden. Grau, Mahnmalen gleichend ragten sie in den Himmel. Doch schon die nächste, spärlich bewachsene Grünfläche wurde wieder von zahlreichen Schafen bevölkert. Ableben und Neubeginn, der Kreis schloss sich wieder. Hier passte ich her. Nur hatten mich gewisse Umstände davor bewahrt so zu enden wie diese Bäume. Was die Vierbeiner anbelangte, so hatte ich lange ihre Lebensweise geteilt. Den ganzen Tag wiederkäuen und dabei schön fett werden. Nur im Gegensatz zu mir erfüllten sie damit einen durchaus wichtigen Zweck. Zum einen gaben sie Wolle, zum anderen lieferten sie Fleisch. Keines dieser Eigenschaften hingegen konnte ich für mich beanspruchen. Also wer hat das Recht, diese nützlichen Tiere als „dumme Schafe“ zu bezeichnen?
Ich sicherlich nicht…

29

Die Highlands, mein ganz persönliches Paradies

So vergingen die Tage rasend schnell. Es gab noch so viel zu sehen, was aber in einer Woche unmöglich zu schaffen war. Es galt also Prioritäten zu setzen. Um die Weite dieses Landes zu erleben, zu fühlen, zu spüren, so wie ich es mir in meiner Fantasie immer vorgestellt hatte, musste ich noch einmal tief in die Highlands vordringen. Die Faszination, die diese Landschaft auf mich ausübt, ist schwer zu beschreiben. Mit jedem Schritt, den ich zurücklegte, streifte ich den Alltag mehr und mehr ab. Als Zivilisationsgeschädigter und vorsichtiger, immer alles abwiegender Mensch, der ich nun mal bin, war das Handy natürlich mit dabei. Nur hier funktionierte es nicht. Kein Empfang weit und breit. Ein anfangs beunruhigendes, aber mit jeder Minute die verging befreienderes Gefühl überkam mich. Wie wohltuend, immer tiefer vorzudringen, keine Menschenseele weit und breit. Nur der Wind fuhr durch meine Haare. Kleine Bäche querten alle paarhundert Meter meinen Weg. Das Wasser so klar, dass man jeden Stein darin erkennen konnte. Ich war versucht meinen Kopf hineinzustecken, was mir aber in Anbetracht des kühlen Windes als keine so gute Idee erschien. Um es aber trotzdem zu spüren tauchte ich meine Hände hinein. Wow, verdammt kalt, aber schlagartig war meine beginnende Müdigkeit verschwunden. Lag wohl eher an der Temperatur und nicht an der besonderen Zusammensetzung des Wassers. Durch die Haare fuhr ich mir aber, dass musste einfach sein.

Der Blick auf die sich am Horizont abzeichnenden Berge erinnerte mich, warum auch immer, an ein Lied von Lee Marvin. Für jene, denen dieser Name nichts sagt, das war ein Schauspieler, der vorwiegend in alten Western mitspielte und dereinst ein Lied mit dem Titel „I Was Born Under a Wandering Star“ sang. Zwar waren noch keine Sterne zu sehen, aber in diesem Moment schien mir dieser Titel als einziger passend, um meinen

Gefühlen Ausdruck zu verleihen. Möglicherweise lag es aber auch an der klaren Luft und dem vielen Sauerstoff, der mein Gehirn etwas überforderte. Wer weiß! Irgendwie bin ich nach wie vor tief im Inneren ein „Kind" geblieben, das hier seinen Emotionen freien Lauf lassen konnte. Wie oft kann man dies schon im normalen Alltag? Ein überwältigendes Erlebnis, ein nahezu perfekter, unwiederbringlicher Moment, nicht mit viel Geld aufzuwiegen.

Weiter ging es, immer einem kleinen Bach folgend, dessen Ursprung irgendwo da oben in den Bergen liegen musste. Je weiter ich vordrang, desto steiler wurde das Gelände. Das Bächlein stürzte an einigen Stellen mehrere Meter über Gestein und wurde dadurch zu einem kleinen Wasserfall. So hatte es sich über die Jahre tief ins Gestein eingegraben. Die Ufer waren bis zur Wasseroberfläche mit grünem Moos bewachsen. Sogar verschiedenste Sträucher hatten irgendwie am Rand der Felsen halt gefunden und ragten in den Himmel. Kleine Buchten mit grünlich schimmerndem Wasser, in denen sich die Sonnenstrahlen spiegelten, veranlassten mich innezuhalten und einfach nur dankbar dafür zu sein, jetzt und hier stehen zu dürfen.

Bevor es aber zu sentimental wurde, war es nun an der Zeit weiterzuziehen. Der Pfad, wenn man ihn überhaupt so bezeichnen konnte, war kaum mehr zu erkennen. Findige Geister hatten aber in regelmäßigen Abständen kleine Steinpyramiden zur Kennzeichnung desselbigen aufgeschichtet, damit solche Zeitgenossen wie ich eine reelle Chance haben, wieder zum Ausgangspunkt ihrer

Wanderung zurückzufinden.

Danke dafür. Neben dem Weg auf einer Anhöhe zeichnete sich eine Steinformation ab, da wollte ich noch hinauf, bevor ich umkehren musste. Dieses Unterfangen war gar nicht so einfach wie ich anfangs gedacht hatte. Im weichen Moos, das stellenweise zwanzig Zentimeter hoch war, fand ich kaum Halt. Zudem war es darunter extrem nass, was ich beim Hinunterklettern noch schmerzhaft feststellen sollte. Nun stand ich aber inmitten eines guten Dutzends bis zu zwei Meter hoher Steine. Natürlichen Ursprungs? Von Menschenhand hier errichtet? Keine Ahnung, aber irgendwie imposant. Wie bereits erwähnt, hat man hier so gut wie nirgends Handyempfang, doch hier hatte ich ganze drei Balken. So führte ich mitten im Niemandsland ein Telefonat mit daheim. Irgendwie kurios, über Tausende Kilometer Entfernung mit jemandem zu sprechen, der sich dabei anhörte als stünde er neben dir. Wie konnte das ausgerechnet hier sein? Die Steine? Das war wohl sehr weit hergeholt…

Ich schickte mich an, den Hang wieder hinunterzuklettern, da lag ich auch schon auf meinem Allerwertesten. Das Moos in Kombination mit der immensen Feuchtigkeit darunter war so glatt, dass ich kaum Halt fand. Nach dem dritten Wurf hörte ich auf mitzuzählen. Unten angekommen war ich ziemlich nass, schmutzig, und meine sowieso schon lädierten Knie schmerzten. Egal, das war es trotzdem wert gewesen. Der Rückweg kam mir ziemlich lange vor, denn langsam begann ich müde und auch etwas hungrig zu werden. Da kamen mir nach Stunden die ersten Menschen, ein junges Pärchen, entgegen. Ein freundliches „Hello“, und weiter ging es immer dem in der Ferne geparkten Auto entgegen, in dem meine Begleiterin hoffentlich schon mit einer kleinen Stärkung auf mich wartete. Und ich kann berichten, sie ist eine wirklich gute Frau, denn sie hatte vorgesorgt.

Nun wurde es langsam Zeit sich um eine Nächtigungsmöglichkeit umzusehen. Die kleinen Dörfer, durch die wir fuhren, lagen teilweise noch im Winterschlaf, da die Saison für Touristen noch nicht begonnen hatte. Manche Vermieter nahmen zudem grundsätzlich keine Ausländer auf. Wie schon erwähnt habe ich die Preisgestaltung der Hotels nie verstanden. Schäbige Absteigen hatten oft Preisvorstellungen, die jeder Grundlage entbehrten. Andere, durchaus akzeptable Etablissements ließen wiederum mit sich handeln. Sind die Schotten ein geiziges Volk? Das würde ich so nicht sagen. Hier zu leben bedeutet bei entsprechendem Lebensstil ein adäquates Einkommen haben zu müssen. Mit einfachen Worten gesagt hier ist alles schweineteuer.

Natürlich durfte zum Abschluss meiner Reise ein Besuch in einer der größten Destillerien des Landes nicht fehlen. Glenfiddich, im Whiskystädtchen Dufftown, gelegen war zweifelsohne eines der beeindruckendsten Erlebnisse auf meiner Reise durch Schottland. In seinen Ausmaßen stellte sie alles in den Schatten, was ich bisher in diese Richtung gesehen hatte. Man stelle sich vor, hier werden bis zu 800.000 Fässer dieses edlen Getränkes

Getränkes gelagert. Mit eigener Fassbinderei und der Abfüllanlage und einem Produktionsvolumen von 10.000.000 Litern ist Glenfiddich mehr oder weniger autark. Hier leben irgendwie alle davon. Kein Mensch würde hier sonst Halt machen.

Was die Zahl der Alkoholiker anlangt, so waren keine genaueren Informationen zu diesem Thema zu bekommen. Vielleicht lag es aber auch an meinen bescheidenen Englischkenntnissen. Wer weiß. Abends im Bett fiel es mir schwer einzuschlafen, denn immer noch vermeinte ich den Duft aus einem Fass mit über siebzig Jahre altem Whisky zu riechen. So glitt ich langsam in Morpheus Arme, ohne einen Schluck getrunken zu haben, und dennoch mit einem Lächeln im Gesicht. So entspannt schlafe ich ansonsten nur nach gutem Sex ein. Was die Sinnhaftigkeit von stundenlangem Balzverhalten in diversen Lokalitäten, um einen Partner dafür zu finden, in einem ganz anderen Licht erscheinen lässt. Es funktioniert also auch auf weniger anstrengende Weise.

Die Tage waren rasend schnell vergangen, schon morgen hieß es wieder Richtung Heimat aufzubrechen. Jahrelang hatte ich davon geträumt, und jetzt sollte alles schon wieder vorbei sein? Gab es doch so vieles noch, das ich gerne sehen, erleben, schmecken wollte. Andererseits sollte ich auch dankbar dafür sein, überhaupt dieses Land betreten zu haben. Wenn möglich würde dies nicht mein letzter Besuch sein, denn ich fühlte mich irgendwie angekommen. Womöglich gibt es nicht nur ein Leben danach, sondern auch eines davor.

Warum sollte ich dieses nicht hier verbracht haben? Die Liebe zu dieser Landschaft, der Lebensweise und nicht zu vergessen die Verehrung dieses göttlichen Getränkes genannt Whisky habe ich dabei in mein jetziges Leben mitgenommen. Ein Highlander mit langem, wallenden Haar, heroisch, erprobt im Kampf, allseits geachtet, nun ich habe entschieden zu viele Filme zu diesem Thema gesehen. Aber träumen wird man ja noch dürfen. Manche Träume gehen sogar in Erfüllung. Wie dieser Trip durch Schottland eindeutig beweist.

Im Flugzeug auf dem Weg nach Hause hatte ich erstmals Zeit, über die vergangenen Tage nachzudenken. Der Blick aus dem Fenster zeigte tief unten das Meer, auf dem sich zahlreiche Schiffe tummelten. Die Sonne schien, Wolken verdeckten dann wieder die Sicht. Ich war müde, aber es war eine gute Müdigkeit. Zumindest für einige Zeit. Dann wieder dieser Gedanke tief in meinem Inneren. Was kommt jetzt? Wie konnte ich diese Erfahrungen in meinem weiteren Leben nützen? Sicher, wie ich nun wusste, die Welt hatte viel zu bieten. Auch für jemanden wie mich. Doch ich bin nun mal der, der ich bin. Freilich eine verbesserte, getunte Version im Vergleich zu den Jahren davor. Aber noch immer ich.
Die Landung unterbrach diese Gedankengänge, ich betrat wieder heimatlichen Boden. Ein kurzer, aber prägender Abschnitt meines Lebens war damit beendet. Für diese Zeit danke ich allen, die das ermöglicht haben, das werde ich euch nie vergessen.

30
Perspektiven oder was bringt die Zukunft

Ein neues, deprimierendes, nein eher nachdenklich stimmendes Kapitel kann ich meiner bisher bereits zu Papier gebrachten Geschichte noch beifügen. Körperlich bin ich soweit, mit einigen Einschränkungen vielleicht, wieder in der Lage, am Arbeitsprozess teilzunehmen. Dachte ich jedenfalls. Um die Möglichkeiten zu sondieren, die mir die große weite Welt jetzt doch noch bieten konnte, da ich wieder einigermaßen vorzeigbar bin, begab ich mich zu den dafür vorgesehenen Institutionen. Dort machte ich schnell die Erfahrung, dass ich eigentlich nicht mehr existent oder besser gesagt als zurzeit im Ruhestand befindlich bereits „endbehandelt" bin.

Vorausschicken möchte ich, dass ich mit keinen großen Erwartungen, aber doch etwas naiv an die Sache herangegangen bin. Die erwarteten ausführlichen Beratungen beschränkten sich auf meine Personalien und dem Interesse an meinen letzten Lebensjahren, da mein Konterfei anscheinend bereits aus der Zeitung bekannt war. Eine Inseratenkampagne für das bereits vorher erwähnte „Exadipin", zu dessen Entwicklung ich einen kleinen Beitrag leisten konnte, mit meinem Konterfei darauf hatte zu einem gewissen Bekanntheitsgrad beigetragen.

Hier will ich aber nur als die Person, die ich in diesem Augenblick bin, wahrgenommen werden. Beim Verlassen des Gebäudes bin ich einfach nur müde. Ich sitze danach lange im Auto, mir ist fürchterlich kalt, bis ich auf die rettende Idee komme, den Motor anzulassen. Es ist nicht nur eine körperliche Müdigkeit, die mich überfallen hat, auch psychisch habe ich in letzter Zeit diese Anzeichen zu ignorieren versucht. Mit ziemlich wenig Erfolg, wie ich mir nun eingestehen muss.

Eigentlich hatte ich in den letzten Jahren nur auf ein Ziel hingearbeitet: Meine körperlichen Unzulänglichkeiten zu überwinden, um wieder ein „normales" Leben führen zu können. Da es fast soweit war, sollte ich eigentlich optimistisch in die Zukunft sehen. Sicher, ich weiß und ich habe auch schon darüber berichtet, es bestehen da einige Möglichkeiten. Nur zurzeit bin ich mehr eine Hülle, die versucht zu funktionieren, um den Erwartungen zu entsprechen, von denen ich aber nicht genau weiß, welche es sind. Ein gefährlicher Weg, den ich schon einmal beschritten habe, und der wie bereits bekannt sein dürfte nicht unbedingt zur Nachahmung empfohlen wird.

Zu Hause angekommen fühle ich mich krank. Meine Kräfte haben mich urplötzlich verlassen, ich muss mich einfach hinlegen. Dies habe ich untertags schon seit Jahren nicht mehr praktiziert. Alles in mir scheint zu rebellieren. So schwach und hilflos habe ich mich schon lange nicht mehr gefühlt. Ich will auch nicht dagegen ankämpfen. Es soll wohl so sein. Mit diesen Gedanken schlafe ich ein. Als mich ein allzu menschliches Bedürfnis erwachen lässt, ist es bereits dunkel. Mühsam quäle ich mich auf die Beine, während ich bemerke, dass es wirklich, wirklich dringend ist.

Die nächsten Minuten verbringe ich auf dem WC, und dies wohlgemerkt ohne irgendwelche Lektüre, was ein Novum für mich darstellt. Dort kehre ich mein Innerstes nach außen. Eine nicht sonderlich erbauliche, aber irgendwie auch reinigende Prozedur. Dabei beziehe ich mich nicht nur auf allfällige Keime oder Viren, die meinen Körper auf diese Weise verlassen. Nein, auch andere nicht greifbare negative Empfindungen sind merkbar weniger geworden. Als Laie würde ich sagen, mein Körper hat mir einen Hinweis darauf gegeben, vielleicht etwas kürzer zu treten.

Die letzte Zeit hatte ich mich selbst wahrscheinlich am meisten unter Druck gesetzt und auch setzen lassen. Sicherlich hat mein überdurchschnittlicher Gewichtsverlust Aufmerksamkeit erregt, habe ich dafür Anerkennung erfahren. Was aber meine weitere Lebensplanung betrifft, wurden mir wieder einmal die Grenzen aufgezeigt. Man geht davon aus, dass es immer in diesem Tempo weitergehen würde. Dass dies aber nicht so ist, wurde mir allmählich ins Bewusstsein gerückt. Wären die Auskünfte für mich erbaulicher gewesen, hätte ich weiterhin alle Warnhinweise ignoriert. So aber weiß ich nun, dass niemand auf mich wartet oder damit gerechnet hat, mich wieder unter den Werktätigen begrüßen zu dürfen.

Eine Möglichkeit bestünde darin, den Dingen einfach seinen Lauf zu lassen und dabei das Beste zu hoffen. Daran kann ich aber nicht glauben, auch wenn das bedeuten sollte, wieder in alte Verhaltensmuster zu verfallen. Die andere wäre sich auf die Beine zu stellen und jede sich bietende Möglichkeit zu ergreifen, sollten die Erfolgsaussichten auch noch so verschwindend klein sein. Aber ich glaube dazu bin ich schon viel zu festgefahren und nicht mehr in der Lage, über meinen ziemlich langen Schatten zu springen. Mein Fazit aus allem lautet daher: Potenzial alleine reicht nicht, um in dieser Welt zu bestehen. Die Kunst dürfte es sein, sich so gut wie möglich zu verkaufen, wobei die vielgepriesene Charakterstärke oder Prinzipien sich meist als hinderlich erweisen. Diese Eigenschaften können sich wohl nur diejenigen leisten, die es mehr oder weniger bereits geschafft haben. Der Rest…?

31
Vereinsamung und Übergewicht

Meine Lebens- oder vielmehr Leidensgeschichte ist in letzter Zeit auch durch die Präsenz in verschiedenen Medien erstaunlich vielen Menschen bekannt geworden. Wir leben im 21. Jahrhundert, und die Tageszeitungen erfreuen sich zumindest bei meiner Generation noch immer einer ungebrochenen Beliebtheit. Wird man darin meiner ansichtig und liest die großen Überschriften, veranlasst dies den einen oder anderen, auch den Rest des Artikels zu lesen. In wenigen Sätzen wird darin ein Teil meines Lebens beschrieben, und dazu auch noch jener, auf den ich nicht gerade stolz bin. Die einen reagieren entsetzt, schadenfroh oder gar tadelnd und dabei verurteilend. „Wie kann man sich nur so gehen lassen?“

Dann gibt es da noch die anderen, die nicht so tief unten sind wie ich es war, aber doch auch zu kämpfen haben um ihren Alltag irgendwie zu meistern. Ihnen steht keiner bei, sie haben sich bereits aufgegeben und schöpfen durch diese wenigen Zeilen Hoffnung, es doch noch zu schaffen und ihr Leben entscheidend zu verbessern. Aus meiner Erfahrung kann ich sagen, hat man sich von der Hoffnung verabschiedet, dann hat man sich das Entscheidende nehmen lassen, das einen dazu bewegt, jeden Morgen aufzustehen und dem Tag so gut wie nur möglich trotz auftretender Widrigkeiten zu begegnen.

Jetzt erst ist mir allmählich bewusst geworden, wie viele Leidensgenossen es gibt, die sich so wie ich früher einfach verkriechen. Fettleibigkeit ist ein Makel, den ich, wenn auch etwas gewagt, als die Pest des 21. Jahrhunderts bezeichnen möchte. Als „aussätzig“, welch schreckliches Wort, aber so würde ich Fettleibige bezeichnen. Wenige wollen mit dir etwas zu schaffen haben, oder wenn dann doch nur gezwungenermaßen, weil es ihren eigenen Zwecken dienlich ist. Tritt dann einer aus der Anonymität in die Öffentlichkeit, provoziert dies natürlich Emotionen. Da gibt es einen, der real ist, ein Gesicht hat und tatsächlich in der „Nachbarschaft“ wohnt.

Die segensreiche Erfindung von sozialen Netzwerken, dem die meisten einsamen (dicken) Menschen angehören, ermöglicht es, sich diskret das Umfeld verschiedenster Menschen anzusehen. Wir sind ja so mitteilungsbedürftig. Wenn wir nicht mit offenem Visier, um die Rittersprache zu bemühen, antreten müssen. Ich beziehe mich hier nur auf Personen mit ähnlichen Problemen wie ich sie habe. Der Rest, über den soll sich jeder selbst ein Bild machen. Dieser besagte Personenkreis aber hat mit Hilfe von sozialen Netzwerken die Möglichkeit, die Unzulänglichkeit seines Körpers oder auch anders geartete Defizite zu überwinden und zu kommunizieren wie jeder andere. Hier kann man sich mit Menschen wie mir austauschen, der einen nicht mit schon sattsam bekannten Floskeln bombardiert, sondern dessen Leben für sich spricht.

Natürlich sind viele Verhaltensregeln zur Bekämpfung von Übergewicht einfach unerlässlich und haben ihre Gültigkeit. Wer solches nicht will und sich strikt dagegen verwehrt, dem wird schwerlich jemand helfen können. Meine Wenigkeit zumindest auf keinen Fall. Andere, die wirklich etwas ändern wollen, brauchen oft nur eine Bestätigung und ein paar Tipps. Dazu bin ich gerne bereit, sofern diese nicht allzu persönlich sind. Es steht mir nicht zu noch habe ich die Qualifikation, jemanden zu therapieren. Dazu gibt es Fachleute, die wie ich schon mehrmals angeführt habe auch mir geholfen haben. Jedes Leben, jedes Umfeld ist anders. Charaktereigenschaften, Vorlieben und vor allem die Belastbarkeit ist bei jedem anders ausgelegt. Was ich an Disziplin, Beharrlichkeit und Konsequenz aufgebracht habe, ist sicherlich nicht auf jeden anwendbar. Im Besitz eines „Patentrezeptes“ bin ich nicht. Was ich aber mit Sicherheit sagen kann: Einige grundsätzliche Empfehlungen können jedem ehrlich Bemühten eine

Hilfestellung sein, wenn sie auch abgewandelt und individuell zugeschnitten werden müssen.

Zu den Ladys, die mit vergleichsweise überschaubaren Gewichtsproblemen kämpfen die ich oft gar nicht sehe: Nicht jede muss aussehen wie Pamela Anderson. Wir stehen auch auf unsere eigenen Frauen, und die dürfen sich auch durchaus fraulich anfühlen. Eine etwas gesündere Lebensweise hilft dabei, gesundheitliche Folgeschäden zu vermeiden und macht Euch für lange Zeit für einen Partner attraktiv und begehrenswert.

Die wenigsten Männer scheinen solche Probleme zu haben, wie ich aus den vielen Anfragen ersehen konnte. Darum muss ICH wohl eine unrühmliche Ausnahme sein. Und keine Zierde für unser Geschlecht, weil noch dazu bekennend. Oder seid ihr einfach zu feige? Ein netter Schlaganfall ist natürlich viel männlicher. In diesem Sinne wünsche weiterhin ein schönes Leben.

32
Mein erstes Casting

Aus gegebenem Anlass werde ich meine Geschichte nun doch nicht wie geplant mit dem vorhergegangenen Kapitel abschließen. Denn wie erwähnt habe ich die Aufmerksamkeit einiger Medien geweckt. Und so ereilt mich ein Anruf, in dem die Redakteurin einer bekannten Unterhaltungsshow mich in die nächste Sendung einlädt. Zunächst einmal misstrauisch, wie es nun einmal meine Art ist, lausche ich den Ausführungen der Dame am Telefon. Ich sollte also tatsächlich vor laufender Kamera, mit wildfremden Menschen, dazu noch im Beisein meiner Frau, über einen Teil meines Lebens Auskunft erteilen, um die zweifelsohne bei vielen vorhandene Neugierde zu befriedigen.

Denn wenn wir ehrlich sind, warum sieht man sich solche Shows an? Wegen der tiefgründigen Berichterstattung? Wohl kaum. Viel mehr zur Unterhaltung, und um sich dabei bequem vor der Glotze lümmelnd eine Meinung über die handelnden Personen zu bilden. Das in wenigen Minuten, und man ist froh, dass man nicht selbst das arme Schwein ist, das hier vorgeführt wird. Solcherart Schicksal würde einen selbst natürlich nie ereilen. Man hat ja schließlich Prinzipien, einen festen Willen und steht in jeder Lebenssituation seinen „Mann".

Nun aber wieder zur netten Dame am Telefon. Um sich ein Bild zu machen waren einige Hintergrundinformationen unerlässlich, wie mir auf äußerst charmante Art erklärt wurde. Drei große Themen waren dabei von Relevanz. Die da sind: Wie ist es dazu gekommen? Möglichst in allen Einzelheiten, mit entsprechend detaillierter Zeitangabe. Wo hat man in den letzten Jahren gearbeitet, um sich und den Seinen das Überleben zu sichern? Hintergrundinformationen erbeten. Schließlich bietet auch das reichlich Stoff für Spekulationen, oder nennen wir es einfach Ursachenforschung. Last but not least das alles überstrahlende, fundamentale, von jedem mit Spannung erwartete Thema, mit dem alleine die Sendezeit locker bestritten werden könnte. Das da wäre. Wie war der Sex? Diese höchst intimen Fragen, gestellt von einer unbekannten Dame, noch dazu übers Telefon. Warum sollte ich darüber Auskunft geben? Um in einer Sendung „aufzutreten", die - drücken wir es einmal vorsichtig aus - nicht unbedingt zu meinen Favoriten zählt. Doch muss ich der Frau Redakteurin zugestehen, ziemlich professionell, freundlich, aber dennoch mit einer gewissen Hartnäckigkeit ihre Fragen gestellt zu haben. Möchte ich im Nachhinein durchaus als Kompliment verstanden wissen.

Ein paar Dinge, die ich eigentlich nicht unbedingt preisgeben wollte, sind mir dabei wohl über die Lippen gerutscht. Wie gesagt, die Frau ist richtig gut in ihrem Job. Darum fiel es ihr auch nicht schwer, binnen kürzester Zeit meine „Schwachstelle" auszumachen. Welche das ist? Bedeutet mit ziemlicher Sicherheit Ärger, aber Fakt ist, diese ist sicherlich mein geliebtes Weib. Das Gerede über unerschütterliche Liebe, Partnerschaft, gemeinsam durchgestandene schwere Zeiten, die trotz allem noch immer vorhandene Romantik und dergleichen lässt wohl die meisten Frauen schwach werden. Nach dem Motto, mit jedem verlorenen Pfund ist die Liebe zwischen uns wieder entflammt und wir waren einfach füreinander bestimmt, heute und für alle Ewigkeit. Rosamunde Pilcher lässt grüßen.

Anscheinend wollen das viele Konsumenten noch immer hören und sehen. Ist auch durchaus legitim, und wie man sieht, kann man damit sogar Geld verdienen. Werden dem Publikum dann auch noch einige Glücksmomente dadurch verschafft, dann soll es so sein. Romantik ist mir nicht fremd, aber ich setze sie recht spärlich ein. Sollte ja etwas Besonderes bleiben. Oder? Die Damenwelt sieht das wohl anders, im Gegenteil, sie verzehrt sich geradezu danach. Darum war meine Gefährtin die ideale Ansprechpartnerin und eine ergiebige Quelle für Nachforschungen. Jetzt bleibt nur mehr abzuwarten wie sich das alles bei der bevorstehenden Aufzeichnung entwickeln wird. Live würde es wohl keiner riskieren, mich auf die Menschheit loszulassen. Eigentlich paradox, noch vor nicht allzu langer Zeit war es für mich undenkbar, auch nur die Wohnung zu verlassen, und jetzt soll ich in einem TV-Studio sitzen und vor wildfremden Menschen im wahrsten Sinne die Hosen runterlassen. Ich werde mich also nach Kräften bemühen, den Erwartungen des Publikums voll und ganz gerecht zu werden, indem ich sie an meiner mühsam erworbenen „Weisheit" und unserem einzigartigen Familienleben teilhaben lasse. Auf die eine oder andere Weise eben.

33

Resümee

Obwohl ich eigentlich mit allem recht zufrieden sein sollte, was ich in den letzten Jahren erreicht habe, zumindest versuchen mir das alle in meiner näheren Umgebung einzureden, bin ich es nicht. Eine gute Freundin hat mir nach einem langen Gespräch etwas gesagt, das mir zu denken gegeben hat. Seit Tagen schleppe ich dies mit mir herum. Was sie sagte? „Du, hast kein Ziel mehr vor Augen!“ Wie kann das sein, scheint die Zukunft doch jetzt erst für mich so richtig zu beginnen. Tut sie das tatsächlich? Wie sieht sie aus?

In den vergangenen Jahren galt es Gewicht zu verlieren, dadurch meinen physischen und psychischen Zustand merklich zu verbessern und wieder ein integrierbares Mitglied der Gesellschaft zu werden. Alles andere trat dadurch in den Hintergrund. Die Welt hat sich aber weitergedreht, und das nicht gerade langsam. Möglicherweise habe ich den Anschluss schon längst verpasst, egal wie ich mich abmühe.

Realistisch betrachtet habe ich mehr als die Hälfte meines Lebens schon hinter mir. Die Kinder sind dabei erwachsen zu werden, mehr oder weniger. Meine bisherige Berufslaufbahn ist beendet. Was genau die nächste sein könnte, darüber bin ich mir noch nicht im Klaren. Welche Fähigkeiten könnte ich einbringen, welche genau sind diese eigentlich? Vor meinem Abgleiten war alles relativ klar strukturiert und ich hatte gute Aussichten, irgendwann einmal in den wohlverdienten Ruhestand zu gehen. Dann erst fett zu werden, und nachdem ich jahrelang die Rente bezogen habe, an einem gepflegten Herzinfarkt auf einer Bank im Garten zu sterben.

Außer dem Dahinscheiden, das ziemlich sicher eintreten dürfte, haben sich diese Pläne ziemlich zerschlagen. Vergleichen möchte ich mein früheres Leben am ehesten mit einem Fluss. Am Anfang ein kleines Bächlein, wird es zusehends größer und größer. In ein von Menschenhand reguliertes Flussbett gezwungen. Mit Untiefen, Strudeln, einem hohen, dann wieder einem niedrigen Wasserpegel, mündet er irgendwann unweigerlich in ein noch größeres Gewässer und geht darin auf. Er ist an seinem Ziel angelangt.

Bei mir stellt sich das aber anders dar. Den Fluss habe ich längst schon verlassen. Das Gewässer, in dem ich gelandet bin, ist ziemlich tief und nach dem Auftauchen sind Wellen entstanden, die sich langsam kreisförmig in alle Richtungen ausbreiten. Dabei ist kein klares Ziel erkennbar. Nun heißt es schwimmen in welche Richtung? Keine Ahnung. Wie lange kann ich mich so über Wasser halten, bis irgendwo Land auftaucht? Gibt es hier überhaupt Land? Und wenn, was kommt dann? Finde ich mich hier auch zurecht? Welche Rolle sollte ich hier auf diesem für mich fremden Eiland bekleiden? Will ich dies überhaupt? Sicher, um auf dieser unserer Welt überleben zu können, muss man sich zuallererst um so profane Dinge wie etwa einen Job bemühen. Ein Dach über dem Kopf, Nahrung und Kleidung diese Grundbedürfnisse hat der Homo Sapiens schon immer gehabt.

Heute natürlich gehen unsere Erwartungen weit darüber hinaus. Wir leben schließlich im 21. Jahrhundert, da gilt es, den „Fortschritt" in jeglicher Form ins tägliche Leben einfließen zu lassen. Eine Welt ohne Handy und PC, einfach undenkbar. Auch ich nutze natürlich diese „segensreichen" Erfindungen. Dabei achte ich sehr darauf, dies aufs unbedingt erforderliche Minimum zu beschränken. Wobei das, wenn ich ehrlich bin, auch nicht mehr ganz zutreffend ist. Schon allein um diese Zeilen zu verfassen habe ich Tage, nein Wochen am Computer verbracht. War es das wert? Keine Ahnung. Jetzt müsste eigentlich der oft und gern verwendete Sager von „Ich möchte anderen Menschen damit helfen" kommen. Edelmütig wie ich nun einmal bin, der Menschheit diese meine Zeilen zum Geschenk machen. Welch gequirlte Scheiße.

Hauptsächlich sehe ich das als Therapie an, die mir nicht immer gut getan hat. Seine dunkelsten Stunden wieder aufleben zu lassen, wenn auch nur gedanklich, hat oft nicht gerade meine guten Seiten zum Vorschein gebracht. Meine Familie wird dem zweifelsohne zustimmen. Die seelischen Blessuren sind tief, sehr tief, und kaum vernarbt. Die dunkle Seite, sie ist nach wie vor präsent und versucht immer wieder die Oberhand zu gewinnen. Werde ich meine Dämonen den Rest des Lebens niederhalten können? Ich habe wahrlich keine Ahnung. Wetten darüber würde ich nicht unbedingt abschließen. Nur soviel: Die letzten Jahre waren ziemlich schlimm, und sollte es wieder einmal so weit kommen, verspreche ich sicherlich kein Buch mehr darüber zu schreiben…

DANK

Ein Buch zu schreiben, noch dazu über mich selbst, ein vor noch nicht allzu langer Zeit unvorstellbares Unterfangen.

Nun, es ist tatsächlich geschehen.
Es war ein langer Weg dahin, auf dem mir die Hilfe einiger weniger
Menschen zuteil wurde, denen ich hier auf diesem Wege danken möchte.

Meiner Familie, vor allem meiner Frau Sonja, meinem Bruder Gernot
und meinem „alten" Freund Kurt.

Gott, oder wie immer man ihn nennen möchte, der mich in diesen Jahren wieder zum
Glauben zurückfinden hat lassen.

Dann wäre da noch mein Arzt, Therapeut, Freund und Mentor Wolfgang.
Dieser ist „the real deal", er redet nicht um den heißen Brei herum, sondern
sagt einem, was Sache ist. Oft schmerzhaft, aber dabei zumeist äußerst effektiv.

Euch widme ich diese Zeilen als Ausdruck meines Dankes und etwas, das ich viel höher
bewerte als alles andere:

Meines immerwährenden Respekts.

Arnold